MANUEL CARCASSONNE

LE RETOURNEMENT

BERNARD GRASSET
PARIS

Photo de la bande : Collection privée

ISBN 978-2-246-75501-2

Tous droits de traduction, de reproduction et d'adaptation
réservés pour tous pays.

© *Éditions Grasset & Fasquelle*, 2022.

À mes enfants :
Marie-Sarah, Élie, Jeanne, Hadrien.

« Je ne sais pas précisément ce qu'est être juif, ce que ça me fait d'être juif. C'est une évidence, si l'on veut, mais une évidence médiocre. Une marque mais une marque qui ne rattache à rien de précis, à rien de concret : ce n'est pas un signe d'appartenance, ce n'est pas lié à une croyance, à une religion, à une pratique, à une culture, à un folklore, à une histoire, à un destin, à une langue. »

Georges PEREC, Récits d'Ellis Island

« Tous les hommes sont juifs, bien que peu le sachent. »

Bernard MALAMUD

« Pourquoi ferais-je quelque chose pour les générations suivantes ? Qu'ont-elles donc fait pour moi ? »

Groucho MARX

« *Quand on rendra la terre aux gens de ma race* »

Souvent, Nour et moi, nous nous disputions.

Je m'en prenais à son pays, le Liban, aux pressions affectives du clan familial, au chaos qui nous engluait tous, rendant parfois impossible de faire cent mètres en voiture. Nour parlait mal l'arabe, se perdait dans les rues qu'elle prenait à contresens, partageant avec moi une cécité de la géographie urbaine.

Un jour, elle planifiait de renverser le gouvernement. Elle écrivait une lettre ouverte au président de la République française afin qu'il gèle les avoirs bancaires de « tous ces malfrats criminels » qui étaient au pouvoir.

Le lendemain, comme une pile vidée, elle traînait en chaussons informes, sans que j'en sache ma part de responsabilité, m'accusait d'avoir fait d'elle « une bonniche ». Une Française mal fichue, comme les autres. Elle était fatiguée. Nour proposait alors à ses amis beyrouthins de « prendre un verre, mais sans se parler ». Le moindre effort lui coûtait.

Le banal et l'historique se côtoyaient en empirant chaque année. Son visage qui souriait à la caresse du vent se fermait comme une herse.

Nour prenait son masque de Syrienne. Bachar miniature, elle me donnait des coups secs et répétés. Elle plissait ses yeux de concentration, puisque frapper quelqu'un était un acte physique, donc une source de fatigue. La fatigue et Nour allaient toujours ensemble.

« Tu m'as fatiguée. Je ne comprends pas pourquoi tu dis toutes ces méchancetés contre nous. Tu as vu ta tête ? Tu as l'air d'un Arabe. Tes mains ont les mêmes taches de rousseur que mes vieux oncles. Tu as la même peau. Tu es lyrique comme un Oriental. La première fois que je t'ai vu, je croyais que tu étais tunisien, mais je me trompais, tu es d'ici. Tu es arabe, un Oriental levantin comme moi. Ton seul problème, c'est que tu es agressif comme un israélite. »

« Israélien ! pas israélite ! » n'avais-je pas le temps de me récrier qu'elle me traitait déjà d'hébraïque.

Un soir que nous regardions *Monsieur Klein*, le film si troublant de Joseph Losey, Nour sommeillait en maugréant. Je devais lui résumer l'intrigue comme si j'étais un prompteur télévisuel – alors que je lui expliquais qu'Alain Delon était pris au piège d'une confusion avec un homonyme juif du nom de Klein, soudain bien réveillée, elle protesta : « Mais il n'a pas les traits sémites, Alain Delon, ton film est idiot ! » Nous nous chamaillions encore, tant sa remarque m'avait agacé.

Elle choisissait ses mots, elle en atténuait la portée par des euphémismes. Je traduisais son dialecte, je déchiffrais ses signaux.

« Il est connoté, ce nom, Klein, ce ne serait pas l'un de tes cousins, comme l'un de ceux qu'on a vus à Beyrouth ? »

Je m'énervais. Dans un mouvement d'humeur mêlé de désir, je passais mes mains sur elle.

« Tu vois comme j'ai raison, un rien te rend aussi agressif que tes cousins, les Israéliens. »

Elle s'endormit soudain, exhalant un soupir béat.

Nour confondait, et tout le Moyen-Orient avec elle, « israélite » et « israélien ». À moins qu'elle ne joue à me provoquer, qu'elle me pousse à bout.

Moi, arabe ? Cela me semblait incongru.

Après nos disputes, nous nous aimions. Nous nous attirions comme des duettistes ennemis, frère-sœur siamois soudés l'un à l'autre au pays des guerres fratricides, deux naufragés perdus sur un radeau nommé Liban, qui prenait l'eau. Nous écopions en nous embrassant. C'était notre rituel. Son visage s'apaisait. Ses traits, qu'elle qualifiait, éblouie par elle-même, de phéniciens ou de grecs, prenaient soudain une sérénité de bouddha. Il n'y avait plus un souffle sur son visage que j'embrassais. L'imprécision des origines ajoutait à ses arguments. Je le voyais alangui et dessiné à la fois, ce masque de bouddha.

J'aimais une Arabe. Mais était-ce si grave ? Ma mère dirait que oui : « Tu ne pourrais pas te trouver une dentiste, une bonne petite juive ? »

Il m'a fallu tout ce temps, maintenant que je vagabonde seul dans les rues défoncées de Beyrouth, que je vis avec le chaos, qu'il est entré charnellement en moi, pour admettre que Nour avait raison.

Comment je suis devenu arabe, c'est notre histoire. Irais-je jusqu'à dire : notre destin ?

« Tant que deux êtres qui s'aiment ne sont pas réunis, il y a entre eux la faim, la soif, le désir, le désert, la solitude », écrit lyriquement dans une homélie le père Youakim Moubarac, un maronite au physique de Cary Grant.

Je n'étais pas vraiment un anachorète avant de rencontrer Nour. Plutôt un mondain. Un persifleur. Un séducteur. Un conversationniste ironique. Un Français amateur de bons mots, héritier de toute une tradition de courtisanerie, que l'idée d'être ridicule, d'être jugé, terrifiait.

Notre histoire : l'histoire dangereuse de deux peaux qui n'auraient pas dû se frotter.

J'ai beaucoup voyagé pour mener ce livre à bien. Des milliers de kilomètres réels, parfois imaginaires à travers des contrées fabuleuses, disparues dans la texture du temps.

Je n'aurais pas dû aller si loin. J'étais juste à côté. C'était proche, comme la doublure d'un vêtement, comme l'image furtive d'une sœur enlevée à la naissance, sitôt qu'apparue.

Entre le lieu de naissance de mon père le 28 juin 1929, au 12 rue d'Arcole dans le sixième arrondissement à Marseille, et l'église Saint-Nicolas de Myre, propriété du patriarcat d'Antioche, de Jérusalem, d'Alexandrie et de tout l'Orient, selon la formule consacrée, la première église en France de rite grec-catholique melkite, construite en 1821 à la demande de l'archevêque de Myre, Monseigneur Maximos III Mazloum – Mazloum signifiant en arabe « l'opprimé », dont Nour est la descendante directe –, il y a quelques centaines de mètres. On met sept minutes en marchant. Il m'aura fallu tout ce temps pour une simple promenade. Cinquante ans pour sept minutes.

Sur l'acte de naissance de mon père, il est marqué que mon grand-père paternel Georges a été « empêché » de le déclarer à la mairie. C'est Raoul Pollak, bijoutier rue Saint-Ferréol et conseiller général socialiste, son grand-père maternel, qui s'en charge.

Empêchés : c'est la métaphore de ce que nous deviendrons.

Entre l'appartement bourgeois des Juifs laïcs de Provence, et le destin qui m'est tombé dessus, m'a couronné roi ubuesque du saccage beyrouthin, qui traîne en tongs sur la Corniche, que s'est-il passé ?

Pourquoi suis-je séquestré dans le pays « du lait et du miel » dont les analystes de la Banque mondiale estiment qu'il traverse l'une des trois pires crises économiques du monde depuis 1850 ?

Qu'as-tu fait de moi ? Qu'avez-vous fait de moi ? serait plus exact, car Nour est plusieurs : une divinité aux multiples bras.

Mon surnom au Liban est Abou Hadri : le père d'Hadri.

Hadri est le raccourci d'Hadrien, sa circoncision du nom en quelque sorte. Je suis père d'un petit melkite qui parlera bientôt l'arabe mieux que sa mère. Entre le berceau de mon père et l'église marseillaise aux allures de bonbon, il y a donc, en traversant la rue Paradis, sept minutes de marche.

Même pas un kilomètre.

Chaque minute indique un « temps indéfini » à l'horloge de l'Orient. C'est un temps relatif, spongieux, flou. Un temps de l'amnésie, comme si, chacun appartenant à l'une des dix-huit communautés entre la guerre et la paix, avait bu un philtre d'oubli. Quelques siècles où je plonge dans la nuit des martyrs, chrétiens, juifs, arabes, druzes, amis, ennemis, coalisés, victimes/bourreaux qui pactisent et s'entremassacrent avant de siroter un café turc sous le tarbouche.

Sept minutes : ce sont les marchandages en araméen, hébreu, judéo-provençal, arabe, et pour finir des histoires entières contenues dans ce français qui roule les *r* : ce français d'avant qui frissonne encore, mais pour combien de temps ? à l'ombre des derniers grands pins élancés sur la colline d'Achrafieh, où les parents de Nour ont vu se construire sur la pinède les premiers immeubles seventies de béton et de verre.

Cette histoire est mon commandement.

« D'abord nous ferons, et seulement après nous entendrons. »

Nour a été mon cachet d'Orient : elle ne m'empêche pas de dire, mais elle m'interdit de tout dire. L'Orient secret va enclore ici l'Occident bavard. « Mensonges,

mensonges », répète en boucle le journaliste britannique, irlandais de cœur, Robert Fisk, dans *Pity the Nation*, la somme sur la guerre du Liban, les guerres civiles, la « situation » comme on le dit par euphémisme au premier sang versé. Des mensonges, il y en a partout, ici. Volontaires, involontaires. Certains vous sauvent la vie.

Tous les deux, nous nous enfonçons dans les ténèbres de nos passés, nos mystères s'entrelacent, nos mémoires victimaires se font écho. Emprunter cette passerelle qui tangue entre les minorités, atteindre à la vérité enfouie jusque dans mon inconscient m'ont occupé bien plus longtemps que ces sept minutes.

Qu'est-ce que la terre pour laquelle les hommes se battent, se liguent et se massacrent depuis des millénaires ? Pourquoi cette terre caillouteuse devrait-elle me chuchoter à l'oreille ? En quoi cela pourrait-il concerner le Parisien élevé place du Trocadéro, aux intonations snobinardes qui agacent tant Nour ?

« Tu habites un trou, tu vis dans une décharge à ciel ouvert », lui dis-je, quand elle s'extasie sur la beauté de ces vallons où chaque village recouvre d'un voile de non-dit un charnier sans mémoire, où l'on pleure les morts sans sépulture, depuis les tombes juives, antiques et brisées de Sidon (Saïda), jusqu'aux assassinés de la guerre civile, emmurés encore aujourd'hui dans le béton de la tour Murr à Beyrouth.

Derrière chaque absence, il y a ici un trop-plein.

Qu'on me délivre de toute cette folie. Qu'on m'écoute. Je parle, mais on ne me répond jamais. Parfois, l'un s'étonne, l'air rusé, que je porte un nom de ville, Abou Hadri Carcassonne.

« Tu habites un trou » : je le dis, mais je ne le pense pas vraiment.

Je pense : ce trou est l'origine du monde.

Comme je pense aussi que tout ce fatras pourrait être la préfiguration de nos civilisations mortelles.

Ce qui est arrivé à nos pères arrivera à nos fils.

« Que la montagne me recouvre de cailloux,
de thym et de vent »

Cette phrase de Nadia Tuéni, je la ressens. Suis-je devenu fou, comme tout le monde ici ? Zelig posé sur « l'arrogante petite Suisse qui se prenait pour l'héritière d'une nation antique », selon la formule de Charif Majdalani, je sens que mon corps se transforme chaque jour.
    Du matin bleu au soir si rose, rouge sang, se succèdent en moi plusieurs identités. Au Sporting, face à la mer, les épaules larges, l'air blasé, je fume le cigare les pieds dans la piscine d'eau salée qui traversa, indifférente, les guerres. À l'approche des rues chiites de Dahieh, au sud de Beyrouth, une barbe drue me pousse, un turban se noue sur ma tête. J'ai soudain le sourire méphistophélique d'Hassan Nasrallah, le marionnettiste en chef. Je hoche la tête. Je sais des choses, je déjoue des complots, des puissances étrangères me contactent, mais je ne dirai rien. Je suis muet. Lié par une complicité mafieuse, comme tout un chacun ici, responsable mais pas coupable. Le coupable, c'est l'autre. L'autre, c'est le voisin. Le voisin, c'est le frère, le cousin, l'affidé, l'ami.
    Ne rien dire, ne pas avouer.

« Mensonges, mensonges. »

C'est mon reflet arabe dans ce miroir mille fois brisé.

Ce que j'aime par-dessus tout, c'est Rachaya el-Wadi : le village de Nour, de l'autre côté du Golan, au pied du mont Hermon que couronnent les neiges éternelles. Du sable, de l'ocre roche volcanique millénaire, de l'ancienne lave en fusion, des plantes odorantes, des chardons bleugris qui griffent mes jambes chaque été, s'accrochent à moi en flocons d'épineux. Je cours en équilibre sur la presque frontière avec Israël.

Je salue d'un « *marhaba* » solennel, parfois d'un plus joyeux « *sobah al-rheir* » (le bonheur, ce matin), le moindre être humain assis sur le seuil de sa maison aux parpaings apparents. Les mots arabes se pressent à mes lèvres qui ne savent pas les dire.

Je souris aux Druzes si sérieux, visages sévères. Les Druzes sont une secte musulmane hérétique fondée vers la fin du Xe siècle par le calife Hakim, de la dynastie chiite des Fatimides d'Égypte. La religion leur est transmise oralement de père en fils. Les initiés sont coiffés d'une calotte blanche en forme de cône de glace vanille, leurs pantalons bouffants prenant le vent comme une voile. Je cours le long de leurs tombes anonymes, blocs de béton sous le soleil : ils croient en la transmigration de l'âme. Le corps vidé de son âme n'a plus d'importance. Pourquoi alors mettre un nom sur la tombe ? J'ai de l'affection pour les Druzes, ce peuple sans terre, qui ne la revendique pas. Nous parlons un soir au téléphone, depuis Paris, avec Walid Joumblatt, leur chef politique, qu'on imagine sommeillant dans son fief de Moukhtara. Il est tard, nous avons trop bu.

À nos questions si brutalement occidentales, « comment sortir de cette fichue crise ? », Walid Bey répond : « Je lis Proust. Vous avez lu Proust, bien sûr. » Pays d'ombres, de bifurcations, de guerriers poètes autant que prévaricateurs.

Les Druzes ne voient pas souvent un éditeur parisien, qui file sur les chemins. Je suis un spectacle ici.

La montagne : voici son paysage inchangé et biblique, elle entre en moi. La montagne silencieuse. Indifférente aux hommes, à leurs déchirures. Un monde clos et ouvert. Un berceau, un caveau. Nour s'y sent chez elle. Les vieilles collines mamelues lui appartiennent : c'est sa terre.

Pourquoi ai-je le sentiment que j'y suis, bien davantage qu'à la station du métro Vavin où je descends chaque matin, *également* chez moi ?

« Ma race », chante Nadia Tuéni, mais ce mot banni chez nous, Occidentaux interchangeables qui le craignons comme l'ombre du diable, je le revendique aussi. Je le mets au pluriel. Les races.

« *Quand on rendra la terre aux gens de ma race*
Alors viendra ce qui sécrète la lumière
Ce qui pille le temps
Avec pour seul outil une sainte mémoire », écrit la poétesse.

Née Nadia Hamadé, de confession druze, de mère française, sa trop courte vie achevée à 47 ans, sa fille morte d'un cancer à 7 ans, son fils Gébrane assassiné en 2005 par « les combattants de l'unité et de la liberté d'al-Sham », des fanatiques syriens adeptes de l'islam sans frontières, une mort comme tant d'autres ici à jamais impunie, Dieu sait combien d'assassinats disent tragiquement le malheur et la beauté qui sont les falaises qui bordent mon chemin : ce pont entre l'Occident et l'Orient où je me suis perdu, retrouvé, où je finirai peut-être mes jours.

Je suis entre les deux bords. Comme j'ai toujours vécu : entre. Ni ici, ni plus loin. J'habiterais sur le Jourdain, alors que mon destin, si j'en avais eu un, m'aurait incité à un mariage à Bagatelle avec buffet et traiteur « all inclusive ».

Nour et moi, nous sommes une communauté l'un pour l'autre.

Une minorité à deux enchâssée dans les minorités : « La vraie communauté est le Sinaï de l'avenir. » Qui a écrit cette phrase ? Nadia Tuéni ? Non : Martin Buber.

Sept minutes pour te rencontrer dans ta coquille-église, ma proche étrangère, mon horizon, mon faux double, ma perte. Qu'est-ce que tu m'as enlevé, puis rendu ? Quelques minutes pour te construire à la hâte une stèle, de foi, de colère, de vie et de sangs mêlés. Tu le sais : je suis tout, sauf indifférent. Je voulais te comprendre. Je n'y suis pas arrivé. Je me suis trompé. Il fallait *me* comprendre.

Cette histoire commence à l'horizontale, comme toutes les histoires d'amour. Mais il y a une différence majeure : sur un lit d'hôpital.

« Salomon, vous êtes juif ? »

2013. J'étais en effet assis sur mon lit d'hôpital, à Cochin, Paris, France, en Europe. Nour s'en méfiait, de l'Europe : là où l'on ne croit plus à rien, sinon au « burn-out » et aux illusions perdues, où l'on se sent si seul, sans famille, sans tendresse, sans cette perception de l'intime qu'elle fouillait dans tout être. Elle savait aussi qu'en Europe, elle perdait de sa capacité à esquiver, troubler, amoindrir la vérité.

« Pourquoi travailles-tu autant ? Est-ce que tu penseras à un seul des milliers de livres que tu as publiés, au moment de finir ta vie ? De quoi te souviendras-tu ? »

J'étais réduit à cela : un lit dans une chambre claire d'un service de psychiatrie.

Les genoux croisés, le visage creusé, fatigué, mais étrangement lucide, alors que j'avais passé une nuit entière aux urgences sur un lit de camp, à lire tout en insultant mon voisin qui braillait et gémissait, sans doute ivre, ou juste malheureux.

J'avais crié plus fort que lui ces mots, dont j'imaginais mal qu'il m'eût fallu un jour les prendre au sens littéral :

« Boucle-la, ferme-la une fois pour toutes, tu ne sais pas qui je suis ! »

Ces mêmes mots, je les avais dits aux pompiers venus me chercher chez moi, puis aux deux jeunes internes qui m'avaient à juste titre fait la morale sur cette vraie-fausse tentative de suicide, une poignée de calmants mélangés à une bonne rasade de vodka, pas de quoi me tuer, juste de quoi m'étourdir, mais je me souviendrais longtemps de leur verdict : « Vous auriez pu vous étouffer dans votre vomi. »

Il y avait de la bravoure, de l'épuisement, de l'abandon, dans ce geste idiot, lequel, lecteur rassure-toi, ne sera pas le sujet de ce livre, simplement un point de départ, mais au lieu de lancer un « vous ne savez pas qui je suis », j'aurais dû m'en tenir à « je ne sais pas qui je suis ».

Alors, sur ce lit du service psychiatrique de Cochin, entre ces murs jaune pisseux, la fenêtre ceinte de barreaux ouvrant sur un ciel bleu intense de décembre, en blouse avachie, et débarrassé de tout objet coupant, ma ceinture m'avait été enlevée, j'étais prêt à répondre à qui se soucierait de moi, qui me donnerait de l'attention, de la compassion, par exemple au psychiatre entouré d'internes de l'âge de ma fille aînée, au médecin qui m'a sauvé la vie, je dirais soudain, mais pourquoi donc, je ne le saurai jamais : « Je suis d'origine juive », et lui de répondre vite, fil tranchant l'absurdité de ma définition à moitié vraie, « vous voulez dire : vous êtes juif ».

Un ami, attentif, a remarqué : « Ce n'est pas le mot juif qui compte, mais le mot origine. »

Je suis resté un instant sans voix.

Juif. Origine. Est-ce que j'ai des origines ? Si oui, lesquelles ?

Tout s'expliquait.

Mais était-ce une raison pour aller si mal ? Comme Louis de Funès interloqué dans *Les Aventures de Rabbi Jacob*, apprenant que son chauffeur prénommé Salomon est juif (scène qui m'avait frappé enfant, inversant soudain ma perception de l'échelle sociale, car chez moi, le chauffeur était goy et le patron, mon père, juif), je l'ai regardé, immobilisé dans un temps suspendu, assis sur mes draps rêches : réduit à une seule identité. C'est moi, ça ?

Et si c'était vrai ? Pourquoi avais-je lancé cette autodéfinition ? N'avais-je pas esquissé d'autres pistes aussi légitimes ?

Je ne me souviens étrangement de rien d'autre que de cette confession sur mon lit d'hôpital.

J'allais rester une semaine à partager l'infecte nourriture, la becquée d'antidépresseurs, et la soirée télévisée collective à cinq ou six patients, où nous échangions de brèves confidences sur nos vies. Je parlais peu, partagé entre le désir de faire sentir que je n'étais « pas si atteint que ça » et l'évidence que si, quand même, ça n'allait pas.

J'étais divisé en deux. Je me regardais, de l'extérieur. Un moi gisant, ralenti, émacié, à l'arrêt. Un moi sournois qui écrivait déjà des messages ambigus à Nour.

Je venais à peine de la rencontrer. Je l'idéalisais en Phénicienne aux yeux en amande, au silence mystérieux d'une statuette votive de Byblos, que j'imaginais vivre dans cet Orient enchanté d'arabesques, priant à Noël dans des églises étroites comme des grottes, une mantille sur les cheveux, la croix entre les seins. Un santon irréel. Une Arabe chrétienne, je ne savais pas bien ce que c'était. Je croyais alors que c'était une contradiction dans les termes. Je n'avais pas tort.

Ces messages qui datent de décembre 2013, je les ai tous relus : j'ai reconnu dans ma prudence laconique, l'allusion au bleu réparateur du ciel, aux manuscrits que je déchiffrais tant bien que mal, à cet insistant « je vous embrasse » final qui n'avait pas lieu d'être, quand bien même, mais je ne le savais pas, Nour n'était pas du style à s'en offusquer, j'ai reconnu mon désir de lui plaire. Dans l'égarement des sens où j'étais : le tremblé émotif des premiers signes de l'amour. Mais n'allons pas trop vite.

J'étais encore incapable d'aimer. Aimer demande un effort. À ce moment-là de ma vie, je voulais qu'on m'aime.

J'écoutais ému (l'émotion était permanente à Cochin : je pleurais sans raison à intervalles réguliers, Nour, que j'épouserais plus tard sur une plage d'Athènes car nous ne pouvions nous marier civilement au regard de la loi libanaise qu'en Grèce, me traiterait d'« israélite lacrymal ») le récit de l'un qui ne trouvait pas les mots justes pour écrire une lettre à la femme qui l'avait quitté, l'autre qui caressait un ventre enceint, rond mais imaginaire, l'étudiante diaphane au poignet entouré d'un bandage, une humanité ordinaire, une communauté soudée par le fracas de la vie, à qui je n'allais pas imposer mes malheurs de privilégié.

Pour une fois, je me taisais. Il y a ce vrai silence, sous la voûte des gémissements et des voix brisées.

J'étais alors un bavard en rémission. Plus tard, lisant *La Capacité d'être seul* de Donald W. Winnicott, une capacité que je possède si peu, je comprendrais mieux que la paix provient de l'espace intérieur, non dans ce qu'il a de secret, de clos, mais dans ce qu'il échappe sainement à autrui. D'ordinaire, je m'épanche, je fuis, l'impudeur m'est familière. À Cochin, j'étais scellé : sous vide, pour mieux me garder.

Plus tard aussi, je trouverais chez Nour, dans son obstination à se taire, à boucler toutes les portes de son passé à double tour, et même dans son talent d'artiste qui lui faisait créer des mondes étanches et miniaturisés, non l'expression d'une méfiance, mais l'aboutissement d'une structure psychique bien plus forte que la mienne. Je voyais une enfant joueuse, dans une bulle, gentiment imbécile. J'aurais dû voir qu'elle était la gardienne d'un noyau isolé, qu'au cœur de « chaque personne se trouve un élément de non-communication qui est sacré, et dont la sauvegarde est très précieuse ».

Je disais oui à tout. Elle disait non à tout. La boudeuse prenait la position inverse de son petit pays poreux à toutes les influences. Elle se renfrognait, elle s'échappait dans son être intérieur, inaccessible. Elle protégeait son « self », eût dit Winnicott :

« Chaque individu est un élément isolé en état de non-communication permanente, toujours inconnu, jamais découvert en fait. »

Un service psychiatrique, c'est impressionnant. On y sent se cogner le cœur des autres, et le sien, lentement froissé.

J'écoutais couler ce lent filet de vie tracassée. Je regardais les visages, les rides, les traits flous, les patientes glissant sur des charentaises, comme si je voulais graver chaque moment. Ne jamais l'oublier. Quand je parvenais à me concentrer, je lisais sous un ciel hivernal et doux, seul dans un petit jardin clos de murs, que j'avais pris en affection.

J'ai rarement été aussi serein que ces quelques jours de cure de moi-même, en absence de mon double social.

J'ose à peine l'avouer à l'heure où nous avons été dans le monde entier « ghettoïsés », confinés (le mot vient du Moyen Âge), mais à l'ombre de la grande cité hospitalière, des médecins, des infirmiers, des hauts murs que je ne voulais surtout pas franchir, j'étais le vassal consentant du suzerain Cochin, le protégé d'une petite armada d'infirmiers dévoués. Chaque Juif est une Esther biblique qui doit sa survie à un pouvoir compatissant. Je n'avais plus aucune responsabilité. J'étais en retrait, comme serré autour de mon noyau le plus intime. Je me rétractais, puis me diffusais, comme ces Juifs hassidiques en transe, glissant de la peine à la joie éplorée de l'exaltation.

Il fallait sortir, bien sûr. Il fallait s'en sortir, un jour. Mais qu'est-ce qui allait m'arriver, dehors ? Qu'est-ce qu'on allait me faire ? Serait-ce la continuation de l'exil ? « L'exil est le fruit le plus amer des péchés anciens. » Quels sont mes péchés ? Les connaîtrai-je jamais ? Qu'avais-je quitté, qui ne reviendrait jamais ?

« Le syndrome d'anniversaire »

Dehors, c'est le réel : tout menace et conspire à me nuire.

Penser à mourir, comment, dans quel endroit du monde, de quelle manière, m'occupe beaucoup. Je suis *un narcissique du deuil*.

J'ai été éduqué dans l'idée persistante que la mort pouvait surgir à tout moment, sans crier gare.

La mort est une clôture, une voie sans issue qui empêche la fluidité et provoque le ressassement morbide.

Avant moi, il n'y avait rien ? Ou alors, au contraire, des générations innombrables, les héritiers des héritiers ?

Le rien ajoute à mon angoisse. Si je suis incroyant, je reste sur mes gardes. Je pourrais dire avec Martin Buber, « pour vous, Dieu est un Dieu qui s'est révélé une fois et jamais depuis. Pour nous, il s'exprime depuis le buisson ardent de l'heure présente ».

J'écoute chaque buisson d'épineux dans la montagne. J'aimerais l'entendre me dire : « Je suis l'Être invariable », à moi qui varie sans cesse comme une voile au vent. Il y crépite plus de pétards d'enfants joueurs que de paroles de la Révélation.

François Roustang, qui commente Freud, ajoute : « Le fondateur de la psychanalyse a donc pensé la vie comme quelque chose de redoutable dont il faut se protéger. » Il faudrait ainsi la déjouer, ruser, repousser le terme dans une obstination « affligeante ». Si vivre, c'est apprendre à mourir, alors j'apprenais. Je me cramponnais à moi-même. « Le temps infini derrière nous », selon la formule de Levinas, me semblait bien long, s'il se prolongeait devant nous. Je n'avais pas encore pris mon cachet d'Orient.

Un été, Nour m'avait proposé, d'un ton léger, sans insister, que je sois enterré dans le caveau familial de ses grands-parents maternels, au pied du mont Hermon. Un caveau grec-orthodoxe en promontoire d'une vallée chrétienne et druze : l'église des Arabes, ainsi que le résume le prêtre dominicain Jean Corbon (1924-2001) : « Comme les Juifs et les mazdéens, les chrétiens sont Ahal-al-dhimma, les Gens de la Protection, en sécurité dans le Dar-al-Islâm, protégés comme des clients mais marginalisés comme des citoyens de seconde zone. » Bien évidemment, le père Jean Corbon parle du passé, mais j'y lis le présent. L'église des Arabes. Pas la mienne. Pas si loin.

J'avais vacillé. Nour ne plaisantait pas. Ses traits avaient l'impassibilité têtue de la conviction. De la foi ? Ou de sa paresse : elle m'aurait, si j'ose dire, à portée de regard. Nour aime le confort de l'immédiat, du peignoir qu'on enfile pour une course. Elle se justifie par l'économie de moyens. Elle me voulait, *là*. À plus de trois mille kilomètres du cimetière du Montparnasse. À quelques kilomètres de la frontière la plus proche avec Israël. Autant mettre un panneau de signalisation avec une étoile de David au-dessus de mon squelette ?

De cette volonté, de ce lieu, de ce lien inédit, de ma stupéfaction, de mon ahurissement, de la distance creusée entre moi et moi, a jailli ce livre, s'ouvrant dans cette faille, comme une source d'eau vive. Comme le puits où je dois creuser. L'eau jaillit sans raison, comme l'amour.

La psychogénéalogie analyse les psychoses par la répétition « d'événements marquants, heureux ou malheureux, voire dramatiques à la même date ou au même âge ou à la même période spécifique. Le fonctionnement du syndrome d'anniversaire s'explique par les *loyautés familiales invisibles* » (Anne Ancelin Schützenberger).

Disons-le : rien n'était caché chez nous, tout était non seulement visible, mais grossi, exagéré, psychodrame sous la loupe des neurones miroirs.

Quoique je ne puisse jamais en apporter la preuve, qu'il me soit malaisé de remonter la chaîne de l'évolution du système des neurones miroirs depuis l'*Homo sapiens* (il y a 250 000 ans), il me semble que j'ai tôt accédé à une forme de langage mimétique avec ma mère. Je redoublais ses soupirs. Une correspondance des gestes, un accord des névroses, un échange tacite se mettaient en place. Je ne m'avouais pas encore la peur de finir comme elle en pythie inamovible, en stylite de la plainte, lancinant sur sa colonne.

Devais-je trahir ? Fuir, c'était me fuir.

« On va voir ta mère », me sermonne Nour chaque dimanche.

La voir, c'est me voir. L'insistance de ma mère, jusqu'à aujourd'hui, à poser en principe fondateur l'amour *inconditionnel* que ses parents se portaient et celui radicalement réciproque qu'elle leur portait, oblige. L'enfant croit, que peut-il faire d'autre ? que le seul moyen d'affirmer une loyauté elle aussi *inconditionnelle*, c'est de suivre sans broncher sa mère vers l'abîme névrotique.

L'accident

Quand j'étais enfant, on m'emmenait rituellement, un froid 3 décembre, commémorer l'anniversaire de ce que ma mère nommait par un euphémisme rare chez elle, rite familial et récit fondateur à la fois : « L'accident. » Exactement : la mort de mes grands-parents maternels, disparus le 3 décembre 1960, avec leur fils aîné Claude (mon second prénom, un spectre au physique d'acteur, aux pommettes saillantes, qui devint libraire, il n'y a pas de hasard), non loin de Paris, à la sortie de Chennevières-sur-Marne, morts sur le coup, encastrés dans un camion.

Ma mère avait 30 ans. Elle survivra à tout, sauf à son obsessionnelle mémoire. Sa boussole cassée indiquera toujours ce jour-là. Depuis, elle enterre pêle-mêle, amies, rivaux, proches, souvent ses cadets, déplorant non seulement leur disparition, mais d'être laissée seule.

C'est un 7 décembre que j'ai eu l'idée d'ingurgiter la moitié d'une boîte d'anxiolytiques. Que j'ai été « accueilli » à Cochin. De quel fantôme de décembre suis-je le double ?

Je pense parfois partir avant ma mère. Si ce devait ne pas être le cas, me manqueront ses messages inlassablement revendicatifs, mais dont l'intensité narcissique m'arrache toujours un éclat de rire, dont j'admire le vitalisme chez une femme âgée de plus de 90 ans.

Un exemple :

« Je comprends très bien ton boulot, les enfants, les voyages, les soucis. Ce que je ne comprends pas, c'est que tu puisses rester des jours sans même m'appeler, cela veut dire une bonne dose d'indifférence. Il existe des enfants qui n'aiment pas leurs parents, comme il existe des parents fâchés ou indifférents vis-à-vis de leurs enfants. Car élevée dans l'amour inconditionnel des miens, je ne savais pas que cela pouvait exister. Cesse de dire que je suis une vieillarde dont la vie est sans importance. J'ai encore envie de bouger, de regarder, d'écouter, d'admirer. Bon voyage. »

Que puis-je répondre ?

Je lui reproche d'oublier, de ne pas m'avertir à temps de tel rendez-vous médical. Le présent s'efface.

« Par contre, je me souviens très bien du maillot ravissant que je portais fièrement à Saint-Lunaire en 1936. »

Chaque mort sature sa mémoire, provoquant, dans le désert affectif où elle vit, un lamento inépuisable.

La date du 3 décembre jette une ombre sur l'enfance.

Il y avait toujours le même dîner de fête, car c'en était une, et joviale : une choucroute, ruisselante de chou doré et de pickles trempés dans le raifort, de charcuterie faite maison, cuite des heures, des jours durant, cuisinée par l'ancienne assistante de mon grand-père maternel.

Mes grands-parents Eschwège étaient des Juifs alsaciens, des Ashkénazes venus d'Allemagne, de Hollande parfois, mais parisiens depuis plusieurs générations. Leurs aïeux se nommaient Bloch ou Wolf, des Cahen, des Gougenheim, la plupart enterrés au cimetière de Quatzenheim, dans le Bas-Rhin. Le 20 février 2019, quatre-vingts sépultures furent profanées, et des croix gammées dessinées sur mes ancêtres. Ces patriotes vivaient entre l'Alsace et la Moselle, ils exerçaient des professions que Nour qualifierait de « cossues » : des marchands de fer, des scientifiques, des ingénieurs, certains sont déjà au XIXe siècle commissionnaires en diamants et perles fines.

Ils posent sur le perron d'une maison bourgeoise, l'air sérieux, affairé, bottines et cannes, robe sombre et boutonnée haut pour l'unique femme présente, Lucie Léon.

Nombre d'entre eux avaient fait d'excellentes études scientifiques. Ils étaient solides, travailleurs, unis dans une certaine idée républicaine de la France. Les parents et oncle de ma mère devinrent orfèvres dans le quartier du Marais à Paris, puis diamantaires.

Nour rencontre mes cousins, à Nancy où l'un d'eux, blond, caustique, brillant professeur de médecine, nous reçoit et ausculte les malades imaginaires que nous sommes. Nour déclare, péremptoire : « Je vois qu'ils sont unis, comme nous. Mais toi, tu sais ce que c'est, une famille unie ? »

Ma mère y tenait doublement, au dîner et au drame. Au souvenir. À la date exacte. À la commémoration. Au cimetière du Montparnasse, où elle se rendait comme en pèlerinage. Gardienne des ruines.

Elle caressait son drame originel comme une poupée qui tantôt la réconfortait, tantôt lui arrachait des spasmes de crise d'aérophagie, suivies de longues cures de sommeil, dont elle émergeait, balbutiante, fantôme de cheveux blonds en chemise de nuit blanche, traversant l'appartement de l'avenue de Camoëns, comme si nous tournions une scène sur le plateau d'un film de zombies apathiques.

J'étais un enfant faussement indifférent.

Sous la surface, je ressentais tout : la moindre vibration du passé, le moindre soupir suicidaire de ma mère. J'étais loyal. Aucun enfant ne devrait avoir sous les yeux la faiblesse des adultes. Il faut se tenir. « *Shed hallak* », dit-on en arabe.

Je ne croyais pas aux fantômes. Ils existaient, pourtant. Je les voyais miauler, mugir, vagir, devant les fenêtres ouvrant sur le plus beau décor qui soit, une tour Eiffel enjambant la Seine, le Trocadéro où nous habitions, le seizième arrondissement, ses rues endormies comme des banques genevoises. Une langueur inquiète à la Modiano.

Je me réconcilie avec mes fantômes. Ils arrivent de partout.

Ce carnaval mortuaire, c'était nous.

Nous ne pouvions nous réjouir, sauf à n'avoir *aucune mémoire*, à risquer le mépris maternel, sa colère, à oublier que « les pierres du Jourdain serviront de mémorial pour les fils d'Israël à jamais ».

La choucroute était le mémorial de notre Rabaissement.

« Le plus grand danger n'est pas tant l'oubli de ce qui advint dans le passé, que l'oubli de l'essentiel, *comment* le passé advint », résume l'historien Yosef Yerushalmi dans *Zakhor*.

Comment il advint ? Par le drame, la litanie, les larmes, la culpabilité du survivant, nous avions notre lot. Je ne peux pas être optimiste. J'ai été littéralement conçu dans un nid de choux. Ma mère m'inoculait en un shoot de raifort la certitude que la chute menace et fragilise toute existence : « Si tu t'élèves comme l'aigle et si parmi les étoiles est placé ton nid, je t'en ferais descendre. »

Les rabbins malicieux savent que l'orgueil des empires établis est un leurre : le prince d'Edom (Rome) gravit tant de marches qu'on ne peut plus les compter. Il atteint au Ciel, mais le Saint Unique lui ôte l'échelle, et tout dégringole. L'empire des Carcassonne connaîtra le même sort. Nos temples furent détruits. Nos joies éteintes. Nos maisons vendues. Nos amis soudain oublieux. Nos invités gâtés, ingrats, partis où l'on servait un meilleur repas. Je dus survivre à maints échecs, me relever toujours, embrasser la poussière.

La mémoire d'Hadrien

Fallait-il qu'entre tous les possibles prénoms pour notre fils, Nour choisisse celui d'Hadrien ? L'empereur persécuteur des Juifs, qui fit ériger longtemps après la destruction du Second Temple, en 70, un édifice en hommage à Jupiter Capitolin !

Jérusalem devint sous Hadrien une colonie romaine, frappant monnaie qui portait la légende *Colonia Aelia Capitolina condita,* en 131.

Un temple dédié à Vénus fut construit tout près de l'actuel Saint-Sépulcre.

Les Juifs furent chassés par une décision impériale de leur ville sainte : « Depuis ce temps-là, tout le peuple reçut la défense absolue, par les commandements d'Hadrien, d'approcher même des environs de Jérusalem, de telle sorte que celui-ci interdit aux Juifs de contempler, même de loin, le sol de la patrie » (Eusèbe de Césarée, *Histoire ecclésiastique*).

Hadrien, c'est l'empereur d'Aelia Capitolina, le persécuteur, mais aussi, à une époque de plus facile circulation entre les provinces, celui à qui je dois la remontée de mes aïeux persécutés vers la Galilée, la Phénicie, la Syrie et Palmyre.

Dans les tombes de Beth Shéarim en Galilée, où repose Rabbi Juda, le compilateur de la Mishna (la loi juive orale), les inscriptions renvoient aux régions voisines. Il n'y a pas d'avertissement aux profanateurs. Il y a un mot, souvent : « *Shalom.* » Paix.

Nour me persuade que nous avons déjà fait connaissance dans l'Alep de ses origines. Nous sommes les danseurs des siècles, les duettistes dans la machine à remonter le temps. L'Empire romain, en adoptant le christianisme, issu du judaïsme, va chuter bientôt. Il implose. Jésus répond au mal par le bien, « laissez advenir le mal ».

Sénèque a ce jugement foudroyant : *Victoribus victi legem dederunt.* « Les vaincus ont donné leurs lois aux vainqueurs. »

Les Juifs ont gagné contre l'Empire, mais ils ont perdu dans l'exil.

L'empereur Hadrien, « il savait se faire aimer, quel charisme il avait ! » ajoute Nour, comme si nous feuilletions un numéro défraîchi de *Paris Match* consacré aux familles royales.

Hadrien impose par un décret de l'Empire les persécutions parmi les pires, interdit la circoncision, semble vouloir restreindre en Judée la liberté de culte, pourtant traditionnellement autorisée par les Romains. Il noie dans le sang la deuxième révolte judéenne (132-135) menée par

Bar Kokhba, « le fils de l'étoile », encore un nouveau Roi-Messie, dont l'ambition était de détruire Rome : « Edom sera sa conquête », commente le Talmud de Jérusalem.

La révolte nationale sera un désastre en Judée. Martin Buber, dans *L'Esprit de l'Orient et le judaïsme*, insiste sur « cet événement qui a coupé en deux l'histoire du judaïsme », qui l'arracha à son sol oriental, à la continuité de son développement spirituel. Ils perdirent leurs terres, alors qu'ils étaient enracinés dans la sédentarité, dans les fêtes agricoles, les lois agraires. Les Juifs n'ont pas toujours erré. Voici de pieux sédentaires.

La rébellion de Bar Kokhba fut « la ruine de la nation », mais elle poussa Rome à la limite de ses capacités de riposte. Devant le Sénat, fatigué, Hadrien en oublie la formule d'usage : « Moi et mon armée sommes en bonne santé. »

Sur le marché d'Hébron, les Juifs étaient vendus le prix d'un cheval. On empale les enfants des écoles. On fracasse le crâne des nourrissons. « Les chevaux avaient du sang jusqu'aux naseaux », rapporte le Talmud de Jérusalem. La soldatesque romaine mène, dit-on, cinquante-quatre campagnes militaires. « Le pays d'Israël s'est rétréci : la terre d'Israël lorsqu'elle est habitée trouve de la place, mais lorsqu'elle ne l'est pas, elle rétrécit », résume superbement Dion Cassius.

Les troupes de Bar Kokhba s'enterrent dans trois cent vingt cachettes souterraines réparties entre près de cent vingt sites dans la plaine de Judée, parfois jusqu'au sud des monts d'Hébron. On fuit, en Galilée. Qu'il y eût alors des Juifs poussés vers la Phénicie, voisine, ne fait aucun doute. La guerre des Juifs est la mère des guerres. Tout recommence, s'enlise, se délite, sous le même soleil.

Quand j'arpente les pierres volcaniques des hautes collines autour du mont Hermon, je les vois, ces spectres sur mes pas au Sud-Liban : les légions romaines harassées, les Juifs révoltés, les chrétiens maronites que les Druzes massacrèrent, leur succèdent les chars Merkava de l'armée israélienne en 1982, les Syriens « appelés » par l'État libanais, les guérilleros palestiniens, leurs fusils AK-47 en bandoulière. Ils passent tous, troupes hirsutes, troupe lassée, folle de sang versé. Le mouvement s'inverse parfois : les familles antiques d'Hasbaya, au Sud-Liban, s'installent dans une colonie de la Palestine en 1913.

La montagne chauve reste. Je pourrais creuser : combien d'ossements trouverais-je ? Combien de charniers, « sous le sol maigre de Canaan », où je reviens aujourd'hui. On a jeté mon âme hors de cette terre poussiéreuse et dorée. Qu'on l'y capture encore. Qu'on l'y enterre vive. Une partie de moi y retourne, *s'y retourne*, une autre partie cherche la première, désunie.

De l'Antiquité, Martin Buber dit : « L'esprit fut coupé de ses racines. C'est alors que les Juifs devinrent en vérité un peuple nomade. »

Sommes-nous condamnés à l'errance ?

Hadrien l'empereur fit de mes ancêtres des colons phéniciens.

Hadrien mon fils fera de moi le retraité de Rachaya, le marrane du Golan, le Juif solitaire du désert.

Ironie de notre histoire, dont Nour me dit ne rien savoir, mais je ne la crois pas.

Hadrien, qui me portera un jour dans son caveau familial : « Bien qu'Il tarde, attendez-Le », n'aurai-je plus le temps de dire, ni même « attendez-moi ». Il scellera mes lèvres. Il fermera ma dernière demeure sur la colline venteuse, d'arbustes griffus et de cactus d'un vert bleuté.

Briser cette lignée, en même temps que l'honorer, c'est faire entendre la fin de la plainte. Briser la brisure. Sortir du conflit. Plutôt qu'être le fils de ma mère, donc m'inscrire à une *certaine place*, il faudrait résoudre en une thérapie familiale qui réunirait les âges passés, cela ferait beaucoup de monde, l'embarras d'être soi.

*« Il y a dans toute plainte
une dose subtile de vengeance »*

Le simple souvenir de cette liturgie d'anniversaire, dont les seuls survivants à l'heure où j'écris ces lignes sont ma mère, mon frère et moi, m'est insupportable.

Je ne peux plus manger une choucroute sans avoir l'impression d'une initiation à une société secrète et primitive où l'on dépiauterait ses grands-parents, la chair, les os, les nerfs, les cheveux comme des filaments amers et luisants : tout y est bon.

C'était une cérémonie laïque, un profane sacré, pas de prières bien sûr – alors même que la religion (au sens de la foi, ou du moins de la transcendance) nous eût sortis du ressassement par le haut –, qui revenait à date fixe, m'enfermait dans un temps cyclique, pris en tenailles entre les hoquets de ma mère. Une mémoire suspendue comme une grande roue sans fin écrasant tout sur son passage.

Ma mère écrivait, sans en avoir conscience elle-même, son « *Memorbücher* », son livre de souvenirs ashkénaze, sa liste de persécutions et de martyres, « les jours précis qui marquèrent le commencement de la persécution et de la douleur ».

Elle psalmodiait « cette année et chaque année à venir » les débuts, devinés, supposés, mais aussi éprouvés dans sa chair, de chacun de nos grands arrachements. Nos exils à nous. Avec à leur sommet, le deuil impossible de mon père, mort à 59 ans.

Avec lui, le dernier Temple était tombé. Il n'y avait alors plus de protection, plus de prêtre, plus de patriarche, plus de parapet, plus d'offrandes. Le monde était désuni.

Si être juif signifie, avec Levinas, être élu par l'autre à la responsabilité, alors étais-je implicitement responsable de la longue liste des malheurs anciens, de ceux qui précédèrent ma naissance. Si puissant fut le narcissisme funèbre et culpabilisant de ma mère que j'étais responsable au berceau.

Ma mère ne pardonnait pas. Untel avait omis de la saluer, un autre, grand écrivain volontiers pervers qui avait eu la courtoisie de nous inviter dans sa maison de Ménerbes, ne lui avait pas adressé la parole. Elle était vexée, enfantine, immature, matriarche et fille éternelle de ses parents. Le faste de son statut de femme mariée était parti. Comme un voile princier glisse à terre, qu'on piétine dans la fange, sans y prendre garde.

Ma mère était veuve. J'étais orphelin de l'innocence.

Veuve vivace, elle tenait une comptabilité minutieuse. Elle n'oubliait rien, pas un ennemi, pas un accroc, pas une faute confessée, et sans le savoir, coulait dans son lamento dépressif (et agressif à la fois), ces mots de la *Michna* :

« Qu'à chaque génération, chacun se sente comme étant *lui-même* sorti d'Égypte. »

Ainsi coulait dans mon sang le passé juif rendu présent.

Rendu à l'aujourd'hui, en même temps qu'arraché au commencement. Sans le savoir, elle prononçait « des mots d'exil, des mots du passé, des mots souvenirs, ces mots qui devaient maîtriser des choses, devinrent des choses, ils sombraient dans le vide d'une histoire ininterrompue » (Levinas, *Cahiers de l'Alliance israélite universelle*, 1949). Les mots étaient souvent cruels : « L'amour maternel n'est pas une obligation », me suis-je souvent entendu dire (ma mère avait mal compris le livre d'Élisabeth Badinter, *L'Amour en plus : histoire de l'amour maternel*, qu'elle citait à tout bout de champ). Les mots se retournaient parfois, semblables à de colorés caméléons, en évocations brillantes d'un passé aimant, mais où disparu ? sur quel fumier de Job désormais foulé aux pieds ?

Je comprends mieux la phrase de Benny Lévy dans *La Pensée du Retour* : « Un goy peut s'imaginer qu'une vie, c'est une carrière, pas un Juif. » À lire les notices du *Who's Who*, cet annuaire de la réussite sociale, dont mon père gardait les épais exemplaires reliés, comme l'aristocratie conserve pieusement le Bottin mondain, nous avions *en apparence* touché au but de l'embourgeoisement.

À l'aune de la mémoire des générations, nous avions pourtant failli. Nous étions fragiles. Ce n'est pas une image pour moi : rien ni personne ne me ferait changer d'avis.

Nous étions des rescapés, soufflait-elle entre les mots – je m'aperçois que j'ai oublié de dire la beauté blonde de ma mère, son souci du corps, ses marches dans la mer qui affermissait les jambes, ses cures de minceur de la marque américaine Weight Watchers, on aurait dit le sigle d'une secte –, des « survivants ! » soufflait-elle de sa bouche parfaite à l'oreille d'un enfant trop nerveux, comme Dieu souffle dans la bouche du premier homme, l'Adam sensible que j'étais. Nous étions des rescapés non de quelque chose en particulier, mais en fait : de tout ! Tout était fait de sable qui s'effrite, de maisons sur pilotis, comme celle que nous possédions sur une langue de terre que la mer dévorait peu à peu, rendant mon père le Sisyphe du lieu, renflouant en vain les cubes de béton qui glissaient à l'eau.

« Il y a dans toute plainte une dose subtile de vengeance », écrit Nietzsche, dans *Le Crépuscule des idoles*.

Ma mère avait la nostalgie de l'enfance, car se mirant dans l'onde de l'illusion, elle y voyait une ère de paix. Elle cherchait les bras encerclants de ses parents.

Je pardonne volontiers à ma mère ses flèches de curare. C'est à moi que je ne pardonne pas. Le poison de la plainte coule dans mes veines.

Où est caché l'antidote ?

Ce qu'écrit Yosef Hayim Yerushalmi dans *Zakhor* renvoie la choucroute rutilante de lardons et de pickles à l'ère médiévale : « Joseph avait vécu en des temps révolus, mais dans le rythme codifié des lectures à la synagogue, il était cette semaine en prison, la semaine prochaine il serait libéré, et l'an prochain à la même période, il connaîtrait encore une fois les mêmes mésaventures, et ainsi de suite chaque nouvelle année. Les événements historiques étaient vécus psychologiquement selon le cycle, dans la répétition, et dans cette mesure même, *hors du temps.* »

Je ressentais cette curieuse apesanteur du chagrin. Nous nous souvenions des jours d'antan. « Nous repassions les années de génération en génération » (Deutéronome). Nous vivions l'accident, et tout autre épisode fatal, comme « unique et irréversible ». Nous vivions. Nous survivions. Je mettrais une vie entière à chasser « le sort pathétique d'être juif » que je liais, entrelaçais, insérais, sans raison, sans explication, à l'instinct, à cette maison Carcassonne que le vent mauvais avait renversée.

*« Tout ce qui est arrivé à nos pères
est arrivé à nos fils »*

La mort occupait une place centrale, solaire, funèbre et entraînante à la fois.

La mort était l'astre autour duquel nous tournions sans fin. On comptait les morts familiaux, avec leur cortège de souvenirs, la perte ressassée d'un toujours-avant, le destin revenant en boucle tel un microsillon rayé.

Je reste aujourd'hui, tandis que j'en approche, mystérieusement convaincu que je ne vivrai pas plus que les cinquante-neuf années terrestres de mon père : « Tout ce qui est arrivé à nos pères est arrivé à leurs fils » (préface à la *Sélihot le-yom ha'esrim le-Sivan*, écrite en souvenir des pogroms de 1648 à Prague).

Je suis enfermé dans un sablier, le sable s'écoule et remonte à la fois.

Le temps me parle à l'oreille, avec douceur.

Qu'est-ce qu'il me chuchote ? Jusqu'où me faudrait-il remonter ?

Back to the Future : je regarde le film avec mes enfants. Si je ne suis pas le Juif errant, au moins ai-je une certaine allure à la Marty McFly. Je déboule dans Babylone, je bouscule Hérode le Grand, je désarme le bras vengeur d'Hadrien. Je me cache dans une citerne à Jotapata en Galilée, comme Flavius Josèphe. Je ne me suicide pas avec la secte apeurée de Massada, femmes, enfants, vieillards, tous morts de leur propre main.

Que cela soit absurde, je le confesse. Cela n'a plus de sens que pour l'archéologue d'une fiction que je suis devenu. Je perds le sens du réel.

On me dit que le Gaulois de Goscinny, Astérix, dont les aventures de l'esprit de résistance hexagonale ont bercé mon enfance, cet Astérix « à la nuque raide », serait une métaphore de l'habitant de Judée sous l'occupation romaine. Pourquoi pas ? Si le « Gaulois réfractaire » avait partagé la potion magique du grand druide avec les prêtres de Jérusalem, les zélotes et les pharisiens, sans oublier les sicaires de Massada, nous n'en serions pas là. La défaite eût été inversée : la chute du Second Temple, l'été 70, n'aurait pas par cette répétition de l'histoire, humilié, exilé, proscrit les femmes et les hommes, à la présence millénaire, de leur terre.

« L'éternel passage entre l'Orient et l'Occident » devient inaccessible, et le restera pour longtemps, au point que même les grecs-catholiques melkites que je rencontre dans le Beyrouth défoncé d'aujourd'hui soupirent après Jérusalem, la céleste, et la terrestre. Quel peuple d'ici n'a pas inscrit son histoire dans une mythologie invérifiable, une géographie délirante ? Qui ne se réclame pas ici de quelque invérifiable généalogie ?

Les Juifs remontèrent du nord de Jérusalem en flammes, baignant dans le sang, nous rapporte Tacite, de « six cent mille hommes », le chiffre indémontrable prouve au moins l'intensité meurtrière de la guerre de Judée (66-73), vers la Galilée ou la Césarée du Tétrarque Philippe. Ce territoire de la Gaulanitide s'étend du mont Hermon au fleuve Yarmouk (un affluent du Jourdain), sur la région actuelle du Golan.

Laquelle Césarée, donation de l'empereur Caligula en 37, doit se situer à quelques kilomètres, au plus, du village de Nour : Rachaya el-Wadi.

Si loin, si proche. Antique, moderne, partagée, entre-massacrée, reprise, perdue, chrétiens qui succédèrent là aux Juifs, puis Druzes aux chrétiens, tout se mêle, m'agite, m'affecte. Je suffoque sous le poids des siècles.

À qui appartient la terre, laquelle décide de notre identité spirituelle ?

« Le pays, tu ne le vendras pas pour toujours, car le pays m'appartient. Car vous êtes chez moi des étrangers et des hôtes. »

De mon balcon sur cette « agitation endémique », je pourrais presque voir les portails de bronze, les constructions hérodiennes, les colonnes du Sanctuaire faites du bois des cèdres libanais s'écroulant dans les flammes, les tours protectrices épaisses comme des bras mais rendues inutiles, les hommes ivres du vin sacré, « enfants, vieillards, laïcs, prêtres, tous étaient abattus sans distinction », écrit Flavius Josèphe. J'aurais pu voir les légions romaines se lever et punir la ville sacrée, affaiblie par les divisions internes entre les factions, qui séparaient déjà les Juifs.

Je pourrais voir la destruction du Second Temple à la date anniversaire de la destruction du premier, au temps du conquérant babylonien Nabuchodonosor, en -586, mais cette fois en plein cœur de l'été 70.

« C'est le destin que les monuments et les lieux ne peuvent pas plus éviter que les êtres vivants, car il est respecté (...) la date qui était la même que celle où auparavant, le Temple avait été incendiée par les Babyloniens », écrit Flavius Josèphe, né Joseph ben Matthias en 37-38 à Jérusalem dans une famille sacerdotale, ancien guerrier et commandant en chef des deux Galilées contre les Romains. Pourchassant l'ombre de mes doubles, prêtres avatars, jusque dans la chute du Temple, je m'arrête en chien de chasse devant cette plaque gravée sous Hérode, exhumée au mont du Temple : « Interdit à tout étranger de pénétrer à l'intérieur du parapet et de l'enceinte qui entourent le Sanctuaire. Quiconque sera surpris sera coupable d'une peine entraînant la mort » Je m'arrête. Mes doubles aussi. Nous regardons la plaque et l'interdiction de mort. Je sens la foulée entravée de mes pas d'aujourd'hui sur le mont Hermon.

*« Malheur à nous les vivants
Qui avons vu les malheurs de Sion »*

L'historien Flavius Josèphe, qui écrit en araméen, puis en grec, adoucit, ou du moins justifie, la perte originelle par le recours à une prédiction mal comprise des Juifs : « Les hommes ne peuvent échapper à leur destin, même s'ils le prévoient. Les Juifs interprétèrent certains oracles dans le sens qui leur plaisait, jusqu'au moment où ils furent convaincus de leur folie par la conquête de leur patrie et leur propre destruction. »
Rome était la nouvelle Babylone.
Les Juifs, révoltés, étaient écrasés sous le nombre. Ils luttèrent néanmoins, avec désespoir.
De l'esplanade du Temple jusqu'à la piscine de Siloé et au premier mur de défense de Jérusalem, surgirent les assiégés qui contre-attaquèrent. Les Juifs se défendirent et firent un grand nombre de morts chez les Romains, seule la famine les affaiblit, l'incendie des vivres ayant été la conséquence de leur folie, et non la cause : « Tout le blé qui eût suffi pour de nombreuses années de siège fut consumé. »

L'incendie, ce furent les querelles fratricides et intestines qui l'initièrent. Flavius Josèphe accuse le Juif Jean de piller les vases, plats et tables, même celle offerte par le roi Ptolémée Philadelphe au grand prêtre. Nous sommes coupables, sermonne le propagandiste.

« Je ne saurais m'abstenir de dire ce que m'impose ma souffrance : je pense que si les Romains avaient tardé contre ces impies, la ville eût été engloutie par une béance de la terre, car elle portait en elle une génération encore plus réfractaire à Dieu que celles qui subirent ces fléaux. »

Les résistants de la forteresse de Massada, l'imprenable Massada volontiers mise en valeur par tous les circuits touristiques en Israël, s'étaient donné la mort, après un tirage au sort. Comme des milliers d'autres visiteurs, j'ai escaladé les marches, sous le soleil. En haut, épuisé, je me suis dit : je les comprends.

Certains rebelles à l'autorité romaine édifièrent des tunnels, armés, pourvus de nourriture, d'où ils effectuaient des sorties en raids.

Voilà comment ce chaos oriental se répète, lamentablement, jusque dans les tunnels du Hamas. « Rien ne change », me disent tous mes amis du Liban. Est-ce une fatalité ? Un engendrement ? Les Romains seront punis par l'implosion de leur puissance païenne, dissoute, panthéiste. Le christianisme primitif gagnera les nations peu à peu, tandis que le judaïsme sombrera, coupé de « l'immédiateté divine » (Martin Buber).

Les aïeux de Nour prendront à Antioche (jadis en Syrie, aujourd'hui bourgade turque oubliée) le relais de la foi antique.

Voilà comment, vendu au marché aux esclaves, je suis tombé sous le joug immémorial de Nour.

Ce que nos pères ont connu, nous les fils, nous l'endurons aussi.

Il y avait une solution. Ils n'auraient eu qu'à transporter ma mère au Saint Sanctuaire.

« *Hibernata* » à l'envers, elle eût confondu les Romains par sa science divinatoire. Car ma mère prophétisait en mage domestique les Jérusalem françaises dont nous aurions été chassés, expulsés, tels des misérables, et alors même que nous allions bien (incroyablement bien, opulents, en bonne santé), nous allions (incroyablement) mal. Rien à voir avec nos amis, leur stabilité affective, leur peu de sensibilité parfois, et comme le dira bien plus tard Nour, leur froideur. Paris vue par Nour est une capitale du cercle polaire. « *Shed hallak.* » Tiens-toi.

*Suis-je « un agneau au milieu
de soixante-dix loups » ?*

À la messe d'enterrement de Jean d'Ormesson aux Invalides, mort un 5 décembre, Jean qui fut le grand-père de ma fille aînée, Jean avec qui j'ai vécu plus de quinze ans, habitant le même hôtel particulier à Neuilly, passant mes vacances au sein d'un clan protecteur, dévalant les chemins de la campagne fribourgeoise, les sentines corses, les faces neigeuses exposées au soleil – il détestait l'ombre – de Courchevel ou de Rougemont, Jean que j'aimais filialement, bien sûr « vassalement » – je voyais en lui un vieux Rabbi souriant et parcheminé sorti d'un roman d'Isaac Bashevis Singer dont il avait vanté *La Couronne de plumes* lors d'une émission d'« Apostrophes », et non l'ancien directeur du *Figaro* bouffeur de gauchistes, le chroniqueur du *Figaro Magazine* époque Louis Pauwels prophétisant le « sida mental », l'écrivain aristocratique d'*Au plaisir de Dieu*, mémorialiste du passé français, qu'il était pour beaucoup, j'enjuivais Jean, il en était ravi, il étouffait un rire bouffon, tournait sa serviette de table sur le nez pour amuser ma fille aînée Marie-Sarah –, mais le voici sans vie, comme c'était impensable, la vie soudain éteinte comme on tue un feu, et moi étranglé dans mon costume, soutenant d'un bras ma mère, de l'autre Nour collée à moi : j'étais un visage de Juif baigné de larmes, une enluminure médiévale, honteux de ne pas savoir me tenir.

Les tambours roulaient. Les académiciens défilaient comme des momies hors de leurs sarcophages. L'oxygène allait les réduire en cendres grises.

« Tu ne dois pas ouvrir ce lieu de repos pour ne pas déranger mes ossements », est-il écrit en alphabet phénicien sur une stèle funéraire de Byblos. L'avertissement valait pour chacun d'entre nous. Je ne voyais pas la cérémonie triste mais Jean qui skiait sur les pistes de poudreuse blanche pailletée qui se fendaient en deux comme les eaux de la mer Rouge, plus vite, plus vite, que la mort ne nous rattrape pas, et moi non plus, je ne voulais pas mourir.

Je me sentais un vieil hébraïque à la fin des temps. Pas hors du temps, mais juste sur le fil du temps. Entre les strates du temps : entre ma jeune épousée et ma vieille mère.

« Voix du crieur : au désert, frayez un chemin au Seigneur ! Préparez dans la steppe une route pour notre Dieu ! » lit-on dans Isaïe.

Si je m'arrache au passé, à la psalmodie, à la plainte, si je brise les idoles de la mélancolie, alors il y a l'à-venir : j'attends de rejoindre une communauté vraie parmi des hommes vrais, « un nouveau ciel et une nouvelle terre » (Isaïe). J'attends de restaurer la maison, et toute maison dévastée, ouverte aux vents, cela n'a rien d'une métaphore, me tire des larmes.

Le Juif religieux va vers son unité. Il rejoint son être. Le mien est divisé, et quoi que je fasse, je serai à la fois mouvant et immobile, amoureux de Nour et persécuté sur sa terre, ici et là-bas, scindé en deux.

J'ai été « retourné », comme on le disait avant la chute du mur de Berlin. Comment me retourner dans l'autre sens ?

Aucun rabbin n'a de réponse. Ma mère, non plus. Il n'y a pas de thérapie à la division de l'âme.

« Nous ressentons un schisme profond au sein de notre existence. Plus le conflit est profond, plus il se trouve confronté au choix entre le monde qui l'entoure et le monde intérieur, entre le monde ambiant et le sang, entre la mémoire de sa durée de vie humaine et la mémoire des millénaires », écrit Martin Buber.

Je creuse, je digue, je chaloupe, je plonge.

Peut-être serais-je sur le chemin du Retour ? Si je ne bougeais pas de là, qu'on m'oublie hors du temps, « hors de l'ordre du monde », figé en Juif debout, dans un pain de glace, « un agneau au milieu de soixante-dix loups » (Midrach), on me trouverait emmailloté après l'Apocalypse ? Je reste enlisé. L'Apocalypse, c'est une solution, qui a l'avantage d'une longue attente.

Le dhimmi de Saint-Florent

On ne peut pas vraiment dire que le tombeau de Napoléon Bonaparte, non loin d'où Jean eut le droit à des obsèques nationales, évoque le Sinaï, mais c'est grâce à l'Empereur, dira le chef de la gauche prolétarienne mué en talmudiste, Benny Lévy, né au Caire, que les Juifs égyptiens parlaient le français.

Je ne pouvais m'empêcher de penser aux yeux incrédules de Jean quand je lui avais raconté que son beau-père, Ferdinand Béghin (1902-1994), un patriarche industriel aux allures de grand d'Espagne du Nord des « chtis », un inquisiteur découpé dans un tableau du Greco, m'avait demandé, lors d'un déjeuner en Corse : « Jeune homme, pensez-vous qu'il y a en France plus de Juifs ou plus de nègres ? »

Dieu, qui que Tu sois, pardonne ma réponse. Fais de moi ce que Tu veux. J'étais un « *am-ha-arets* », un ignorant, je le suis toujours, mais comme j'ai honte, aujourd'hui.

Le soleil de Saint-Florent entrait par lentes coulées jaunes dans la salle à manger, à la Vermeer, deux grandes tablées d'une simplicité parfaite, ni trop, ni trop peu.

Les oursins violets, les poissons du jour délicatement préparés, les salades délicieuses, colorées, pimentées, paradaient comme au 14 juillet. Les femmes étaient bronzées, elles irradiaient du bonheur de l'entre-soi.

C'était une forme de paradis. Ai-je dit que j'avais le goût des maisons des autres ? Ce ne sont pas tant les racines que je leur envie, je ne suis pas crédule, mais la secrète protection qui m'y retient. On m'y cache. Saint-Florent, une baie du cap Corse trempée d'eaux tièdes, quelques grands noms de l'art ou de la finance en bordure de mer, un sanctuaire de l'argent anobli, sans aucune vulgarité, que filtrait le bon goût.

Il n'y eut pas de mort ce jour-là, sinon de honte.

Dhimmi à Saint-Florent comme à Beyrouth, dhimmi partout, donc vulnérable, atteignable partout.

Révocable.

« Le dhimmi est donc celui qui vit dans une société musulmane mais sans être musulman, ce mot veut en effet dire "protégé", mais par soi-même et en tant que "existant", on n'a aucun droit à faire valoir », écrit Jacques Ellul, en préface au livre de l'essayiste britannique, d'origine égyptienne, Bat Ye'or, née Gisèle Littman-Orebi.

J'utilise le mot « dhimmi » comme métaphore de ma condition. Elle est plus grande que moi, bien plus vaste.

« Exclure les Juifs, c'est en un mot supprimer "autrui". » Cette simple phrase de Maurice Blanchot serait le moteur qui me fait bouger vers autrui. C'est dans ce mouvement que je veux m'abolir, puis renaître.

Il y avait peu de musulmans autour de la grande table, mais plutôt les aristocratiques descendants des croisés en Terre sainte.

Que pouvais-je répondre au sévère sucrier ? Je voulais qu'on me garde encore un peu. La pupille froide et brune de Ferdinand me dardait. Il guettait sa proie. J'ai répondu. « Il y a beaucoup plus de nègres, je crois, Monsieur. »

Faites-moi entrer sous terre, couvrez-moi d'orties, comme j'ai honte.

Emmanuel Levinas écrit dans *Difficile Liberté* : « La persécution raciale touche l'innocence même de l'être rappelé à son ultime identité. »

J'étais insulté, comme Juif, j'insultais moi-même en rebonds.

Benny Lévy raconte que lorsqu'il était connu sous le nom militant de Pierre Victor (« des noms de goy ! » dira-t-il horrifié, comme si c'était la seule chose à reprocher à cette période pétrie d'exclusion), précoce dirigeant de la Gauche prolétarienne, il avait entendu un ouvrier de Roubaix proférer des insultes antisémites, mais qu'il n'avait pas réagi, par solidarité politique. « J'étais faux de bas en haut. » J'aime ce raccourci.

Il mentait, par esprit de classe, par conviction idéologique, imprégné des années Mao. Il avait des excuses. Moi, j'avais juste les oursins comme excuse.

Je pensais à tout cela aux Invalides, ma tête alourdie chancelait en suivant la liturgie chrétienne, je me coulais dans mon rôle de Juif de cour.

Ma fille Marie-Sarah, impassible, pudique, suivait le cercueil porté par la garde républicaine. Cette pompe était de trop. Jean aimait les honneurs, mais il y avait toujours trace chez lui d'un ancien élève ascétique de la rue d'Ulm. Il aimait à la fois la jouissance – en mesurait la vanité – et la liberté qui en atténuait les débordements. Jean citait dans la même phrase Aristote et Gianni Agnelli, Roger Caillois et le bar du Ritz. Dans le secret de son cœur, lequel de ces deux mondes préférait-il ?

Il serait facile de juger qu'il avait préféré le luxe à tout l'accoutrement de l'intellectuel de droite, biberonné depuis l'École normale supérieure aux luttes contre le communisme d'après guerre, choyé par une mère qu'il adorait, n'ayant pas eu d'autre choix que d'avoir quitté le trop vaste château de Saint-Fargeau, dont la toiture menaçait ruine.

Notre époque aime les jugements tranchés. Droite ou gauche. Classique ou moderne. Cravate en laine bleue ou pull d'intello. Jean était un transfuge de classe, mais à l'envers. Il allait du haut vers le plus haut.

Les puissants l'amusaient, mais il leur préférait la fuite, et la diagonale à travers les paysages aimés. Dans le pays bernois, où nous nous promenions, la colline d'après, le paysage suivant, la compotée de framboises promise, lui arrachaient des cris d'ourson impatient. Son miel était la liberté. Le prix à payer était souvent la souffrance des autres. Mais on n'attache pas longtemps un animal de race.

On imagine Diogène, comme par hasard le nom de la revue philosophique qu'il dirigea à l'Unesco, Diogène non sur un tonneau, mais sur des skis nautiques, ou sur un rocher au soleil de l'une de ces îles grecques éternellement sans brume. On imagine Diogène hâlé, les pieds nus dans les mocassins, au volant d'un coupé Mercedes dont le siège avant était enseveli de livres, davantage le signe de l'égoïsme du conducteur que de l'érudition propre au normalien.

Sur une photo prise à Venise, Jean mué en grand-père tenait ma fille cagoulée de cachemire, devant l'église San Giovanni et Paolo.

Marie-Sarah a les yeux ronds d'une infante, Jean fume le cigare, le ciel est bleu.

Le névrosé que je suis s'apaise devant l'aptitude au bonheur, une faculté qui ne m'a pas été donnée, de même que j'envie l'indifférence souriante des forcenés de l'ego.

Jean n'était pas pour rien le descendant de Louis-Michel Lepeletier de Saint-Fargeau (1760-1793), assassiné à 32 ans, président de l'Assemblée constituante, révolutionnaire qui vota en faveur de l'exécution de Louis XVI, ce qui ne le rendit pas aimable à l'aristocratie. Jean-le-Rebelle avait ses camarades du parti communiste, je me souviens qu'il avait aimé et souvent invité Roland Leroy à Neuilly, tout comme il le fit avec Jean-Luc Mélenchon. On aimerait le verbatim du déjeuner, au cours duquel j'imagine que Jean saupoudrait ses fruits de sucre et les noyait sous la crème fraîche. Jean-le-Pieux s'était offusqué d'un album de photos montrant une série de crucifixions dévoyées. On ne badine ni avec la politique, ni avec Dieu.

Mais, au contraire de notre époque, il ne se plaignait de rien. De quoi aurait-il dû se plaindre ? Il attirait les honneurs et repoussait les emmerdeurs.

Expressif, courtois, parfois méprisant avec les ignorants, il s'énervait peu, préférant la sécheresse soudaine d'un œil bleuté qui tenait à distance. Seule la perte de son crayon noir, un bout noirci mordu ou tenu sous le nez, lui arrachait des cris de désespoir qu'on réserve aux êtres qui nous sont chers.

Je me souviens aussi de ses articles dictés au téléphone, assis dans un grand fauteuil jaune de la maison de Saint-Florent, il fallait alors libérer la ligne, si l'on ne voulait pas s'exposer à des insultes.

Ses amours de jeunesse ont des noms de reines maudites, on les dirait empruntées aux volumes de son copain Maurice Druon, ou de princesses nées un dimanche, telle Nine de Montesquiou, dont une photo que j'avais vue d'elle en robe Balenciaga m'avait renversé tant elle était belle, comme le sont les grandes du monde proustien.

J'écoutais, plus que je ne parlais, même si Jean adorait les ragots littéraires.

Je n'avais publié qu'un livre de lui : à peine entré chez Grasset, je lui avais arraché ses entretiens avec Emmanuel Berl, le rabbin Voltaire selon un mot de l'époque. Jean, économe de son temps, avait trouvé le titre : Tant que vous penserez à moi. J'avais transcrit les entretiens, les écoutant en boucle, des heures durant, bercé par la sarabande de l'intelligence, le grésillement des bandes magnétiques et des voix dans l'aigu.

Oui, tant que vous penserez à moi, je ne serai pas mort.

Aujourd'hui, plus de trente ans après, je voudrais bien qu'on dise de moi, comme je le dis des nombreux fantômes qui peuplent ce livre, « tant que vous penserez à moi » : je ne mourrai pas.

Qu'on nous laisse cette illusion, à ceux comme Jean, publiés dans la Pléiade, ou aux anonymes du peuple errant.

Nul n'avait été si épris de vivre, à mes yeux.

Les mots du président de la République me tiraient des spasmes que nous étouffions, ma mère, Nour, qui l'avait un peu connu, et lui reprochait sa passion pour le président Michel Aoun, dans le crépuscule de l'église Saint-Louis des Invalides.

Pourquoi étions-nous ainsi ? Devrais-je en avoir honte ? Ou devrais-je avoir honte du peu de considération que nous avions pour les morts à l'heure où nous nous tenons en équilibre sur le fil de l'éternité ?

« Des chochottes, murmurait Nour plus fataliste, *shed hallak*, sois courageux », en serrant mon bras jusqu'à me faire mal. J'aimais sa fermeté martiale, que venaient corriger ses accès sentimentaux, comme une poussée de grippe, une flambée de tendresse abrupte, possessive, jalouse.

Qu'avions-nous donc à nous lamenter, à tout compliquer, à nous souvenir de tout et tout le temps ? Il n'était pas question de Shoah alors, comme on le verra plus tard, la guerre avait épargné nos plus proches. Je ne mets pas en jeu ici les grands mots de la guerre et des camps.

Je n'imagine pas des malheurs plus grands que moi. Je parle de l'intime. Je parle de l'infiniment petit. Je parle en captif amoureux. C'est presque rien, mais c'est déjà beaucoup. De l'inscription inexplicable du passé dans cet intime que j'aurais mis si longtemps à dérouler comme le palimpseste de nos vies. Je parle d'un sentiment qui n'a pas de nom. Qui n'a pas d'origine précise. Nos pas familiaux nous dirigeaient vers un horizon bouché où rien ne s'arrangerait jamais.

J'ai vécu souvent seul. Je veux mourir accompagné. Je veux qu'une foule ondoyante, musicale, entraîne chacun à la suite improvisée du deuil. C'est un mouvement fluide, un encerclement comme une ronde. C'est une fête païenne.

Nous n'aimons pas mourir, nous qui mourons plus souvent qu'à notre tour.

Je ne veux pas, même si au moment où je pourrai le savoir, je ne le saurai plus, être rapidement expédié.

« Être ailleurs, le grand vice de cette race »

Je viens d'une terre où le peuple juif s'enracina, la cultivant, arrosant les champs et les vignobles, élevant parfois des chevaux, où les patronymes sont le nom des villes anciennes que les romains bâtirent.

Je sors d'Égypte ou d'Espagne, d'Andalousie ou de la studieuse Narbonne des rabbins, peut-être de nulle part sinon de Judée après la destruction du Temple : je sais d'où je viens, mais je ne sais pas où je vais. Ni surtout, quand j'arrive. Je sors de l'Histoire.

Dieu a jeté pour moi « jusqu'au ciel le pont de sa loi, par-dessus le fleuve du temps : sous l'arc de ce pont, le temps poursuit désormais son murmure impuissant jusqu'au cœur de l'éternité » (Franz Rosenzweig, *L'Étoile de la Rédemption*).

Où est l'entrée dans ce club qui ne veut pas de moi ?

« Je suis cerné de tout côté, et c'est l'appartenance » (Gary/Ajar, *Pseudo*). Romain Gary avait de nombreuses défroques à ôter, du résistant gaulliste au séducteur impuissant marié à Jean Seberg.

Je reste modeste. Je n'ai pas autant de masques. « Changer de personnage, c'est vouloir goûter la vie », dit Romain Gary. Mais le même se suicide, lassé. À trop changer de peau, on finit par se perdre.

Qui me cerne, moi ? À quel passé dois-je fouiller ? Comme on gratte à la porte, elle s'ouvre : tout le monde est là, des bonjours qui claquent comme les pétards du 14 Juillet, voilà le roman familial que je n'aurai pas écrit.

Les « cousinades » dans la chaleur des pièces closes, les secrets qui affleurent, les baisers mouillés dans le noir sous la toise qui sert à mesurer la taille des enfants chaque été, cette impression de certitude nonchalante, de confort existentiel au ralenti, ce luxe roulant sur plusieurs générations, toujours ressenti quand j'étais le capitaine Nemo des équipages chrétiens, le petit copain, le bel-ami, l'amant d'une nuit parfois, le voltigeur qui amusait la galerie, le coquin précoce à la Cocteau dans les rues du septième arrondissement, embrassant les filles à particules sous les porches bleu profond estampillés XVIIIe siècle, chaloupant d'un château aristo déglingué l'autre.

Combien de noms de famille illustres ai-je embrassés quand ces demoiselles pensaient que c'était à leur virginité que j'en voulais ? Vampire de leur généalogie, j'aspirais en même temps que leur sang voluptueux leur passé, leurs ancêtres, leurs châteaux, leurs blasons.

Qui étais-je à 20 ans ?

Swann ou le masque de Swann par-dessus mon absence de visage, une sorte de Fantômas rabbinique entre les cuisses des chrétiennes.

Le désarroi, c'est le contraire de l'arroi, de l'équipage, des attributs de la puissance. Les avais-je encore, que je ne les avais plus. Je ne possédais, au moins étais-je lucide, que des fortunes de cendres.

J'ai vu : des portraits de générations consanguines, des ancêtres en culottes de chasse dont les descendants accrochaient aux murs les trophées africains, les défenses d'éléphant, les cornes de buffle, les cuirs patinés, profonds, les portraits du temps colonial, les fioles de Baccarat, les armagnac doux en bouche, les gouvernantes qui avaient accouché Madame, il y a un demi-siècle.

J'ai vu : une aristocratie buissonnière et bohème que l'argent des brasseurs juifs avait sauvée de la faillite.

J'ai vu : des châteaux larges comme des utopies, où les enfants blonds avaient dès le plus jeune âge leurs fusils attitrés, et me terrifiaient comme une soldatesque « *Hitlerjugend* ».

J'ai entendu : des dégénérés qui postillonnaient les mots « Français de souche » entre leurs lèvres ourlées de jaune nicotine, qui rêvaient de mourir comme Péguy à la guerre, mais Péguy était dreyfusard et mystiquement républicain : sa jeunesse n'était pas « Notre jeunesse » des années ska, la librairie Lamartine, la rue de la Pompe, la chanteuse Edith Nylon, mes amis Frydman, Akoun, Friedlander.

Les frères Nicolas et Alexandre Saada, jumeaux aussi différents que possible, étaient ma famille tunisienne adoptive de la rue des Belles-Feuilles, où les boulettes de viande ricochaient entre les volutes des cigares de marque italienne Toscano, dans un Orient à la fois ressassé, mythifié, conspué, finalement nostalgique des bains de mer à la Goulette.

Déjà, je m'y sentais mieux que chez moi : cap au Sud, vers la Toscane, des rouleaux de fumée épaisse comme de la couenne sortaient des fenêtres de la Rover, le père des jumeaux, Gilbert Saada, alias Gigi, fulminait de l'arabe, coincé entre deux aphorismes de La Rochefoucauld, quand nous fîmes halte à Milan. Il apostropha le voiturier de l'hôtel en arabe. Cela m'avait frappé. J'aurais pu aujourd'hui l'emmener faire un tour en décapotable sur la Corniche, à Beyrouth.

Je me souviens : il faisait la cuisine avec sa cravate liberty remontée sur l'épaule, un verre de scotch à la main, les glaçons tintaient comme les cloches de Bâle, où il finira sa vie. Nous aurions pu être au Liban.

C'était l'alliance de La Marsa et des moralistes. De Spinoza que Gigi citait dès le café, mâchonnant son cigare, et des artistes seventies américains entassés sous les moulures.

J'aimais ce frottement indécis du chic bohème et de la merguez.

Gigi connaissait Gilles Deleuze, comme je me préparais au concours de la rue d'Ulm, ce nom m'électrisait.

Notre Jeunesse française ? J'en doute. Tous mes amis étaient juifs, pleinement, et français, pleinement.

L'un d'eux changera son nom de famille, il voulait le raccourcir comme on circoncit un nourrisson après huit jours. Il était « de la confrérie du sécateur », comme dirait Albert Cohen.

De quoi avions-nous si peur ? Nous avions une génération de retard : ni idéaux, malgré le pin's Solidarnosc au revers de certaines vestes au lycée, ni souffrances, sinon intimes.

Nous ne collions pas à l'histoire. Nous n'avions de religion que la peur de ne pas faire précocement l'amour, et une fois la chose faite, de ne pas nous en vanter. Nos petites copines. Les miennes étaient chrétiennes, sulpiciennes, affolées, perdues dans leurs boucles brunes, prêtes à tout.

J'ai promis à Nour de ne rien dévoiler de mon passé amoureux. Sa jalousie est rétrospective. Ce livre sera non sexuel. Il faut une première fois à tout, y compris à la chasteté.

Nous n'avions pas encore senti comme Péguy chez Bernard Lazare, « ce feu allumé il y a cinquante siècles ».

Nous étions de jeunes bourgeois matérialistes, au mieux lisions-nous Baudelaire, en nous esclaffant à la lecture de *Mon cœur mis à nu*, un chef-d'œuvre de dandysme misogyne.

La plupart allaient plutôt chez Renoma ou chez Berteil, comparaient leurs santiags, en se damnant pour la poitrine de la fille d'un célèbre banquier. Les plus déniaisés en politique adhéreraient bientôt à SOS Racisme. Il faudrait écrire un tombeau de notre lycée.

Je ne m'en rendais pas compte, mais tous mes amis proches étaient juifs. Ma mère m'en avait fait la réflexion.

Avaient-ils des caractéristiques physiques spécifiques, comme me plaisanta Nour, frottant son nez minuscule, à propos de l'Alain Delon de *Monsieur Klein* ? Des cheveux bouclés, un regard en biais, une frousse chevillée au corps, un orgueil particulier ? Le racisme commence là : mes amis n'ont pas l'air de scouts nés dans le Poitou.

Je ne disais rien. Aux autres, je mentais volontiers. J'en ai entendu des chuchotis aigres, des remarques frôlées, crescendo de mensonges où je me lovais, craintif et heureux à la fois : « Carcassonne, c'est juif ? On m'a toujours dit que les noms de ville… » mais non, pas du tout, pourquoi dis-tu cela, viens, donne-moi un baiser.

Quand on feignait de l'intérêt, c'était pire. Je bredouillais.

Je ne connaissais pas le rite ni la synagogue, héritier d'une laïcité érigée en dogme, d'une confluence de conversions, au pire, d'oubli précautionneux. Je n'avais ni temple, ni église.

Je me méfiais : « Le philosémite est un antisémite qui aime les Juifs », écrit Alan Levenson.

Ma jeunesse fut un mensonge. Je n'aimais que les chrétiennes ardentes, qui s'étonnaient de ma circoncision, mais toujours trop tard pour reculer.

Ma seule fiancée juive de l'époque fut une harpiste qui avait les cheveux crépus de Harpo Marx, que j'embrassais en retenant ma respiration sur la plage de Deauville. Je me serais crevé un œil pour monter l'escalier interdit du Jockey Club, non tant par snobisme, mais je voulais être tous les autres, et pas le seul « moi » dont je disposais, le petit garçon en uniforme de Janson-de-Sailly, dont les parents s'habillaient chez Francesco Smalto, skiaient à Méribel, et jouaient au tennis au Polo de Bagatelle.

Il y a pire enfance, mais l'argent, volatil, s'en irait plus vite que je ne le croyais.

Si j'avais été pauvre, il m'aurait fallu prendre l'ascenseur social. Mais, appartenir : essayez donc d'appartenir. À quoi se raccrocher, sinon au passé des autres ?

J'étais prudent et sinueux comme Ulysse. Je me rassasiais de ces amazones chrétiennes, ces légions de filles de famille, ces fleurs fraîches que je fauchais dans l'élan du vice, Dorian Gray dont les fiancées vite fanées vieillissaient à sa place.

Je ne voulais pas être réduit, appartenir au seul rivage de l'enfance. Ce liquide qui déborde de la mère, qui colle à la peau, aux cheveux, aux doigts, ce suc d'immortalité, ce lait de bébé. Je voulais vieillir, vite.

Je voulais être ailleurs. Je voulais épuiser tous les possibles. Je n'y arrivais pas. Je reste suspendu, l'index vers l'horizon au bout du bras tendu, comme un Romain de la statuaire antique. Je montre l'horizon. Suspendu vers l'autre. Je suis un point de suspension. C'est mieux ailleurs, non ? L'ailleurs : le revers de soi. Je voulais être l'autre, à défaut de revenir toujours le même, comme un disque rayé.

« Être ailleurs, le grand vice de cette race, la grande vocation de ce peuple », Péguy encore.

« Un adulte cousu d'enfant »

Appartenir. Le plus beau mot de la langue française, mais aussi celui qui me déconcerte le plus.
Appartenir. À l'instant d'y penser, comme c'est douloureux et tendre à la fois : surgissent les images colorées, chaudes, oranges, rassurantes, saturées, des images de jardins broussailleux, les grandes maisons claires dont les fenêtres ouvrent sur un parc ombragé, une grand-mère façon Gisèle Casadesus tient la maison d'une main de fer, de la bonté attentive, mais pas de laisser-aller, les yeux clairs, le sourire franc, le port droit, à ses basques une tribu de cousins, joueurs, nerveux, pagailleurs, se tenant par le cou, les pulls troués aux coudes, et soudés malgré leurs chamailleries, ah ! jamais séparés, mais soudés entre eux, comme je n'ai jamais été soudé à moi-même.
Comme je n'ai été soudé à rien. La soude, donc l'acide.
Je me dissous dans l'image. J'entre dans l'image.
J'ai 10 ans.
Je porte des jeans évasés, le rhume des foins me cloue chez moi, je passe mes journées le visage dans un cornet de

plastique à inhaler des fumigations de menthol. Les autres enfants s'amusent à l'air libre. On me regarde comme Woody Allen allant dîner chez les parents de Diane Keaton dans *Annie Hall*. Je porte soudain un caftan à bord de fourrure, un manteau noir, et des frisottis encadrent un visage trop blanc.

Je suis devenu un adulte « cousu d'enfant » (Gombrowicz), à la couture visible comme l'ourlet défait après une bagarre.

Je suis habillé en couleurs « seventies » : du marron, de l'ocre, du vert fougère, comme paraît-il la couleur de mes yeux (d'après ma femme, quand elle veut me flatter), j'agite les bras, j'ai un col roulé, un pantalon en velours côtelé, des mocassins couleur crème achetés avenue Paul Doumer ou rue de Passy, un loden vert comme nous en portions, enfants de la bourgeoisie. Je vais vers eux. J'avance. Mais pas un son ne sort de ma bouche. Je suis un film muet dans un concert de pitreries et de rires étouffés. Ma bouche s'ouvre, j'ai la sensation de parler, de leur lancer : eh, attendez-moi, je viens avec vous, moi aussi je veux jouer. Je veux jouer. Je veux jouer.

J'ai 5 ans. Si l'on rembobine ce film super 8 que mon père passait sur un écran déplié dans le salon, qui lui donnait l'air d'un inventeur du cinématographe, la pellicule sépia trouée qui saute, le hoquet de la caméra qui a disparu avec le numérique : apparaît en se dandinant un enfant replet, déjà angoissé, le doudou pelucheux sur le nez, vêtu de Baby Dior, les cuisses blanches sous une culotte courte crème.

Me voici, m'arrêtant au seuil de ma fraîche vie, comme devinant la longue série de désastres à venir.

Ce livre ne porte pas sur l'antisémitisme. Il existe. Et alors ? C'est un fait historique, né d'une longue tradition de l'antijudaïsme chrétien. À vrai dire : je m'en fous. Ce qui m'importe, c'est de renouer avec la joie du texte, la séparation d'avec le monde incroyant, de susciter *le même et l'autre*, en moi. Susciter, ressusciter.

Le captif amoureux

Nour et moi, nous savons que nous sommes tissés l'un de l'autre, recto verso. Nous sommes une seule chair. Nous nous engendrons l'un l'autre. Je suis captif d'elle : j'aime ma captivité autant que je cherche à la fuir.

Charles Mopsik écrit dans *Le Sexe des âmes* : « La chair une, ce n'est pas l'unité statique du couple humain, mais l'accomplissement de son pouvoir procréateur. » Nous avons donné naissance à ce couple qui s'agglomère, arabe, et se sépare, judéo-arabe.

Nous nous disputons, avec violence, sur le flou historique moyen-oriental : tout nous est prétexte, car il n'y a pas de récit national unifié.

Nous nous disputons surtout à propos de la guerre, dont le cours est inextricablement un lacis d'horreurs et de trahisons incestueuses.

Nour a connu l'invasion israélienne de 2006. Elle a vu les avions traverser la ville à hauteur des buildings, elle a senti le chuintement des bombes, elle a eu peur. 2006 était un conflit simple. La guerre du Liban, on y consacrerait sa vie qu'on n'y comprendrait rien.

Elle n'admet pas l'existence d'Israël, en tout pas si proche d'elle, de ses parents, de ses amis, de son confort et des piscines.

« Pourquoi n'allez-vous pas au Birobidjan ? C'est un État juste pour vous, en Sibérie, juste à côté de la Chine. Vous ne seriez pas mieux là-bas ? » Nour regarde alors mes enfants et moi, elle nous expédie mentalement au Birobidjan.

Le pire est que Nour plaisante à peine, en m'imaginant me fondre dans la banquise à moins 50 degrés, citoyen en fourrure d'un morceau d'utopie créé par Staline, qui voulait, comme tout le monde, se débarrasser des Juifs.

Qui a assassiné Bachir Gemayel à peine élu président de la République, le 14 septembre 1982 ? Les Syriens ? Ou, selon Nour, les Israéliens, dont l'accord avec la droite chrétienne n'avait pas tenu, Bachir ayant après son entrevue houleuse avec le Premier ministre Menahem Begin, fait volte-face ? Pourquoi attendre plus de trente-cinq ans pour juger le « présumé » meurtrier Habib Chartouni, membre du parti social-national syrien ?

Qui a provoqué le départ de tous les Juifs du Liban, les derniers après les enlèvements ciblés, l'assassinat de neuf d'entre eux en 1985 et 1986, dont les corps ne furent jamais retrouvés ? La plupart de mes interlocuteurs répondent : la propagande sioniste et l'intimidation d'Israël. Mensonges.

« Je cherche l'ombre », répondait Genet à Leïla Shahid – amie de l'écrivain, elle fut longtemps déléguée générale de la Palestine en France – qui lui demandait pourquoi il retournait en Jordanie.

L'ombre, c'est la grande gagnante au jeu de l'Orient.

« Ne dis pas qui tu es », chuchote Nour avant un rendez-vous à Beyrouth, je feins de m'étonner, elle fronce les sourcils : « Tu sais très bien ce que je veux dire. » Souvent, elle n'a pas tort. Notre interlocuteur, un ancien ministre, courtois, érudit, me demande, après avoir soutenu l'idée d'une politique française tout uniment prosioniste : « Rappelez-moi le nom de la banque où votre président Macron travaillait ? »

Je reste muet.

« On voudrait que le Juif soit une unité unique et unilatérale. C'est pourquoi la petite différence devient dans la haine une monstrueuse différence, qui est la haine amoureuse. C'est la haine que l'on éprouve pour l'autre le plus proche », écrit génialement Vladimir Jankélévitch.

C'est l'identité collée/décollée, si proche/si lointaine, qui me retient. Nour la personnifie. L'adulte cousu d'enfant ne se décolle pas plus que le Juif cousu d'arabe que je suis devenu malgré moi.

Comment ferai-je alors pour opérer ma métamorphose, mon retournement, ma sortie de la dualité ?

« Nous ressentons un schisme profond au sein de notre existence. Ce schisme nous paraîtra insurmontable aussi longtemps que nous n'aurons pas fait, de cette certitude que le sang constitue la force créative de notre vie, la part vivifiante de notre être », me sermonne encore Martin Buber.

Le sang, qu'est-ce que c'est ? La mémoire ? La trace du peuple élu, chassé, maudit ? « Ce quelque chose qu'a déposé en nous la chaîne des générations de nos pères et de nos mères ? » Ce quelque chose en moi, serait-ce le flamboiement des siècles avant que je ne sois né ?

En Suisse, la carte d'identité indique, non le lieu de naissance, mais l'*origine* : le lieu d'où l'on vient, du plus loin qu'on s'en souvienne. Au Liban, même chose. On est de quelque part, on appartient à son village, peu importe où l'on a décidé de vivre, Brésil, Dubaï, ou Afrique.

Ce quelque chose palpite encore. Je l'écoute. Je regarde mes quatre enfants : je vois quatre petits goyim blancs de peau, de trois mères différentes, toutes chrétiennes.

Je sors mon lance-roquettes et je convoque la religion. Nour refuse de se convertir, « j'ai déjà refusé la même chose à un cheikh, mais lui au moins, il était riche », sifflet-elle. Je lui offre un tapis de bain avec le drapeau d'Israël. En riposte, elle porte pour dormir un tee-shirt jaune du Hezbollah, que nous avions acheté à Baalbek. Les armes entrelacées s'arrêtent au bas de son dos nu.

Ce n'est pas pour rien que j'emprunte ici à Jean Genet le titre de son livre-puzzle sur les feddayin palestiniens dans leurs camps en Jordanie en 1970 et 1971, *Un captif amoureux.*

On pourrait réduire la complicité de l'écrivain avec la beauté naïve des jeunes feddayin à un simple élan érotique, Genet « écrasé par le concept de France », mais ce serait aller trop vite en besogne. Lire ce poème en prose autobiographique, c'est associer différents temps. Faire confluer les eaux des fleuves d'une vie, des géographies imaginaires qui vont de la Jordanie à la Grèce en passant par le Japon, c'est être perdu dans un dédale du sens où Genet circule en minotaure léger au crépuscule de sa vie. Ce n'est pas un texte sénile, ni même concupiscent. C'est un hymne à la vie, avant que de mourir, les feddayin au combat, Genet de son cancer.

Je parlerai ici de Jean Genet, non que son attitude aux débuts du conflit israélo-palestinien me heurte plus que de raison, mais il y a page 408 de *L'Ennemi déclaré* une note bien heureusement retirée du texte *Quatre heures à Chatila*, publié le 1er janvier 1983 dans le numéro 6 de *La Revue d'études palestiniennes*, écrit sur le vif, avec la sensibilité de son attachement à cette « communauté », qu'il adopte comme un père ses enfants nouveaux : « Je suis français, mais entièrement, sans jugement, je défends les Palestiniens. Ils ont le droit pour eux parce que je les aime. Mais les aimerais-je si l'injustice n'en faisait pas un peuple vagabond ? »

Il est de parti pris, mais pourquoi pas, cela ne me gêne guère.

Je cite la note qui rétablit le texte d'origine : « Le peuple juif, bien loin d'être le plus malheureux de la terre, comme il a fait croire au génocide alors qu'en Amérique, des Juifs, riches ou pauvres, étaient en réserve pour la procréation, pour la continuité du peuple élu, enfin *grâce à une métamorphose savante mais prévisible*, le voici tel qu'il se préparait depuis longtemps : un pouvoir temporel, exécrable, colonisateur comme on ne l'ose plus guère, devenu l'Instance Définitive qu'il doit à *sa longue malédiction autant qu'à son élection.* »

C'est moi qui souligne.

Comme disait Jean d'Ormesson, sur d'autres sujets douteux : « Hum, hum. »

Le même Jean, du côté chrétien au *Figaro Magazine*, soucieux d'équilibrer l'emprise de ce qu'on ne nommait pas encore l'islamo-gauchisme, tient les comptes : « Si la même attention avait été accordée, depuis quelques mois, à chaque mort libanais qu'à chaque mort palestinien, la situation au Liban ne serait pas ce qu'elle est » (1989).

C'était un autre temps de la dialectique. En 1978, Gilles Deleuze écrivait : « Un mort arabe n'a pas la même mesure qu'un mort israélien » (*Le Monde*, 7 avril 1978).

J'aimerais échapper à l'évidence de ces oppositions claniques entre sectateurs qui affichent leurs idées comme des posters sur une chambre d'adolescent.

D'où viendrait la *métamorphose* dont Genet parle ? En quoi serait-elle prévisible ? Serait-elle de circonstance historique ? Ou génétiquement juive ?

Genet voit-il un dévoiement spécifique dans la boucherie de Sabra et Chatila ? À l'époque, en 1982, la rhétorique combattante insistait sur le fait que les Palestiniens étaient les « Peaux-Rouges des colons juifs ». La formule était d'Elias Sanbar.

La politique corrompt la mystique, Péguy l'a clamé avant lui, mais Jean Genet ne glisse-t-il pas, dans les blancs de ce texte, l'insinuante idée que le peuple élu ne doit, *par essence*, jamais accéder au pouvoir temporel ? Il n'est pas par nature *innocent*. L'antijudaïsme chrétien ne disait pas autre chose, ni Nour non plus, quand elle me déclare entre deux baisers que j'ai tué le Christ.

En 1952, bien longtemps avant le tombeau de mots de Sabra et Chatila que lui dictent l'effroi, les drogues et les somnifères dont il fait un usage immodéré, Genet est ainsi décrit par Sartre dans *Saint Genet, comédien et martyr* : « Genet est antisémite. Ou plutôt, il joue à l'être. »

Tout le génie de Sartre tient dans ce renversement oblique, non pas un retournement, mais un glissando de l'innommable au nommable, de l'inadmissible à l'admis. Qui en voudrait à un joueur ? Je demande une explication à mon amie (et auteure) Emmanuelle Lambert, préfacière de Genet dans la Pléiade : « Je ne sais pas, tout le monde s'oppose sur cette citation. »

Genet feint et feinte. Ce vrai « goy » éduqué dans la violence et le catéchisme chrétien renverse les catégories. Il « défèque » la morale judéo-chrétienne. S'il appartient en effet d'après Sartre à « la chevalerie du crime », où « on trouvera tous les traits d'une féodalité. Tous, jusqu'au conservatisme social, jusqu'à la religiosité, jusqu'à l'antisémitisme », ce mauvais voleur, ce petit criminel, reste un gamin frondeur et provocateur. Il manipule, et s'il y avait la moindre intention chez ses amis palestiniens de l'enrôler, c'est lui qui renverse en une prise de judo qui est le propre du génie, la force des autres en faiblesse.

Le gosse est le patron. J'aime cette idée, fût-elle fausse. Il sert la cause, la cause le sert mille fois plus. C'est un mendiant ingrat.

Après avoir passé quelques heures à Chatila, où il a perçu « l'obscénité de l'amour et l'obscénité de la mort, postures, contorsions, gestes, signes, silences même appartiennent à un monde et à l'autre », Genet, déprimé, traité pour son cancer, n'écrivant plus, est relancé dans le jeu de l'écriture par l'horreur même de ce qu'il voit et nomme en une forme de « sépulture de mots », de Guernica des Palestiniens, selon les mots de Leïla Shahid et d'Albert Dichy.

Il n'y a pas de mémorial au Liban. Il en faudrait à chaque coin de rue.

D'après ce que je sais, que m'a confirmé Elias Sanbar, le passage a été jugé gênant, Jacques Derrida aurait convaincu, en accord avec les responsables de la revue, l'indomptable Genet de le retirer.

Impubliables, ignobles dans leur rhétorique, ces lignes l'étaient.

Mais compréhensible, ce morceau de bravoure l'est aussi. Si l'on prend en compte le contexte émotionnel qui nimbe les massacres de Sabra et Chatila, commis du 16 au 18 septembre 1982, ce texte est calme et brûlant, écrit sur vingt-huit feuilles de papier à lettres, « encore à fleur de terre, tout est plus vrai qu'en France », où culmine la noce orientale de l'amour et de la mort : « J'avais l'impression d'être au centre d'une rose des vents dont les rayons contiendraient des centaines de morts. » Si l'on sait la position acrobatique de Genet entre l'Occident qu'il déteste et l'Orient où l'on se moque parfois de lui, mais où le guide la boussole du désir.

Cette note me reste néanmoins en travers de la gorge. Mieux : elle m'a empêché de dormir plus d'une nuit.

J'ai consulté les spécialistes de l'auteur. Ils m'ont gentiment signifié que je n'étais pas de taille à affronter les complexités ni l'amère psychologie tricotée à partir de l'absence du père et l'abandon par la mère, ni sans doute même à ressentir ce que l'intrus de Chatila ressent quand il enjambe les morts violacés, « comme on franchit des gouffres ».

J'avais étrangement eu la même impression d'être écarté du gouffre, mensonges, expiations, rivalités, sandwichs de cadavres empilés, quand avec Nour nous avions enquêté sur cette période de la guerre et sur les doubles jeux d'Arafat. On nous répondait à peine. Nous n'étions ni vraiment arabes, ni vraiment occidentaux.

J'ai regardé le peu d'images des massacres de Chatila, lu les rapports accablants pour le général Ariel Sharon, perçu sa détermination transmise à l'émissaire américain Morris Draper qui lui demandait de retenir les phalangistes de Bachir Gemayel comme on retient des chiens enragés (le président Gemayel a été assassiné juste avant la liquidation des camps, le 14 septembre 1982) : « Si vous ne voulez pas que les Libanais les tuent, nous les tuerons, nous. »

Sharon avait prémédité, sans l'accord des Américains ni de personne, peut-être pas même du Premier ministre Begin, ces nuits sanglantes. Elles n'ont certes pas été improvisées.

L'émissaire américain Morris Draper, né en 1928 à San Francisco d'un père officier, est ce que l'on pourrait nommer un « professionnel » du Foreign Service, un diplomate aguerri, « *Deputy Assistant Secretary of State* », qui a étudié l'arabe à l'Université américaine de Beyrouth de 1958 à 1961. Il a eu jusqu'à la responsabilité de traiter avec onze pays arabes différents. Il a aussi le privilège d'avoir servi sous Henry Kissinger, et d'avoir remporté, on dit la chose assez rare, sa confiance.

Avec Philip Habib, un Américain d'origine libanaise, « mélange d'Oriental et d'Américain » selon Fouad Boutros, chaleureux, rond en négociations, serrant dans ses bras le pourtant paranoïaque Premier ministre Begin, ils forment le duo diplomatique que l'administration Reagan envoie sur le terrain.

Comment deux aussi grands connaisseurs arabophones du Moyen-Orient sont-ils arrivés à se laisser duper, flouer comme des gamins, tant par les milices chrétiennes que par les Israéliens ? Ont-ils été dupes ? Ont-ils juste été faibles ? Ou bien le rapport de force entre l'administration Begin et l'administration Reagan était-il différent de ce que je crois savoir, si longtemps après ?

« Le Liban me rappelait qu'aucun étranger ne pouvait espérer une récompense de cette terre énigmatique et triste », commente le déjà désenchanté Robert Fisk, après la libération mise en scène par les Syriens à Damas de son ami, l'otage Terry Anderson, en 1991.

Laissons Draper nous dévoiler la situation, telle qu'il l'a résumée dans un entretien disponible sur le site de la Bibliothèque du Congrès.

Il a une forme de sincérité inquiétante, comme s'il ne voyait pas vraiment l'écheveau de morts menant droit à l'attentat du 23 octobre 1983 où plus de deux cents marines auront leurs tripes disséminées dans l'air humide de Beyrouth. L'attentat le plus meurtrier contre des troupes américaines depuis le Vietnam.

Draper lui-même cite plusieurs fois l'obsession qu'aurait Washington de ne pas se laisser coincer dans un nouveau Vietnam. Le Liban, ce confetti, devient le bourbier où allaient s'enliser tous les protagonistes, captifs amoureux peut-être, emprisonnés dans « le zoo historique de tous les perdants du Moyen-Orient », selon la formule de Jonathan Randal, le correspondant du *Washington Post*, dans son livre, *La Guerre de Mille Ans*.

Je lis la citation de Jon Randal à Nour. Le zoo de tous les perdants. Elle sait ce que je pense : je la vois comme un animal traqué, apeuré, dont les yeux de princesse mongole – elle ressemble à Doqouz Khatoun, une héroïne chrétienne de rite nestorien qui supplia son mari Houlagou Khan d'épargner les chrétiens de Bagdad au XIIIe siècle – reflètent la sauvagerie insouciante, adolescente, de tous les habitants de ce zoo. Les cages sont ouvertes. Les fauves circulent librement. Ils se repaissent des restes, et s'entre-dévorent. Jusqu'à aujourd'hui.

Je sais aussi qu'elle me considère comme un animal en liberté, dépourvu de sang-froid, qu'on aurait arraché à une autre partie du zoo, occidental celui-ci : la cage des grands névrosés.

Je sais enfin que Nour comprend pourquoi je m'enfonce sans espoir de retour dans l'horreur du Moyen-Orient. Pourquoi cette farce tragique me fascine. Pourquoi je n'en dors plus.

Tout ce que je vois, lis, documente à propos des corps empilés, me dit ce que je pourrais être, ce que j'aurais pu être, si je n'avais pas trouvé l'antidote, entre l'amour et l'étude : un psychopathe.

Apocalypse Now : la politique américaine ne serait plus jamais prise au sérieux, depuis qu'une capitale arabe, on parle de Beyrouth, serait assiégée, prise d'assaut par les troupes israéliennes. Le baiser de la mort est donné par les milices chrétiennes à Israël, c'est celui qui tue Gemayel.

Les garanties données à l'administration Reagan que la population civile palestinienne, femmes, enfants, serait placée sous protection israélienne, sont jetées à la poubelle.

« Arafat n'avait plus qu'un mot pour parler des promesses non tenues, des engagements violés : *shame, shame* », résume Gilles Deleuze.

Il y avait de nombreuses caches d'armes sous les camps, après le départ précipité d'Arafat pour Tunis, mais ce n'était guère une surprise. Nul n'était obligé de massacrer la moindre brindille humaine qui poussait par-dessus. De violer les femmes, mutiler, abattre contre les murs les vieillards à keffieh, appuyés sur leurs cannes.

Les chiites du Sud-Liban, qui n'avaient pas été mécontents de l'invasion des troupes israéliennes, lesquelles renvoyaient dos à dos Syriens corrupteurs et Palestiniens embarrassants, ne pardonneraient jamais plus qu'on les piétine.

« Question : Est-ce que Begin savait ce qui allait arriver ?
Draper : Quelqu'un dans la pièce savait. Est-ce que Begin savait ? Cela reste un mystère. Les enquêteurs israéliens ont trouvé des déclarations contradictoires parmi lesquelles un enregistrement réalisé le jour de shabbat qui indiquait qu'un haut gradé israélien avait contacté Begin pour lui dire ce qui se tramait. Begin, témoignant auprès des enquêteurs de la commission Kahane sur les massacres, a nié avoir reçu ce coup de téléphone. Begin était pieux. Il n'aurait jamais répondu au téléphone alors qu'il se rendait à la synagogue. »

Je n'en crois pas mes yeux.
Il n'y a qu'un goy pour croire à une chose pareille.
À moins que le commandement éthique n'agisse que le jour où l'on prie ?
Le Premier ministre d'un pays en guerre ne répond pas à un appel alors qu'il sait, au minimum, que son ministre de la Défense Ariel Sharon a clairement annoncé la couleur aux Américains : « Si vous ne laissez pas les Libanais "nettoyer" (les Palestiniens de Sabra et Chatila), alors il nous faudra le faire nous-mêmes. »

Il se réjouit que « la fin du terrorisme international apaise le cœur de chaque pacifiste sur terre ». Pacifiste : il a une drôle de conception du terme.

Morris Draper, supposé avoir la connaissance intime du terrain, alors que la ville est cadenassée par les troupes sionistes, regarde dans ses jumelles. Il s'inquiète de voir les lumières rougir le ciel nocturne au-dessus des camps de Sabra et Chatila. On ne voyait pas bien, disent-ils tous. Jonathan Randal, et les autres reporters, gravissent les six étages et affirment qu'on y voit comme en plein jour.
Dans les entretiens, il précise avec une fermeté déconcertante qu'il avait protesté auprès d'Ariel Sharon, mais trop tard.
Le problème des États est qu'ils gardent précieusement leurs archives.

En septembre 2012, le chercheur Seth Anziska publie dans le *New York Times* un article qui s'appuie sur les documents déclassifiés du ministère de la Défense israélien.
Les « *Lebanonfiles* » sont de trois provenance : le 16 septembre 1982, on lit la conversation entre Lawrence Eagleburger et l'ambassadeur israélien aux États-Unis, Moshe Arens. Un jeune chargé de mission y assiste, Benjamin Netanyahou. Le 17 septembre 1982, alors que la tuerie a commencé en plein Beyrouth, on lit un échange d'une brutalité rare entre Morris Draper, Ariel Sharon, déchaîné, Yitzhak Shamir, alors ministre des Affaires étrangères, et

d'autres officiels qui interviennent peu. Ce document est le plus impressionnant. Le mot de « terroriste » permet à Sharon d'obtenir ce qu'il veut. Le troisième, bref, est une conversation entre le Secrétaire d'État George P. Shultz et Moshe Arens. Nous sommes le 18 septembre. Le massacre a déjà eu lieu.

Les papiers « *on the record* » rapportent le vif échange entre Morris Draper et Ariel Sharon. Le premier est d'une timidité anormale de la part du principal allié et bailleur de fonds du gouvernement Begin. Il presse ses interlocuteurs de quitter Beyrouth-Ouest au plus vite, de sauver les apparences et de laisser l'armée libanaise agir, « neutraliser » le centre-ville, avant l'élection d'un nouveau président libanais. Ariel Sharon, non seulement ne recule pas d'un pouce, mais il persiste à voir les « terroristes » infiltrés dans Beyrouth, au nombre de deux mille hommes armés, alors qu'il n'y en avait plus guère.

Sharon incarne une détermination militaire, soit aveugle, soit cynique, peut-être les deux à la fois. Il a le mérite de la franchise :

Morris Draper : « Les gens qui nous sont hostiles diront que les troupes israéliennes restent à Beyrouth-Ouest, qu'ils laissent les Libanais agir, et massacrer les Palestiniens à leur guise. »

Ariel Sharon : « Alors, nous les tuerons. Nous ne les laisserons pas là. Vous n'allez pas les sauver. Vous n'allez pas sauver ces groupes qui appartiennent au terrorisme international. » Et plus loin : « Quand il s'agit de notre sécurité, on ne demande pas la permission. »

Le mal vient de plus loin.

Expert improvisé, je me bats avec Nour contre la théorie du complot impliquant Israël dans le moindre accident de la route. Nour met en avant leur toute-puissance technologique et leur avidité de conquête. Je me défends avec la faible thèse, reprise à Randal, que pour les deux pays alliés, américain et sioniste, le Liban « était devenu un non-endroit, une simple arène. Miné par tous les virus sociaux modernes qui venaient s'ajouter à l'ancien héritage de maux dont il n'avait jamais guéri, le Liban n'eut probablement jamais eu la moindre chance de survivre ».

Cette citation date de 1983. Il n'y a pas de changement depuis.

Mais, le mal vient en effet de plus loin. En 1920, la puissance coloniale française accorde aux maronites, après la défaite arabe de Khan Mayssaloun dans les monts de l'Anti-Liban, une autorité légitime à gouverner un pays aux frontières plus grandes que le Marounistan réduit. Les maronites, et ce depuis 1920 jusqu'en 1985, vont s'allier avec le rêve sioniste, par commodité opportuniste, par détestation de l'altérité arabe, par complicité minoritaire, parce qu'il est plus facile de « vendre » à l'Occident l'idée d'une protection élargie à tous les chrétiens d'Orient.

Les rêveurs, souvent grecs-catholiques ou orthodoxes, sont exclus de cette guerre fratricide, absurde, irréelle. Comme ce lundi 7 juillet 1980, où les Forces libanaises de Bachir Gemayel attaquèrent la caserne des « chamounistes » (ceux du chef de la milice du Tigre, Dany

Chamoun), de même, mais pourquoi donc ? que les hôtels du bord de mer.

Les tireurs souvent drogués jettent les gens par les fenêtres des étages supérieurs et les mitraillent en vol. Ils criblent de balles un malheureux nageur, en vacances. Le sang se mêle au chlore.

« Vous êtes un petit Mussolini, un petit Franco, un petit Hitler », écrit Michel Abou Jaoudé, rédacteur en chef de *An Nahar*, à Bachir Gemayel, qui s'en fiche.

On peut comprendre que l'explosion, en plein centre de Beyrouth-Est, de l'immeuble des phalangistes, où meurt ce Christ moderne, celui que « nous connaissions sous forme de tempête, de cyclone, de feu et de lumière » selon les mots exaltés du père Naaman, où meurt le rêve maronite, ne fera pas que des malheureux.

« Mettez-moi les menottes », avait-il hurlé à Begin et Sharon, qui voulaient à tout prix leur accord de paix, versant libanais de celui signé avec les Égyptiens.

Je tente de réduire le « complotiste » en moi, mais je me demande comment cet homme n'était pas mieux protégé d'une attaque qui profitait à tous.

Aucun chef d'État d'un pays arabe n'avait survécu très longtemps à un accord, aussi visible, avec Israël. Mais le fils cadet de Cheikh Pierre feignait d'ignorer qu'il avait été élu président de tous les Libanais.

« Il n'y a pas de folie au Liban, jeune homme. Ce que vous croyez être de la folie profite à un clan ou à son zaïm, son leader. La folie, c'est l'intérêt particulier placé au-dessus de tous les autres. »

Un commentateur avisé me tient ces propos, au calme dans son salon. Pas de folie, autrement dit, plus d'excuse. C'est pire que tout ce que je pensais.

Longtemps, les héritiers de Cheikh Pierre auront à cœur de protéger les Juifs de Beyrouth, mais ils le firent au détriment des autres communautés, et bientôt ils furent si seuls, qu'ils ouvrirent cette boîte de Pandore à la mode orientale.
Il n'aura pas fallu plus de quelques jours après l'enterrement fastueux de Bachir pour que les massacres commencent, armant la main d'un suicide collectif qui dure jusqu'à aujourd'hui.

Quand je suis à Beyrouth, je passe tous les jours place Sassine où la banderole géante de Bachir flotte au vent, fougueux. Ses partisans prétendirent un moment qu'il sortit bien vivant, christ couvert de poussière, de l'explosion qui réduisit le QG des Kataëb en morceaux. Mensonges et pensée magique.
J'aimerais tout savoir de ces journées qui vont de la mort de Bachir, l'homme providentiel dont les promesses faites aux uns et aux autres finissaient par s'annuler, Syriens, Américains, Israéliens, probablement certains profiteurs de guerre au sein même de son propre camp, jusqu'à ce sursaut d'espoir en octobre 1982 où l'on déblaya le Ring qui permet de circuler de Beyrouth-Est à Beyrouth-Ouest, où l'on démina à coups de baïonnette ce boulevard circulaire que nous avions pris tant de fois avec Nour.

Je m'y surprenais encore à désigner tel immeuble criblé de balles et laissé à l'abandon, ce à quoi Nour répondait : « Ne perds pas ton temps avec ces vieilleries. On va être en retard à la piscine. »

Ces journées me paraissent contenir, en ébauche, la série des années de guerre à venir, l'enfermement dans un cycle toujours plus rapide de guérilla urbaine, l'exclusion de chaque communauté par une autre.

J'aimerais tout savoir, mais je ne le saurais pas, même si j'y passais ma vie.

Que s'est-il passé dans leurs têtes ?

Qu'est-ce qui a fait désobéir aux propos de bon sens du président Elias Sarkis, le prédécesseur de Gemayel, propos rapportés par l'un de ses proches, Karim Pakradouni, dans *La Paix manquée* : « Il ne faut pas que le chrétien se souille les mains du sang palestinien en luttant aux côtés de l'État hébreu » ?

Pourquoi Ariel Sharon s'est-il rendu en personne aux obsèques de Bachir dans le fief familial de Bikfaya ? Pourquoi Pierre Gemayel endeuillé était-il sorti blême de son entretien avec un Sharon chemise ouverte ? Quelle promesse faite et jamais tenue ? Pourquoi deux F16 israéliens ont-ils croisé leurs vols au-dessus de la messe accablée ? Comment reconnaître l'uniforme d'un phalangiste de celui d'un mercenaire de Saad Haddad ?

C'est soudain comme si je voulais mettre en ordre le jamais dit, jamais nommé, jamais expliqué, que les mots dans leur logique montrent enfin l'effondrement du réel. Ce pays, un mirage.

C'est soudain comme si le petit Français se rebiffait. J'en ai assez de vos massacres.

Que voulait vraiment Gemayel ? « Son projet de libération du Liban ne vise pas seulement les étrangers, il s'étend aussi aux politiciens, aux commis de l'État infidèles, aux profiteurs de tout poil. Pour eux, il va jusqu'à préconiser une sorte de tribunal politique, un "Nuremberg libanais" », explique doctement Karim Pakradouni.

Il y va fort. Nuremberg au Liban. Le président assassiné aussitôt qu'élu ne serait pas resté longtemps en vie, avec un programme pareil.

Ces journées m'obsèdent. Je voudrais être le biographe de chaque heure muette et sanglante.

Je me répète les noms oubliés des protagonistes : leurs noms en boucle composent un mantra magique, comme si la lumière de la vérité allait en surgir.

Dans son *Beyrouth en ruines, Septembre tragique en 1982, Journal d'un correspondant*, le journaliste Pierre Bayle, désormais à la retraite, mêle les dépêches d'agence, textes courts, où pulse le désordre de ce labyrinthe qui fascine ou dégoûte les étrangers, ce combat de ruelles qui sont les principautés du caprice et de la prévarication, *le royaume du minuscule* selon la formule de Nour qui pourrait rester immobile des heures durant à regarder un trou dans le sol, avec l'aveu de ne rien y comprendre. Le reporter, appareil photo en bandoulière, a la modestie de l'admettre.

Le mardi 14 septembre, avec l'imprudence de ne pas l'avoir vu de ses propres yeux, il annonce dans une dépêche que Bachir a été « dégagé et évacué, je ne l'ai pas vu, mais un responsable des forces libanaises m'a assuré l'avoir vu sain et sauf ».

Pays d'ombres. De revenants. De corps glorieux ressuscités sous un immeuble dynamité.

Je suis touché qu'un jeune journaliste, de parti pris amical avec les Libanais, se rappelle, en frémissant encore aujourd'hui quand je lui parle au téléphone, les files d'hommes palestiniens ligotés qui montaient dans des camions à la sortie des camps de Sabra et Chatila. En rangs. En ordre.

On a parlé des morts.

On a photographié les morts.

On a eu le temps de regarder les morts, femmes jupes relevées, enfants dont on exhume ci et là un bout de corps.

Mais on n'a pas parlé de ce tri méthodique parmi la population palestinienne. Pierre Bayle la nomme le 18 septembre, dans une dépêche téléphonée, « La Grande Rafle des Palestiniens ». Il rapporte la nouvelle, mais on préfère les gros titres sur la tuerie.

Ce tri, qui l'a décidé ?

Où ces hommes ont-ils été emmenés ? Sont-ce les miliciens de Haddad, « ceux qui sont venus égorger nos maris et nos fils », disent les mères et les épouses rescapées, qui exécutent les ordres ?

Il n'y a sans doute rien à comprendre.

J'en ai assez de la comptabilité macabre, du chiffre inexact des charniers qui fluctue selon les sources, des secrets et des complots.

Khalass. Assez.

Mon regard se perd soudain dans une photographie banale, une rue du centre-ville au temps de la guerre. Les immeubles sont éviscérés. Les stores gondolés. La rue est vide de toute humanité. Seule la végétation a gagné le terrain, les arbres fendillent l'asphalte, poussent dans la jubilation.

Serait-ce là notre avenir ? Serait-ce là l'image que l'homme se fait d'une terre sans lui ? Pourquoi sommes-nous indifférents au spectacle de notre désolation ? Suis-je si obsédé que j'y vois notre image ?

J'ai fouillé le livre *Pity the Nation* de Robert Fisk, alors correspondant du *Times* à Beyrouth, l'un des premiers à entrer dans le camp de Chatila, pendant que les derniers tueurs y maraudaient encore. Surpris, abasourdi par l'horreur, il court se cacher, poursuivi par l'essaim de mouches, un mouchoir sur le nez tant l'odeur de la putréfaction montait de la terre humide de sang. Il escalade un sol friable de trois à quatre mètres de haut, dont les « pierres rouges et sombres » étaient en fait des triangles d'os, visages béants, ventres gonflés : « Je marchais sur des dizaines de corps mouvants sous mes pieds. »

Robert Fisk voit sur les toits des immeubles les forces armées israéliennes, muettes spectatrices, qui le regardent à la jumelle, miroir inversé de la logique qui voudrait que les militaires agissent en faveur de civils désarmés, plutôt que de ne pas intervenir.

« Nous savons, nous n'approuvons pas, nous n'intervenons pas », aurait conclu le commandant du bataillon. Je savais tout cela. Je savais le flou habituel des chiffres au Liban, entre 750 morts, 2 500 ou 5 000 morts palestiniens : il y a, selon les sources et les décomptes du CICR, une sacrée différence.

C'était déjà, en soi, une honte, mais si j'ose dire, un degré de plus franchi dans la suite auto-engendrée des massacres de l'une des pires guerres au monde, pire que le Vietnam, écrit Fisk, une guerre *civile*, fratricide, je souligne le mot car il est remis en question dans les dîners beyrouthins où l'on m'a répondu parfois que c'était « la guerre des autres » ! – ce qui m'a paru aussi obscène que Begin déclarant le 22 septembre 1982 à la Knesset : « Des non-Juifs ont tué des non-Juifs et voilà qu'on nous accuse ! » –, une guerre sans fin, sans conclusion, sans grandeur, sans vainqueurs ni vaincus, qui explique bien des choses aujourd'hui de l'effondrement libanais.

J'ajoute que sous le camp de Chatila, sans doute à l'insu des malheureux réfugiés bientôt cadavres, on trouva plus tard « une catacombe de tunnels en béton s'étendant sur au moins 6 kilomètres, remplie de roquettes, de mortiers et de munitions ».

Beyrouth ensevelit les morts sous les morts, empile les crimes jamais élucidés, jamais jugés, jamais nommés, de la même manière que Beyrouth abritera pendant des années en pleine ville un entrepôt de 2 750 tonnes de nitrate d'ammonium, au su des autorités portuaires et publiques, le Hezbollah en premier lieu, mais pas que lui.

De nouveau hystérique, je lance à Nour que tant qu'elle ne comprendra pas que le passé engendre le présent, elle ne pourra pas vivre en paix au Liban. « Tu te fais des nœuds au cerveau. »

Qui voudrait habiter là ? « Moi, ça m'inspire, c'est organique, ça vit, chaque centimètre vit jusque dans la mort. Pas comme chez vous », s'insurge Nour, sur qui je déverse mes litanies.

Nous regardons, collés sur un canapé, dans une extase morbide et sensuelle, les épisodes du film *From Beirut to Bosnia* du même Robert Fisk. Un engin de déblaiement arase la terre d'un village palestinien pour y installer une colonie de nouveaux immigrants israéliens, russes pour la plupart. Nour fronce le visage.

« Vous êtes agressifs, des colons et des rustres, voilà ce que vous êtes. » Furieuse, révoltée, arabe militante de la tête aux pieds manucurés, elle palpite. Pour un peu elle me chasserait de chez moi, comme la famille palestinienne exilée d'Acre que Fisk retrouve, qu'il fait dialoguer à travers lui avec les descendants de la Shoah qui ont emménagé chez eux, n'en sachant rien.

Je ne la désire jamais autant que quand elle se métamorphose, telle la féline dans le film de Jacques Tourneur, en un animal ensauvagé. Nous nous disputons. Je lui dis que Robert Fisk, quoique peu sioniste, avait été dégoûté d'avoir passé sa vie à couvrir le chaos moyen-oriental.

« Quand *The Great War for Civilisation* est sorti au milieu des années 2000, Robert disait qu'il ne supportait plus de voir des cadavres », m'avait écrit Lara Marlowe, la compagne, la complice du reporter, l'Américaine Lara rompue aux charmes cruels de cette partie du monde. Elle a écrit un récit rougeoyant d'amour et de guerre, *Love in a Time of War*, dont Nour et moi sommes les imitateurs malgré nous, qui jouons à nous faire peur, nostalgiques de l'âge d'or qui était aussi celui de la guerre.

Le reporter rouquin n'aime pas Israël.

Aucun Libanais non plus, à vrai dire, de quelque confession.

Pour Genet, « Israël est une ecchymose qui s'éternise sur l'épaule musulmane ».

Robert Fisk, comme le rapport Yitzhak Kahane (président de la Cour suprême d'Israël) le soulignera avec la tenue de la Commission d'enquête chargée des événements des camps de Beyrouth en 1983, insiste sur le rôle de l'armée, soldats, chars, agents du Mossad, formateurs, informateurs.

Il pointe la *collaboration* des troupes israéliennes, non leur déjà scandaleux silence, le silence assourdissant et lugubre qui accueillit Genet dans les camps.

J'ai du mal à admettre que les chrétiens fussent des supplétifs utilisés comme les Ukrainiens ou les Slovaques le furent sous le nazisme.

Je suis choqué d'apprendre qu'Elie Hobeika avait gloussé, devant l'exécutif militaire israélien, à la question posée par ses phalangistes, « que devons-nous faire des femmes et des enfants ? » : « Tu sais ce que tu as à faire », et de rire.

L'argument de liquider Beyrouth-Ouest des derniers « terroristes » présents, alors qu'Arafat avait déjà quitté sur un bateau la capitale dévastée pour Tunis, tourne comme un chewing-gum dans la bouche des officiels israéliens. Le voici *éclairé* par un phalangiste à qui le lieutenant israélien Avi Grabowski, témoin choqué des meurtres de cinq femmes et d'enfants, pose la question : pourquoi ?

« Les femmes enceintes donneront naissance à des terroristes. Les enfants en grandissant deviendront des terroristes », répond un phalangiste (*The Jerusalem Post*, 1er novembre 1982).

C'est trop pour moi, car au mot près, c'est l'argumentation nazie.

« *Are you talking to me ?* »

Devenir complice d'une atrocité, n'est-ce pas la commettre à son tour ? Se taire, n'est-ce pas approuver ? Plus de 400 000 personnes descendent dans la rue en Israël pour protester. La commission d'enquête sur les massacres auditionne les militaires.

La volonté de se défausser sur les phalangistes apparaît clairement : « Tous les gens concernés étaient parfaitement conscients que l'éthique au combat des différents groupes qui s'affrontaient au Liban était différente de celle des FID, que les combattants libanais déprécient la valeur de la vie humaine bien au-delà de ce qui est nécessaire. »

N'est-ce pas trop peu et trop tard ?

Où a disparu le commandement éthique du judaïsme ?

Les Israéliens ont formé et équipé les phalangistes menés par Elie Hobeika, séide à la fois des Syriens et de Bachir Gemayel. Il sera plus tard ministre des Ressources électriques et hydrauliques, c'est-à-dire de l'Électricité du Liban, la bête sur laquelle tous les corrompus se paient, l'hydre à tête de Méduse qui laisse le peuple sans lumière, au sens à la fois littéral et métaphorique.

D'Elie Hobeika, son garde du corps, porteur de flingues et d'enveloppes de cash, Robert Hatem, alias « Cobra », nous dit qu'il était un « malade mental », un « voyeur dont le sexe et la destruction des familles étaient les seuls plaisirs ». Cobra a une tête ronde de lémurien et des yeux morts de cyborg. Il symbolise à lui seul la scénographie hollywoodienne d'une guerre où les images vraies et fausses se répondent d'une rive à l'autre du mensonge.

Le travail universitaire de Talal Adel Chami (« The Hollywoodization of the Lebanese Civil War », AUB, décembre 2020) révèle que lors du tournage du film de Volker Schlöndorff en 1980, *Circle of Deceit*, les gosses de Beyrouth remplaçaient malicieusement les membres de corps humains en plastique par de vrais morceaux de cadavres.

Lors de la bataille des Hôtels (octobre 1975-mars 1976), il n'était pas rare de voir les miliciens drogués prendre leur bain au champagne, jouer du piano, la kalach posée non loin, ou faire l'amour dans des chambres jadis luxueuses. Il y a un phénomène d'addiction commun à toute guerre, mais que Beyrouth a gorgé de sperme et de sang.

À deux pas de chez Nour, l'Holiday Inn découpe au crépuscule la dentelle de son squelette évidé et troué. Il n'y a pas de mémorial. Tout Beyrouth est un mémorial sans mémoire.

Hobeika était aussi nommé par affection HK, du nom d'une arme automatique Heckler Koch dont il se servit pour assassiner hommes et femmes lors de la tuerie de la Quarantaine en 1978. Il a été soufflé dans un attentat à l'explosif en 2002, probablement par les Syriens, ou leur bras armé local.

Ce qui m'importe, c'est que nous nommerions en Europe ce petit gangster sorti d'un film de Martin Scorsese, un assassin mafieux.

À Beyrouth, on l'a nommé ministre.

Hobeika a mené ces hommes, drogués, saouls, ivres de leur désir de vengeance. Mais les Israéliens l'ont armé et laissé entrer dans les camps.

Des soldats, des jeunes hommes à peine sortis de chez leurs parents, ont illuminé par une pluie de fusées éclairantes le rouge et le noir des corps exécutés à l'arme blanche.

Cela n'excuse en rien les mots retirés de Jean Genet. Mais je voulais préciser l'atmosphère de cendres et d'air vicié où « le poète, le voyou, l'ennemi irréductible du plus fort » (Eddé) captura à Chatila ce romantisme de la mort. « C'est ma façon à moi de posséder les gens que j'aime. Je les mure dans un palais de phrases », écrivait-il à Jean Cocteau.

La guerre du Liban n'est pas mon sujet, mais elle m'a obsédé, non tant par sa folie meurtrière, que par son absence d'utilité, sa beauté seventies, ses revirements enchâssés, ses alliances d'un jour, ses boîtes de nuit où l'on dormait pour ne pas franchir de nuit la ligne de démarcation, où l'on s'embrassait sous le feu des missiles, ses hôtels comme autant de décors, les trafics de drogue, l'usage du Captagon (une amphétamine ludique), les caprices comme celui du « gentleman de Marjayoun », un chef de guerre chrétien du Sud-Liban, Saad Haddad, qui menaçait de faire sauter les troupes de l'ONU si l'adduction d'eau qui lui permettait de prendre son bain était fermée.

Marjayoun, où je poserais en photo, sans me douter des charniers sous mes pieds.

Je ne veux pas céder, à mon tour, à cette fascination morbide de la guerre. Je lui résiste comme je peux. J'ai lu, partagé entre le dégoût et l'estime esthétique, les récits des Français, journalistes, militants chrétiens, qui s'enrôlèrent au Liban. Je déteste le romantisme de la mort.

De quelle folie locale serait-elle le double ?

« Nous sommes fous, peut-être », concède Nour.

Dans l'histoire d'une institution pour les aliénés d'Asfuriyyeh (*A History of Madness, Modernity, and War in the Middle East*, The MIT Press, Cambridge), Joelle Abi-Rached décrit ce que fut le quotidien d'un hôpital psychiatrique à Beyrouth, fondé par les quakers et les protestants. Aussi incroyable que cela paraisse, en 1976, les miliciens chrétiens kidnappent des malades musulmans, et les musulmans s'emparent des malades chrétiens. Certains reviennent frappés, les femmes violées, d'autres sont froidement tués. Sous les bombes, l'établissement qui se veut international, libre de tout sectarisme, abritant les aliénés de toute confession, même les Druzes, les Juifs et les bouddhistes, précise Joelle Abi-Rached, devient la norme là où la folie règne en dehors de ses murs.

On voit arriver de partout des malades dans un état post-traumatique, atteints d'addiction à l'alcool ou aux stupéfiants, alors que ces pathologies étaient rares avant la guerre. Un jour, un homme supplie d'y être admis, car dehors la folie est pire que dedans, dit-il.

Je veux comprendre, mais je sais que je ne peux pas franchir, à mon tour, égaré, la ligne de démarcation des mots, entre notre ouest et leur est. « C'est compliqué. » « C'est la guerre des autres. » « Nous étions manipulés. » « Nous ne savons pas où sont les corps. »

Se souvient-on que Pierre Gemayel, fringant capitaine émacié de l'équipe libanaise aux Jeux olympiques de Berlin, fut favorablement impressionné par l'ordre nazi ? J'ai regardé une vidéo où il présente ses soldats à l'entraînement, avant la guerre : voici un épicier joufflu, un médecin, un brave ingénieur, qui font des roulades. On dirait des adolescents mal dégrossis qui jouent à la bataille. Bientôt, les phalangistes seront des assassins, qui remplissent leurs camions de corps palestiniens figés par la mort, démembrés, mutilés, les enterrent à coups de bulldozers sous le parcours de golf, entre Chatila et l'aéroport.

Je ne suis pas de taille en effet. Je n'ai pas les moyens suffisants pour analyser cette guerre. « Si j'étais toi, je n'irais pas sur ce terrain », me glisse Nour, inquiète de mes soupirs, de mes nuits blanches.

Je me sens soudain comme l'anti-héros du film *Hors la vie*, de Maroun Bagdadi, adaptation du livre de l'otage

Roger Auque, écrite par Didier Decoin, traduite par Elias Khoury.

Quand le prisonnier français, joué par Hippolyte Girardot, bandeau sur les yeux, renverse sa bouteille d'urine, son gardien commente avec mépris : « On m'avait prévenu que les Français sont sales », puis lui ordonne en français, « ramasse ton pipi ! » Nour étouffe un rire sonore. Elle se gondole. Elle adore le fedayin qui imite Robert De Niro dans *Taxi Driver*, terrorise le petit Français avec un fusil à fléchettes.

Je sens chez elle ce crépitement de violence, cette flambée nerveuse, ce goût du n'importe quoi, pourvu qu'on ait de l'adrénaline.

Dans quel monde malade suis-je tombé ?

J'écarte les accusations d'antisémite professionnel dont Jean Genet, provocateur, est parfois brocardé. Enfant criminel, il prend le parti des humiliés, par principe, les enferme dans des livres baroques.

C'est le partisan du fils contre le père, du faible contre le fort, du colonisé contre le colonisateur, du *Black Panther* contre le Blanc, du Palestinien contre le Juif.

« Les Palestiniens ne rêvaient pas de cette terre promise. C'est après et peu à peu qu'ils surent qu'ils n'étaient que personnages rêvés, ignorant encore qu'un brutal réveil les priverait à la fois d'existence et d'être (…) plus peuple de rêve donc d'ombres que peuple d'os et de chair » (*Un captif amoureux*).

Toujours, l'ombre.

Jean Genet jalouse l'élection du peuple juif, qu'il n'admet pas. Il rivalise avec la place privilégiée que l'élu s'accorde sur l'échelle du malheur. Les Palestiniens sont sa revanche de l'être sur l'avoir, retournement de ce qu'on pouvait penser du judaïsme millénaire mais dépossédé de tout, jusqu'à la naissance de l'État d'Israël. Un État fort. Un allié des Américains. Les héritiers des héritiers sont devenus des colons.

Comme l'explique Dominique Eddé, « les enfants de la noblesse et du judaïsme ont en commun de naître vieux. Voilà comment Genet – descendant de personne – marque son refus de soumission au prestige des "anciens". Son rejet des "héritiers" étant étroitement lié à son rejet de la Loi et donc, du Père » (*Le Crime de Jean Genet*).

Pour une fois qu'on me compare enfin à un aristocrate né trop vieux et trop blanc, je ne cracherai pas sur le préjugé de Jean Genet, si douteux fût-il, si prisonnier, malgré les apparences, de sa propre détermination sociale, de sa naissance de père inconnu, enfant de l'Assistance publique, abandonné par sa mère, à bout de pauvreté.

La longue et noble allée de la généalogie rêvée que j'évoquerai a connu l'antisémitisme historique, c'est-à-dire l'antijudaïsme chrétien.

Je ne me plaindrai pas.

Je n'ai jamais connu que des scènes comiques, des bulles burlesques, des épiphanies, et surtout, des silences sans équivoque. Je pourrais presque tous les citer, ces silences qu'on nomme, à juste titre, « éloquents ». Je me souviens : au dernier étage d'un immeuble cossu de la rue de Lille, au sortir de l'adolescence, ma première petite amie et moi faisions l'amour, avec maladresse. Et d'entendre la voix de sa grand-mère, la même que dans mon rêve éveillé, dire franchement ces mots : « Il est encore là, le Juif ? »

Je suis encore là. J'ai vécu protégé. J'ai mis toute ma ruse à nouer de puissantes protections. Je voudrais surtout comprendre : comment en suis-je arrivé à arpenter ce chaos ? De la synagogue rococo de Carpentras à la synagogue disparue de Beyrouth ?

Je voudrais comprendre : qu'avons-nous fait de nos peuples ?

Un âge nouveau de la curiosité

Le grand critique italien Pietro Citati, dans sa *Brève Vie de Katherine Mansfield*, avait expliqué sa méthode d'exégète : tout oublier, mais surtout s'oublier soi-même. Se noyer dans l'aventure du texte, laisser les algues s'enrouler autour de la conscience critique assoupie, carpe épaisse mi-close au fond de l'eau. Prête à bondir. Il faut sentir le texte avec tout son corps. Il faut l'attendre, dans une tension nerveuse, telle une bête dans la jungle, tel un hassidique jonglant avec les lettres du Talmud, tel le thérapeute dans l'hypnose.

J'ai des branchies de mammifère marin. Je respire sous l'eau des tracas. Deux parmi les femmes qui ont compté m'ont comparé à un lion de mer, l'expression est flatteuse, mais à vrai dire, regardez-le, il a l'air d'une victime libidineuse, avec ses yeux baveux, sa panse allongée sur le sable.

Je suis un aventureux craintif. Un lâche de l'instant, mais un brave de demain. Le désir est un mouvement : je me confonds avec lui.

Je parie que mon cher Witold Gombrowicz devait parvenir à s'oublier, à flotter dans son identité de Polonais, trop étriquée, étroite, locale, non universelle, pour renaître en Argentine, ressusciter serait le bon mot tant il réinventa sa propre vie, la sculpta à même la glaise de ce Golem qu'il tira de lui-même. Il a été si courageux. Il a été si double, ou multiple. Dans les rues de Buenos Aires, il mendiait pour écrire, nouait lui aussi quelques alliances locales, puis derrière le pupitre de la Banco Polaco écrivit l'une des œuvres les plus fortes sur l'identité. Varsovie, c'était son seizième arrondissement. Il l'enterra, pour mieux la ressusciter. Loin de chez lui, il conceptualisa, tantôt l'esprit français réduit comme une tête « jivarisée » à la tarte aux pommes et à l'esprit de Versailles, tantôt la *polonité* comme si cela pouvait intéresser quelqu'un, en dehors de ces chères têtes blondes, ses étudiantes de bonne famille, amoureuses ou fascinées.

Je n'ai pas ce talent. Je n'ai pas ce courage. Je n'ai pas cet orgueil. J'ai été le marchand du courage des autres : éditeur. Je me suis caché sous eux. Ils furent parfois, et je l'espère, toujours à leur insu, mon autobiographie fragmentée. Je me suis éparpillé en eux, le plus drôle est qu'aucun ne se sera douté qu'à travers certains, je *me visais*, en ventriloque faussement altruiste. Je jouais avec le feu, car ces vieux grimoires étaient un brasier sur lequel je soufflais. Se brûler n'est pas métaphorique. On doit laisser aux autres le bénéfice de leurs névroses.

Je voulais juste disparaître un moment. Me cacher sous la cape d'invisibilité.

Les autres me révèlent, comme la lumière sur une plaque argentique. C'est de l'adrénaline identitaire. J'ai multiplié les occasions de me mettre à distance de moi-même. Kaboul ? Je ne résiste pas. Nous sommes en 2006. C'était après la mort de Massoud, mais avant le retour des talibans. Les enfants riaient à ma fenêtre, je dormais à coups de somnifères dans la guest-house fleurie, à peine gardée par un Pachtoune à bonnet et kalachnikov. Les Américains bodybuildés, surarmés, chiens de guerre qui passaient sur leurs jeeps, comme issus d'une scène d'*Apocalypse Now*, me terrifiaient bien plus que le paysan, sa fourche à la main, à qui nous avions demandé notre chemin le long du fleuve Panchir. Je me sentais à l'aube de l'humanité, une aube où je me serais réveillé, converti en preux défenseur afghan. Un opiomane qui n'a jamais osé absorber autre chose que du Doliprane 500.

Je me dirige au contraire radical de moi-même.

L'été 2019, je roule entre les 4 × 4 du Hezbollah, drapeaux verts et oriflammes jaunes aux fenêtres des voitures, en direction de la frontière israélienne, au Sud-Liban, à Odaisseh, pour poser tout sourire sous les lettres géantes et multicolores d'une sorte de monumental Toys' R'Us : le long d'un mur de démarcation, béton et barbelés, une barrière dérisoire qu'un simple missile pulvériserait sans peine. Il y avait une petite porte colorée qui perçait ce mur. J'aurais pu l'ouvrir sous le regard indifférent des troupes UN composées ce jour-là d'Indonésiens qui ne parlaient que leurs langues, et mal l'anglais. Cette porte métallique sans poignée me fascinait. Comme si Lewis Carroll avait dessiné une entrée enfantine pour Alice, entre le Liban et Israël, deux nations encore officiellement en guerre.

Nour me regarde partir, rassasiée de mes foucades. Elle sait que je ne peux plus m'échapper du Liban. Je suis un prisonnier à vie, un aveugle dans cet empire des signes où je ne déchiffre rien.

Je lui raconte souvent la série télévisée *Le Prisonnier* (1967) qui me captivait dans l'enfance, avec sa réplique sortie d'Orwell, qui préfigurait nos autocraties, autant que la théorie du complot : « Je ne suis pas un numéro, je suis un homme libre ! je ne veux pas me faire ficher, enregistrer, classer ou déclasser », s'époumonait en vain le héros, tout en tensions grimaçantes, l'acteur Patrick McGoohan, blazer noir et écharpe de club anglais, que rattrapait sans cesse une boule blanche gélatineuse, une sorte de mozzarella, une métaphore sécuritaire obéissant à l'autorité du village. Au cours du générique culte, l'acteur conduisait un cabriolet Lotus 7 jaune vif. Il voulait s'affranchir, on ne saura jamais de quoi. Se désencombrer de lui-même. Il démissionne. On l'endort, on l'enlève.

« Où suis-je ?
— Au village.
— Que voulez-vous ?
— Nous voulons des renseignements.

— Dans quel camp êtes-vous ? hurle McGoohan à bout de nerfs.

— Vous le saurez en temps utile, numéro 6. »

Dans quel camp suis-je ? Quels devraient être les renseignements ? Le Hezbollah va-t-il m'interroger ? Puis-je démissionner de moi-même ? Ai-je le droit d'être un homme libre ? Dans quelle zone interdite ai-je pénétré, sans le savoir ? Si je devais me réincarner en numéro, alors au moins, pourrais-je être le numéro un, s'il vous plaît. Mais comme Dieu, le numéro un existe-t-il seulement ? Le prisonnier dit non au non. Le non de l'autorité, il le réfute par le non d'une Loi plus grande.

Quand je cours entre les chardons violets, dans les contreforts du mont Hermon, que ma boussole mentale m'indique la frontière entre les voisins ennemis, je regarde toujours derrière moi. Je regarde *vraiment* derrière moi, empoussiéré.

Est-ce que la boule hezbolliote va me rattraper, se fondre à mon être, fusionner ? Il n'y a rien, sinon la chaleur. Du beige, de l'ocre, du bleu, du grillé, des odeurs de maquis. Seul le rien biblique m'entoure.

Il n'y a qu'un chien qui aboie. Un berger druze coiffé de blanc, du blanc sur une tenue noire comme une mouette dans le désert, les moustaches qui pointent en sabre.

Du vent, du sable, des mirages. Même pas un buisson ardent à qui parler. Personne ne me prête attention. Comment des paysages aussi vides ont-ils pu boire le sang de tant de massacres ?

Je songe à Nadia Tuéni, comme j'aurais aimé la connaître.

Une seule strophe d'elle dit tout ce que je bavarde :

Se souvenir du bruit du clair de lune,
Lorsque la nuit d'été se cogne à la montagne,
Et que traîne le vent,
Dans la bouche rocheuse des Monts Liban.

Il n'y a que les sens qui peuvent nous révéler la beauté de ce lieu, et moi l'étranger, je la mesure en millénaires. J'y contemple notre maison commune, notre Temple sous les étoiles. Je me sens réconcilié. « C'est seulement lorsque tu ne seras plus divisé que tu auras en partage le Seigneur, ton Dieu », dit le Midrach.

Montre-toi, Dieu. Réconcilie-moi.

Le Liban me paraît être ce village faussement joyeux de la série *Le Prisonnier*, farcesque en surface, tragique sous les sourires, d'où l'on ne sort pas, sinon les pieds devant. La série montre la répétition du même, un enfer mécanique, « une terrible cohérence : celle de la répétition du même en pire » selon la formule de Dominique Eddé.

Un casino ruiné dont les croupiers sont partis avec la caisse. Tout le monde s'y dévisage et s'épie. Chacun sait qui il est, même au fond de son cœur. J'imagine que les colonnes omeyyades d'Anjar ou le colosse de Byblos, les taureaux de Sidon, ont des yeux reliés à un central de la sécurité intérieure qui pratique la reconnaissance faciale.

Le Liban : un panoptique. Dans cet espace imaginé par le philosophe Jeremy Bentham à la fin du XVIIIe siècle, l'architecture carcérale permet aux prisonniers d'être surveillés sans le savoir, puis aux gardiens de subir à leur tour une surveillance par autrui. Dans cette prison à ciel ouvert, il n'y a plus ni innocents, ni coupables. Chacun pourrait être un jour le bourreau de l'autre. Surveiller et punir.

« L'un touche l'autre, et pas un souffle
ne s'interpose entre eux »

Nour hausse les épaules : « Tout le monde sait qui tu es ici, ne te fatigue pas, sois détendu. Tant que tu es avec moi, tu ne risques rien. »
Phrase à double sens. Sans Nour, je ne suis rien d'autre qu'un pacte délié. Comprenez : elle est mon double, même si parfois, dans son arabe bancal, errante dans les ténèbres historiques qu'elle a reçues en héritage, elle est aussi ma sœur incestueuse. Nous avons la même violence et la même sensualité inquiète.

« Il s'attachera à sa femme et ils seront une chair une » (Genèse).

Charles Mopsik commente la Genèse, dans *Le Sexe des âmes*, dont je recommande la lecture à tous les amants : « L'homme était androgyne et il y avait une unique forme qui fut ensuite scindée, et ses parties se tournèrent face à face et s'accouplèrent, alors il trouva une partenaire féminine. Cette fois c'est l'os de mes os et la chair de ma chair. »

Nour craint la lumière crue, l'éclat de la vérité. Je suis le seul à me promener sous le soleil dans ce pays d'ombres. Je suis à l'heure, exactement : une cible reconnaissable.

Ce pays-village où même les enfants ont des armes et, durant la guerre, s'en servirent. Dans les films de Jocelyne Saab, les jeunes réfugiés palestiniens se fusillent, s'égorgent, se poignardent, mimant la guerre des adultes avec des jouets en bois, mais la mimant si bien que l'on ne peut, si l'on est humain, que frissonner.

Je m'accommode de ma peur, comme d'une deuxième peau.

Israël, encore avant, bien longtemps avant, dans une voiture conduite par un ami journaliste, correspondant de presse à Jérusalem, lui-même agité comme un caméléon roulant des yeux, pour survivre à toutes ces identités qui s'excluaient entre elles.

Nous allions à Naplouse rencontrer l'écrivain palestinienne Fadwa Touqan (1917-2003), mémoire de son peuple, mais elle plantée là, comme enracinée, survivante dans sa vieille demeure aux pierres blondes. Nous changions d'attitude à chaque checkpoint, alternant le keffieh ici, baragouinant l'hébreu là. Enfin arrivés à Naplouse, le sentiment soudain d'avoir touché à un refuge, le vert pâle des oliviers, les orangers, les citronniers, l'odeur du café à la cardamome.

D'où me venait ce si léger frisson d'être heureux sous les arbres ?

J'additionne. Je soustrais. Je multiplie. Je me contorsionne dans tous les rôles. Je m'épuise. Je suis un superman du vestiaire existentiel. Je n'ai pas besoin d'aller bien loin.

« Je rêve d'un âge nouveau de la curiosité », écrivait Michel Foucault.

Je cherche dans le mouvement perpétuel, au-delà de l'exil, non pas celui que nous avons vu grossir dans un siècle de migrations forcées, économiques et politiques, mais l'exil biblique au sens de la perte, on y reviendra, ma place.

« Le ne-pas-trouver-sa-place révèle immédiatement le lieu-là : Sinaï, la montagne retournée. Dieu dit à Moïse : voici "une place à côté de Moi" », résume Benny Lévy (*Être juif*).

Voilà que je m'imagine Moïse, cherchant cette place aussi réelle que métaphorique, celle pour survivre, celle pour transmettre, celle pour être-transmis, et plus prosaïquement, celle du banc d'élèves, celle sur la photo, celle que je scrute dans la nécrologie des autres : qu'est-ce qu'une vie achevée ? À quel moment sait-on qu'elle est achevée ?

Où est « la montagne retournée comme un baquet au-dessus des Israélites » ? (Levinas) Et si c'était ce mont Hermon au pied duquel je passe mes étés libanais, montagne biblique, interdite aux non-initiés, sacrée pour les Druzes. Dangereuse, truffée de mines. Mont Hermon ou mont Sinaï ? Je cherche une horloge qui indique mon heure juste. La réponse, c'est la question : je me sens amputé, si je ne me poursuis pas. Je chute vers ma propre origine.

« *On n'a jamais rêvé un rêve plus noble
que celui-là* »

Au commencement, se tiennent mes ancêtres.

Ils ont existé, même si nul ne peut prétendre qu'à Sidon, où vivait une importante communauté juive depuis l'Antiquité, et à Tyr, partout ailleurs où les échelles du Levant furent administrées par les Français, nul ne peut attester que les miens vendirent des draps du Languedoc et achetèrent des soies pourpres ou violines aux Levantins. Sur ces rivages phéniciens fut inventée dans l'Antiquité la technique d'extraction des teintures à partir du murex, un coquillage.

Toutes les villes côtières s'enrichissaient : « Du Levant au Couchant, tout est pour le mieux », dit une tablette cunéiforme. Les choses ont bien changé.

Les influences se mêlaient, les commerçants menaient le monde ; Égyptiens, Grecs, Romains circulaient. On se serait cru revenu au monde païen, où l'autre pourrait être un demi-dieu.

L'un négociant, parmi les miens, s'il avait eu le courage et l'argent pour embarquer depuis Marseille, rencontra peut-être un aïeul de Nour. Eurent-ils une sympathie réciproque ? Ce furent deux peuples, juifs et chrétiens que les Arabes musulmans, quand ils dominèrent cette partie de l'Orient jusqu'à l'Empire ottoman, traitèrent en « dhimmis », des protégés révocables par une « charte octroyée », d'un simple trait de plume, débiteurs, voyageurs, intermédiaires. Nos aïeux se mirent d'accord sur le prix du drap et se quittèrent bons amis. Pourquoi pas ?

Je vais fabuler ici un roman des origines. Une piété familiale qui est un mythe. Tout a existé, même si je chahute l'ordre, au probable déplaisir des historiens qui m'ont tant aidé.

Une piété qui est *aussi* une réalité. Je n'y mets pas d'ironie, une fois ne sera pas coutume.

Un judaïsme qui est « une illusion héroïque », au sens que lui donne Leo Strauss dans *Pourquoi nous restons juifs*, conférence à la Hillel House de l'Université de Chigago en 1962. Réfutant le judaïsme comme « malheur », selon l'expression de Henri Heine, le professeur de sciences sociales nous passe l'envie de nous convertir, même de nous assimiler : « On n'a jamais rêvé un rêve plus noble que celui-là. Il est certainement plus noble d'être victime du rêve le plus noble qui soit que de profiter d'une réalité sordide et de s'y vautrer (…) La vérité qu'il y a un mystère ultime, que l'être est radicalement mystérieux, ne peut être niée même par le Juif incroyant de notre époque. »

Ce mystère, je le scrute. Il a le visage de mes doutes.

Perdu que je suis dans cette enquête, égaré au cœur des siècles, dans une forêt de signes contradictoires, croyant-incroyant moderne, laïc-perplexe, la phrase de Leo Strauss, quand je la découvre, me fait presque trembler de crainte.

Et s'il avait raison ? « Une illusion héroïque », c'est le mirage que je poursuis dans le désert laïc, et qui m'attire en son centre : une noblesse déracinée, une lancinante, dérangeante nostalgie, de celle qui me serre la gorge dès que je suis confronté à un culte minoritaire où que ce soit dans le monde : menacé, martyrisé, disparu, passé, comme on le dirait d'une couleur, d'un pigment érodé par le temps. Ce pigment arasé, je le verrai sur la pierre malmenée et trouée de projectiles de la synagogue de Sidon (Saïda), l'une des plus anciennes communautés de tout le Moyen-Orient. Ce bleu fané clignotait faiblement, une étoile éteinte depuis des années.

La si petite église aux couleurs pastel, Notre-Dame, de culte grecque-catholique, à Rachaya. Ses familles dignement vieillissantes, moustachues, portant fièrement leur croix sous leurs chemises ouvertes. Un christianisme oriental dont la controversée historienne Bat Ye'or écrit qu'il a été broyé dans « un génocide spirituel ».

La synagogue de mes ancêtres à Carpentras, dont la taille est inversement proportionnelle à l'importance spirituelle.

La synagogue de Beyrouth, le quartier Wadi Abou Jamil, son lacis de rues étroites détruites à la fois par la guerre et par la spéculation immobilière. Il y avait jusqu'à vingt-deux synagogues de différents cultes, certaines petites comme des boudoirs.

Le pacte avec le passé, la fidélité déraisonnable à un monde de fantômes, le marmonnement d'une croyance qui ne passe pas, oui, pourquoi aurais-je honte de dire ici que cela m'étreint ?

Il entre de l'universel dans cette sensiblerie.

Elle n'est pas que mienne. Leo Strauss rappelle qu'après la citation si souvent mal reprise du traité des *Pirkei Avot*, *Les Propos des Pères*, « Si je ne me bats pas pour moi-même, pour qui me battrais-je ? », il y a ce morceau de phrase qu'on oublie, mais qui change tout, par son ambition d'atteindre l'autre, de parler à l'universel : « Mais si je ne me bats que pour moi, que suis-je ? » Je lis aussi : qui suis-je ?

Pourquoi ne me battrais-je pas pour ceux que j'ignore et qui m'ignoreraient eux aussi, ressuscitant sans le savoir le désir si juif, et si humain, de se lever face à l'injustice ?

J'évoquerai plus tard la figure de Bernard Lazare, prophète aux yeux bons de l'affaire Dreyfus, publié par Pierre-Victor Stock, Bernard Lazare dont le dernier combat, alors qu'il se mourait seul à 38 ans d'un cancer de l'intestin, fut pour les Juifs roumains, des opprimés, des pauvres, des laissés-pour-compte, qui ne lui étaient rien, mais qui lui étaient tout. Ils l'applaudissaient, quand il venait à Bucarest, l'attendaient au bas de son hôtel, comme une vedette. Un roi sans couronne, ou alors une couronne d'épines.

« Partout où le Juif est persécuté, c'est-à-dire, en un certain sens, partout ; un cœur qui saignait en Orient et en Occident, dans l'Islam et en Chrétienté ; un cœur qui saignait en Judée même, et un homme en même temps qui plaisantait les Sionistes ; ainsi est le Juif. Un tremblement, une vibration perpétuelle », écrit son ami Péguy, dans *Les Cahiers de la Quinzaine*, en 1910. Il l'enterra, ce solitaire de la race élue de l'inquiétude, « il vécut et mourut pour eux comme un martyr ».

Une histoire qui tient sur la fidélité : l'amitié entre un dreyfusard et un Juif du Comtat Venaissin né à Nîmes, « un jeune Juif du Midi, d'Avignon et du Vaucluse », qui obéissait à un « commandement vieux de cinquante siècles », je cite la prose de Péguy qui roule comme les vagues de l'océan, « toute une race, tout un monde sur les épaules, une race, un monde de cinquante siècles sur les épaules voûtées ».

Je vois bien l'appropriation stratégique de Péguy, son talent oratoire de propagandiste, sa vaillance furieuse de dernier dreyfusard quand la politique trahit la « mystique républicaine », mais sa fidélité néanmoins me touche.

Il retourne la douleur du paria, alors que Bernard Lazare croyait « à la souffrance du Juif, honteux d'être Juif, et ne pouvant échapper à sa race, quelque infamie qu'il fasse pour mériter de la faire oublier par la canaille chrétienne ».

Il retourne la malédiction en exultation.

Croire farouchement à l'altérité, y compris dans toutes les composantes de notre identité. « L'ennemi est aussi à l'intérieur de nous », écrit le romancier libanais de langue arabe Elias Khoury : c'est aussi l'histoire que je voudrais raconter.

La fidélité à qui ? sinon à soi-même ? ou plutôt à une zone gelée, un iceberg identitaire dont la partie immergée serait plus profonde et vaste que je ne pouvais le supposer.

« Il est impossible de fuir ses origines », conclut, entre fatalisme et fierté, Leo Strauss qui répond à la question « Pourquoi nous restons juifs » : « Nous n'avons pas le choix si nous voulons garder la tête haute. » Propos d'un autre temps ? Affirmation d'un intellectuel à la « nuque raide » ? Grandiloquence de l'héritier d'une tradition religieuse, en rien préparé à se débarrasser de l'habit trop engoncé d'une foi millénaire ? Étrange que je ressente si fort ce poids de l'abandon impossible, ce reniement que je refuse, qui n'emprunte ni le chemin des synagogues, ni le visage du marrane des temps modernes.

Je sursaute en lisant, dans *Comment le judaïsme est-il possible ?* (L'Arche, 1959), cette phrase d'Emmanuel Levinas, que je m'approprie aussitôt : « L'appartenance au judaïsme se révèle comme singulièrement tenace chez ceux-là mêmes qui ne donnent aucun sens religieux à cette appartenance, et parfois même, absolument aucun sens. De mystérieux retours après de lointains départs s'opèrent dans les consciences les plus hardies. »

Voilà qui me plaît ! On peut la lire dans son double sens. Soit il s'agit d'un retour, d'un revirement, d'un repentir, au sens de l'hébreu « Techouva » : le Juif qui s'ignore est une sorte d'Ulysse, qui après avoir bourlingué, rentre chez lui fourbu, retrouve pleinement la douceur oubliée de sa Nation. Soit, et je préfère cette interprétation, je tire de la glaise même de ce que je ne connais pas, mais *que je reconnais comme si je l'avais toujours su*, le matériau malléable d'un nouveau moi.

Ce « *gottloser Jude* » comme l'écrit Yerushalmi à propos de Freud, ce « Juif psychologique, ce Juif laïc, quasiment dépourvu de contenu », je le vois comme un Golem (qui signifie informe, embryon, inachevé) qui s'anime soudain, une fois tracé sur son front le mot hébreu *emet* (vérité), s'empare comme un enfant d'un bout de foi, un jouet initiatique, se met à osciller vers la croyance : « Nous avions en commun ce je ne sais quoi de miraculeux – jusque-ici inaccessible à toute analyse – qui est le propre du Juif », écrit Freud dans une lettre de 1936.

Un départ, un chemin, une arrivée. Mais où est-ce que j'arrive ?

Tout ce que je lis, absorbe, ingurgite, indique le mouvement, l'énergie, l'attente, la station debout, l'absence de certitudes.

Dans *Le Juif imaginaire*, un classique déjà, Alain Finkielkraut a si bien défini cette catégorie « étrange mais répandue » de Juifs qui ne sont pas religieux, qui précipitent « leurs frustrations dans une intrigue haletante qu'ils ne vivront jamais », flottent dans l'irréalité.

Je crois humblement qu'on peut par l'imagination, les nerfs, la sensibilité, par l'altérité en soi, l'application à apprendre, l'étude, plus que par la définition ethnique ou confessionnelle, s'incarner dans ce rêve, ce rêve plus noble que moi, cette maison du savoir, où j'ai déjà le couvert et le lit.

Même assimilé, Juif sans foi et sans moelle, aurai-je encore de l'avenir : « L'assimilation ne peut pas signifier abandonner l'héritage, mais seulement lui donner une autre direction, le transformer. L'assimilation ne saurait être une fin en soi ; elle peut être seulement un moyen vers cette fin » (Leo Strauss). Un moyen vers une fin. J'ai le moyen. Où serait la fin ?

Ces augustes maîtres que je lis aujourd'hui, je n'aurais pas osé les aborder dans la rue.

Même le fils du philosophe, le pianiste et compositeur Michaël Levinas, croisé chez mes parents, lui-même terrorisé par les aboiements de notre chienne, un dalmatien névrosé (si j'ose dire, le contraire du chien kantien Bobby, qui aboie gaiement chaque matin et chaque soir, dans le camp de prisonniers, Levinas l'évoque, les chiens sont en écho d'un siècle l'autre), dalmatien dont ma mère parle encore comme s'il s'agissait de sa meilleure amie (« elle est morte alors que j'étais à Amsterdam avec Manuel – long soupir de reproche –, j'ai pleuré toute la soirée, il n'a pas eu un mot de pitié, c'est un enfant sans cœur »), m'avait impressionné par l'ombre portée du père : ces maîtres me tendent mon permis de judaïsme.

Il ne faut pas être un lecteur bien attentif pour voir sourdre mon appétit de transcendance, mais suis-je digne d'être transcendé ?

L'athéisme : je ne voulais pas en parler, trop d'actualité, trop de digressions, trop d'hystérie, mais l'athéisme est le point de jonction du judaïsme debout, selon la formule de Benny Lévy, et du Liban.

« *Rien de plus dérisoire que le Juif installé* »

En tout cas, c'est promis, pas de conversion.

Mes enfants sont chrétiens, leurs mères aussi. Deux d'entre eux ont été baptisés à l'église Saint-Germain-des-Prés. Il y a eu une brève préparation, j'ai entendu le diacre marmonner sous ses cheveux blancs, « je crois que le père est de confession israélite », j'ai senti la honte vibrer sournoisement en moi, la honte d'infliger cela aux générations des générations, celles qui m'ont précédé, celles que je nomme ici.

Celui qui veille en moi s'est absenté le temps du baptême.

Je resterai le dernier sur mon île.

Mes enfants feront-ils le chemin du retour que je n'ose pas emprunter ? Me seront-ils fidèles ?

C'est de cela, aussi, que parle ce livre obsessionnel : il parle d'une fidélité, malgré tout.

Elle m'oblige.

« Pourquoi toi, tu ne te convertis pas ? » me demande Nour, quand je lui apprends que le frère aîné de Benny

Lévy, venu au monde comme lui au Caire, né Eddy Lévy en 1938, s'est converti à l'islam, et a pris le nom d'Adel Rifaat. Lorsque je lui parle au téléphone, il m'assure d'une voix douce que ses liens avec son frère étaient affectueux, et leur enfance, totalement laïque, sans autre menace que les absences d'un père entrepreneur et fantasque. La création d'Israël en 1948 vient interrompre le souvenir d'une décennie heureuse, où toutes les communautés anciennes, les Coptes, les Juifs, comme plus récentes, les Grecs, les Italiens, « s'égyptianisent » et se fondent dans un monde arabe commun.

Je n'ai pas connu Benny Lévy, né au Caire en 1945, mort à Jérusalem en 2003.

« De tous les exils : chaque exil du peuple juif garde le goût de l'exil premier, chaque pays d'exil conserve et renouvelle ce que fut l'Égypte, jadis, pour les Hébreux », écrit Léo Lévy, dans un livre pieux sur son mari, que j'ai lu deux fois, tant il m'a fasciné, dérouté, dérangé, au sens propre.

« Il y a un commandement de connaître », assène Benny, à propos de l'étude et du labeur : ce commandement met en chemin, c'est un déclencheur. La phrase, simple, a un effet d'hypnose sur moi. Le commandement contraint, mais il a un bénéfice, il me pousse à connaître, plus loin, à disparaître dans la connaissance. Je ne désire rien d'autre. Je suis en éveil, au point que j'envoie la phrase à Nour, qui depuis Beyrouth contrôle le change de la livre libanaise dévaluée, inspecte chaque variation de la spirale inflationniste, avec un vocabulaire précis digne d'un dirigeant de la Banque centrale.

Contre le commandement, à la face transie de mon plongeon dans les textes, elle oppose le réel : « *Real life.* Tu m'écoutes ? Combien tu vas apporter ? Réponds sur le *flouss. Come back to earth.* »

D'un côté, un « attardé de la transcendance ». De l'autre, une réaliste qui s'occupe de moi comme d'un enfant.

Benny Lévy, je ne l'ai pas connu.

Je le regrette, même s'il m'impressionne, avec ses yeux noirs et fixes, son exigence d'étudiant en yechiva (le *limoud,* c'est-à-dire l'étude de la Torah, « le savoir est courageux », dit-il dans son cours sur le Protagoras de Platon), et l'admonestation facile. J'imagine que si j'avais été son voisin à la *beit ha-midrach,* la maison d'étude, j'aurais pu copier sur lui, et il m'aurait tancé, tel le rabbi R. Yehuda ha-Nassi, rédacteur de la Michna : « Ne regarde pas à la coupe, mais à ce qu'elle contient ! »

J'ai du mal, sincèrement, à penser, à mettre en mots intelligibles que Benny Lévy, plus jeune que ne le serait mon père aujourd'hui, a pu au cours d'une si brève existence, naître en Égypte dans une famille syrienne, déjà exilée avant l'exil, le « *No return* » tamponné sur un passeport, puis révolutionnaire gauchiste mendiant son repas auprès des maîtres de la rue d'Ulm, s'enraciner sans prendre vraiment racine entre les pierres blondes de Jérusalem, étranger sur terre, jamais intégré, fidèle à l'enfant égyptien qu'il fut.

« Un étranger domicilié chez moi », dit le Lévitique.

Dans la même vie : découvrir l'universalité/singularité avec Sartre, voir sa jeune femme partir à Amman, en Jordanie, avec les Comités Palestine et les lionceaux du

Fatah, entendre sans broncher les ouvriers immigrés débiter leurs clichés antisémites, être surnommé Pierre Victor, apprendre l'hébreu, lire tout Levinas entre 1975 et 1978, incarner le Juif du Retour, porter une kippa, expliquer au public les Juifs massés au bas du mont Sinaï, dans la conférence tenue au Banquet du livre, à Lagrasse (que j'ai vue en version vidéo vintage couleur sépia, abasourdi, comme si j'étais dans la salle), « Vous êtes mes témoins », rendre visite à Andreas Baader dans sa prison en compagnie de Sartre et de l'avocat Klaus Croissant, j'aurais donné n'importe quoi pour assister à la rencontre entre les deux croisés de la foi, puis le dernier rideau se lève, ouvrir l'école doctorale de Jérusalem, oublier les romans et la télévision, se noyer dans l'océan du *limoud*.

Ne plus lire qu'un livre, le Livre, et parfois une seule page : la même. On prétend que le Talmud est un océan : il n'y a ni commencement, ni fin à l'océan.

Qu'est-ce qui fait l'unité d'une vie si romanesque, si totalitaire ?

Le commandement de connaître ? La radicalité de l'escalade ? L'alpinisme de Dieu, avec le risque d'y laisser la peau des autres ?

Je regarde des photos de lui, enfant. Le petit Égyptien malingre, qui parle mal ou peu l'arabe (comment est-ce possible ?), habitera le « *lechon ha-kodech* », le pur hébreu des textes.

« Quand on habite une langue, c'est dommage de piétiner cette habitation » (2002).

Je regarde des vidéos. Les yeux sombres, la kippa sur la tête, la voix basse, sévère, il est assis en face de Thierry Ardisson. N'est-ce pas trop ?

Nour, à qui j'en parle, que l'agitation politique des années 1970 enchante, qu'elle regarde d'un « *oriental gaze* » où le terroriste Carlos aurait le charme d'une diva moustachue, conclut, non sans raison : « Vous êtes prêts à tout. »

Le casseur d'idoles. Le fils d'Abraham. Un génie de la manipulation ? Un « lévinassien » de choc ? Un professeur titularisé qui n'enseigna jamais en France, mais à Jérusalem ? Le premier de cordée qui transmit le sens de l'étude à son fils René Lévy, dont le livre sur Paul de Tarse me donna des migraines ?

Il faut l'imaginer reprocher à Alain Finkielkraut dans *Le Livre et les livres*, y revenir plusieurs fois, d'avoir lu Emmanuel Levinas, au même moment que lui, mais d'avoir raté le Retour, « toi, tu étais intégralement dans l'école laïque », d'avoir manqué de foi, de persévérance, de ne pas avoir renoncé à toutes ces absurdités du monde moderne : le roman, le cinéma, le désir, le vagabondage des rêveries.

« Incroyant ne signifie plus pour moi émancipé, mais inconsolé », j'en frissonne, aurait alors écrit Alain Finkielkraut (en 2002), que « l'improbable tandem du libidinal et du psychorigide » n'a pas découragé dans son dialogue (est-ce le terme tant ils sont parfois dos à dos, plutôt que face à face ?) avec Benny Lévy.

Même quand ses proches parlent de lui, un disciple, sa femme Léo dans son livre amoureux, il y a comme une distance qui affleure. Vivant, il intimide. Mort, encore plus. Il est nulle part, ailleurs que dans les textes : Juif des textes.

Benny Lévy, domicile : pas loin de Dieu. Seule la pierre blonde de Jérusalem l'apaise. Le rapport du père au fils, doucement incurvé par la pierre. Je vois une photo de lui, avec Bernard-Henri Lévy et Alain Finkielkraut. On dirait trois adolescents poussés trop vite, trois scouts du texte.

J'aurais aimé entendre la fougue, la radicalité du retournement, le dégoût du politique, la morgue à l'endroit des agités parisiens, puis la soudaine tendresse, celle d'une gloire talmudique qui rend grâce aux autres d'être encore des enfants qu'il faut enseigner : « Une yechiva, ce sont des petits qui débattent des choses que les grands ont dites », sa manière autocratique et soucieuse à la fois de plier/déplier le texte, de fouiller la littéralité, de tordre le mot (en hébreu) jusqu'à ce que le sens craque, se fissure, cède, que le nœud se dénoue, que la vérité unifiée apparaisse.

Son seul horizon : le Talmud, Maïmonide, la parole, le verset, l'étude. Il tend son corps comme l'arc qui décoche la flèche vers l'idée du Retour, frémissant de mépris, pas même de mépris, il méprise le mépris, il dédaigne le dédain, il doute du doute : c'est comme s'il fallait oublier tout ce qui nous éloigne de l'étude.

« Rien de plus dérisoire que le Juif installé, attaché à toutes les vanités du monde, oublieux des enseignements difficiles et se prenant toujours pour une conscience prophétique. »

Il cite Levinas dans *Difficile Liberté*.

Il insiste : « La destruction de cette figure comique de l'Israélite français est nécessaire pour que se lève la pensée du Retour. »

Le mot terrible est le mot « comique ». Je comprends ce qu'il veut dire, mais je ne sais pas si je l'admets. Le Juif moderne, séculier, s'il est en plus de prétention prophétique, alors c'est un comique de chez nous, un Woody Allen gaulois. Dieu n'est pas drôle. Je crois que c'est ce qui me tient le plus éloigné de Lui. Il n'est pas souriant, il n'est pas accommodant. Il punit. Il détruit. Il commande. On doit le craindre, sinon ça ne marche pas.

Quand Moïse se tient sur le mont Sinaï, six cent mille Juifs sortis d'Égypte en guise de public, au bas de la montagne, Benny Lévy, qui cite Maïmonide, rappelle que la première parole, la lettre qui parle, c'est « moi ».

« Laisse, je m'en occupe, de son athéisme… » aurait grogné un loubavitch, l'un de ces religieux de noir vêtu, qui vous accueille au Mur des lamentations, Jérusalem, à l'adresse de Sartre, et de son guide Ely Ben-Gal. Athée : mission impossible en Terre sainte.

L'autre nom de l'irruption du politique. L'autonomie « perverse » du politique. Du séculier. Des droits, de la Loi, non : des lois humaines.

Benny Lévy retrouve un débat publié dans *Les Cahiers de l'Alliance israélite universelle*, en 1958, qui regroupe entre autres « traîtres » (à ses yeux) participants, Emmanuel Berl, Jérôme Lindon, André Neher et

Emmanuel Levinas. Il pointe le survivant à soi, le Juif résiduel, identitaire, hésitant, même fluctuant, et soudain furieux, Benny cite un Levinas gêné qui intervient fermement : « Être juif pour être juif, cela ne vaut pas la peine. »

Vous avez bien lu : « Être juif pour être juif, cela ne vaut pas la peine. »

Qu'est-ce que cela veut dire ? Si je ne fais pas tant d'années d'études talmudiques, si je ne lis pas le jour et la nuit, si je ne fais pas scission avec l'humanité, au sens de toute autre humanité, alors « être juif pour être juif », à quoi cela sert-il ? À rien.

À devenir fripier ou diamantaire, comme mes grands-parents.

« Rien n'est moi, ni à moi, dans ce nom qui pourtant me désigne », lis-je dans *Le Juif imaginaire*.

J'entends, mais les mots grondent au loin, ils ne font pas chair avec moi. Ils m'atteignent, mais je ne les incorpore pas encore. Je suis désigné, mais c'est l'étrangère qui m'a désigné, non dans le schéma sartrien où l'antisémitisme crée le Juif, mais dans ce soulèvement, cette couture de l'Orient avec ma peau d'Occidental.

Ma pilule d'Orient, vite.

Plus loin dans le texte socle de Levinas que Benny Lévy discute, réfute, essore comme un vieux chiffon de sang et de chair : « Être juif, ce n'est pas seulement rechercher un refuge dans le monde, mais se sentir une place dans l'économie de l'être. »

Je lève le doigt, au fond de la classe. Un refuge, monsieur le professeur, cela me suffirait bien à moi.

« Le Juif est essentiellement survivant. Voilà la définition moderne. »

Benny Lévy m'aurait sans doute méprisé, ou en tout cas méprisé le Juif moderne, dont les grands-parents négociants en tissus ou en pierres précieuses furent laïcs *mais aussi* irrémédiablement juifs. En fuite pendant la guerre, des survivants, cachés, mon père dans une pension sous une fausse identité, ma mère entre Chambéry, Saint-Paul de Vence et Montreux, des « redevenus juifs », car en effet, je cite Levinas en 1947, « le recours de l'antisémitisme hitlérien au mythe racial a rappelé au Juif l'irrémissibilité (l'impossibilité de se dérober) de son être. Ne pas pouvoir fuir sa condition, pour beaucoup cela a été comme un vertige ».

C'est une autre manière de dire que les optimistes ont fini à Auschwitz, les pessimistes à Hollywood.

Je demande rendez-vous à un rabbin. Un ami d'ami m'interroge pour sonder mes intentions : « Vos deux parents sont-ils juifs ? » Oui, soupir de soulagement. Un reste de franchise me fait ajouter : « J'ai épousé une Libanaise. » Soupir gêné.

L'impossibilité pour l'âme juive de se dérober au Dieu d'Israël. Il vous rattrape. Il ne vous lâche pas.

Benny Lévy ne croit pas à l'athéisme, qui est la mort, la fin, le butoir final de la philosophie. Il n'y croit tellement pas qu'il renverse la possibilité de l'être : « Être athée est une proposition stupide ; aucun Juif n'est vraiment athée, mais on croit qu'on l'est. » Vous écoutez l'ancien gauchiste : il tord ce qu'il veut dans une phrase, il coule la phrase comme du métal en fusion, dans le récipient qu'il choisit.

Le Juif français est pire encore : « C'est le Juif qui est universel, et la République qui est un petit particulier. »

Après la reconnaissance des droits civils des Juifs à la Révolution française, Armand Lunel analyse : « Nos Juifs, dans ce bonheur de l'affranchissement, se sentirent d'abord un peu gênés. Beaucoup ne rompaient pas sans peine avec l'isolement du ghetto » (*Nicolo-Peccavi ou l'affaire Dreyfus à Carpentras*).

Quoi ? Libres d'être des citoyens *comme les autres*, ils ne veulent pas justement être comme les autres. Ils sont jetés dans la modernité, l'égalité, et s'ils ne se retranchent pas dans la sphère privée de la spiritualité, combien ne le firent pas, alors l'assimilation colore le mot « Juif » d'une nuance péjorative. « Quant aux membres de la synagogue qui veulent rester une nation à part, ils s'excluent eux-mêmes de l'humain. »

Aurais-je dû laisser mes ancêtres croupir dans le ghetto de Carpentras, ces « catacombes à ciel ouvert », selon le terrible mot de Martin Buber ?

Alain Finkielkraut, dans ce composite de plusieurs débats, un combat à la vie à la mort sur le ring oratoire, *Le Livre et les livres*, a le sens de la fidélité. Il rend hommage. « Tu feras et tu entendras », lui assène de Strasbourg à Jérusalem, un Benny qui ne veut pas du licol de l'athéisme. Alain ne peut pas, ne veut pas, « revenir sans problème, à la foi de nos pères ».

Les deux « lévinassiens », deux bons élèves, Alain le mélancolique républicain, Benny l'anti-athée comme descendu du Sinaï en foudre, s'opposent sur (presque) tout : l'affaire du foulard, le Juif imaginaire (« Juifs qui s'échappent de leur réel de Juifs »), le rôle de la culture nationale, et spécifiquement française, la normalisation sioniste, la lecture de Proust comme « consultation biblique » selon la formule de Barthes, ou divertissement selon Benny.

Les deux attardés de la transcendance : on les voit danser, esquiver la corne du taureau, fendre l'air de coups rhétoriques. J'imagine la main d'Alain scander ses propos en métronome de la fièvre, Benny les yeux comme deux loupes noires. L'athéisme sert de barrière.

Alain termine un chapitre par la citation de Gershom Scholem : « Là où se tenait Dieu jadis se tient à présent la mélancolie. »

Dans un bout d'images (heureusement) jamais montées, le cinéaste Jonathan Nossiter a filmé ma mère, en 2014.

Je faisais semblant de ranger des livres, terrifié par ce que je pressentais. Jonathan lui a demandé ce que c'était pour elle, cette identité-là. Ma mère a répondu : « Quand je vois une pièce remplie de monde, je sais toujours qui est juif, et c'est toujours le plus intelligent. »

Le pire, indicible, est qu'une partie de moi-même se réjouissait en secret. « On entre dans l'alliance des pères, en étant fils d'une mère juive. La mère contient le projet d'Abraham. »

Abraham. Ma mère lui dirait : « Comment vous appeliez-vous avant ? »

Toute mon histoire familiale, ce collier d'hommes et de femmes qui vont de l'émancipation en 1791 à ce refus de croire à la transcendance, me pousserait à dire non à Benny Lévy, mais je sens, dans quelle partie de mon être, à quelle frontière aberrante de l'Alliance, à quel lieu pas si éloigné de la montagne qui se retourne comme un baquet, je sens qu'il a raison. Je déraisonne qu'il a raison.

Car c'est déraisonnable, dangereux, contraire aux lois de la République, à l'émancipation d'après 1791 qui signa l'assimilation, « les Juifs s'appliquèrent d'eux-mêmes à devenir des contemporains irréprochables » formule d'Alain Finkielkraut dans *Le Juif imaginaire*, « notre sortie d'Égypte », mais quelque chose, dans le grain de mon être, quelque chose de non germé, d'impensé, d'inactuel, quelque chose du simple Juif du Sinaï survit dans le survivant, en moi, cousu d'arabe.

Allez comprendre pourquoi.

« Tu ne peux pas demander à un Juif de pleurer sur des nations qui meurent dans l'histoire »

Nour ne croit pas non plus à l'athéisme.

La Libanaise du pays aux dix-huit confessions ne comprend même pas ce que ça veut dire : la foi est une affaire à la fois privée et publique, sans séparation des Églises et de l'absence d'État, une marque de clan, une identité communautaire, un arrangement qui ne me regarde pas.

Pendant la guerre, une confession religieuse inscrite sur la carte d'identité vous faisait passer de vie à trépas, en cas de contrôle au checkpoint.

Nous regardons ensemble un film de Jocelyn Saab où les chrétiens, costumes sombres, boutons de manchette, lunettes en écaille, les chiites de gauche, marxistes chemises à pois ouvertes sur la poitrine, « kalach » à l'épaule, disent, leur seul point d'accord : chacun défend sa communauté. Chacun enrôle sa milice privée. Individualisme et clientélisme : les mêmes maux qui les tuent aujourd'hui.

Les images montrent tantôt des phalangistes faire la culbute, tantôt des gamins sous le keffieh se claquer la bise. Impossible de voir, de nos yeux, les assassins joyeux qu'ils deviendront.

Le passé enchante et déprime Nour. Elle soupire : « En cinquante ans, rien n'a changé, sauf qu'en plus il y a les islamistes. »

Un ami, qui croit encore à la France, écrit sur la honte que lui provoque sa *libanité*, comme Gombrowicz l'écrirait de la Pologne. La honte n'a pas lieu d'être pour Nour. C'est une fierté inversée. Ou alors il faudrait avoir honte de toutes les nations qui meurent dans l'histoire. J'écris cela avec effroi : le pays jonché de saintes ou d'affiches de martyrs, accablé de dettes et de corruption, où Nour voudrait me jeter en terre, sans résurrection, ni tunnel creusé jusqu'au pays voisin, pourrait disparaître avant moi.

« Ce petit pays révèle, jusqu'à la folie, les termes d'une équation impossible qui attend le monde entier au tournant », écrit Dominique Eddé dans *Le Monde* du 2 avril 2021, prenant acte d'une débâcle irréversible. Loupe tendue à notre œil, ce pays de l'utopie, aussi grand qu'un département français, regorge d'églises, de sanctuaires, de signes religieux, d'autels au coin des rues, de vierges miraculeuses aux yeux pleureurs, jusque dans les villages musulmans.

Au sous-sol du Musée national, que nous arpentions Nour et moi, noués l'un à l'autre dans une sorte de transe intemporelle de la curiosité, j'ai remarqué les momies de la Qadisha, la cave d'Assi el-Hadath, remontant au XIIIe siècle. À cette époque, mes ancêtres, même s'ils étaient maltraités par les chrétiens, ne se cachaient pas dans les grottes. Ils palabraient le judéo-provençal dans cet Orient de l'Occident, la Jérusalem du Comtat. Réfugiés dans l'ombre humide, avec des pelures d'oignon, du blé, du bois, les chrétiens de la vallée de la Qadisha, des maronites, fuyaient et priaient encore dans ce qui serait leur caveau. Dans la tombe dite au berceau, un enfant suce son pouce, geste éternel, entouré d'un radier de petites pierres : ces os disent le temps de la foi qui n'est pas passée.

Nour vit au présent. Les ténèbres commencent avant sa date de naissance. Je lui dis, regarde, ce sont tes semblables, ces momies. J'ai le droit à un regard noir chagrin.

Elle prie chaque soir, sa jambe nue contre la mienne, et quand je l'interromps, elle me repousse. Elle marmonne dans un demi-sommeil hypnotique : « Tu vois bien, ne me dérange pas, je prie pour toi. »

Je refuse d'être ramené à une réflexion sur le Mal (« Un Juste, et il subit le Mal » selon le Talmud de Babylone cité par Benny, mais je ne suis pas un Juste, ni une victime expiatoire « de génération en génération » selon la Haggada de Pessah).

Je refuse de me voir « Juif » dans les yeux de Nour, qui me vise « comme un agneau au milieu de soixante-dix loups ».

Si elle m'abandonne dans l'odeur de l'aube claire, du café à la cardamome, des pistaches et du jus de mûres rouge foncé, si elle me laisse partir entre les pierres chaudes du mont Hermon, refermant la grille colorée de rose pastel derrière moi, c'est que je ne survis pas : mais je vis, encore un moment. Je vis. Chaque respiration compte.

Je retourne la malédiction en exultation, ce retournement qui me fait Juif.

Donc : je ne me convertis pas, ai-je répondu à Nour.

Tu te convertis toi, à l'islam, par exemple ? Ses yeux se plissent. « Tu me prends pour une débile ? » Nour vient comme moi d'une minorité qui ne doit pas se convertir, ni s'assimiler, ni rien lâcher d'un noyau familial préservé, un pays qui n'en est pas un, qu'elle traîne derrière elle.

Pour l'avoir fait, comme mes parents et mes grands-parents, nous payons le prix fort de la disparition. Après moi, ce sera fini.

L'historien de l'Antiquité grecque et latine Arnaldo Momigliano cite l'offre de conversion collective que suggère Benedetto Croce en 1947, la date où Levinas écrit *Être juif,* date hélas significative, en invitant les Juifs italiens « à effacer cette distinction et division dans laquelle ils ont persisté pendant des siècles, et qui dans la mesure où par le passé, elle a fourni l'occasion et le prétexte aux persécutions, doit faire craindre qu'elle la fournisse aussi dans l'avenir ».

Autrement dit : juste après la guerre, les six millions de morts de la Shoah, si vous ne voulez plus de problèmes, alors convertissez-vous. Avouez que c'est assez méprisant : la prudence touche ici à la lâcheté.

Le « Olim Judeus » de l'avenue de Camoëns

En famille, nous habitions au 2, avenue de Camoëns, du nom du poète portugais, à un jet de pierre de l'école jésuite de la rue Franklin, Saint-Louis de Gonzague. Je regardais, hésitant entre la béatitude et la crainte, les allers-retours d'adolescents si fiers d'eux, en loden autrichien et Weston cirés, me disant chez l'épicier, où je les croisais en grappes de chahuteurs se disputant les Choco BN, à l'heure de la fin des cours, qu'ils formaient une aristocratie estudiantine, décontractée, radieuse, insolente. C'était le premier établissement chrétien, avec ses vitraux et les bribes de messe que j'entendais à travers les hauts murs gris, à l'ombre duquel je cherchais une protection de vassal, une différence en ma faveur, un état-abri, un monarque.

J'étais le marrane de l'avenue de Camoëns. Un Portugais. Il n'y a pas de hasard.

Faudrait-il se souvenir que le Portugal obligea ses Juifs à la conversion ou à l'exil, et de préférence à la mort ? En 1497, ils durent fuir. Les nouveaux chrétiens, les convertis, furent massacrés en avril 1506, à Lisbonne, ainsi que le décrit terriblement Salomon ibn Verga dans son livre-mémoire, le *Shebet Yehudah* : « En trois jours, ils massacrèrent trois mille âmes. Ils défenestraient les femmes enceintes et les réceptionnaient en bas avec leurs épées, de sorte que l'embryon était éjecté quelques pas plus loin. »

Néanmoins, et malgré la proposition que m'avait faite ma si catholique première « fiancée », entre ironie et sérieux, de demander à son oncle, l'un des Pères jésuites de Saint-Louis de Gonzague, de me catéchiser, voire de me convertir, malgré mes lectures dandy « fin de siècle » où je m'enfouissais dans les mystiques qui hantaient Huysmans et Léon Bloy, leurs filleuls entrés dans l'Église, Jacques et Raïssa Maritain, malgré le sentiment de connivence avide, de complicité curieuse avec ce que le christianisme possède d'intensément exaltant, de cérémonial, de sacrificiel, de liturgique, d'exagéré, malgré mon amour pour les paysages de la France « fille aînée de l'Église », je ne me serais converti pour rien au monde.

Mon désir de me fondre parmi les autres combattait le très précoce sentiment que j'avais de devoir réussir grâce à toutes mes différences : il n'était plus besoin de « renaître » chrétien, pour assouvir une ambition. Nul besoin d'être un converti, la prudence suffisait.

Je voulais jouir de ma dualité, de tous mes masques, de toutes mes tromperies. Pas l'héritier des miens qui durent, parfois, se convertir de gré ou de force, néophytes de la Provence médiévale, aux noms fracassants qui surgissent comme neufs des contrats passés chez le notaire, Isaac

Cabrit devenant Louis de Rippsaltis, Crescas Vidal Ferrier renommé Jean Nicholay, ou plus rarement durent émigrer comme ces Juifs de Marseille, qui comptèrent des Carcassonne, exilés qui courbaient sous les taxes, naviguant vers la Sardaigne en 1486.

Ils s'installèrent à Alghero, une charmante ville portuaire que je visiterais, m'y sentant étrangement à l'aise, baguenaudant sur le bord de mer, le long des remparts.

Quelques heures après avoir évoqué ici cette ville de la Sardaigne espagnole, je reçois une photo du Palazzo Carcassona, 12 via Sant'Erasmo, un palazzo de style catalan-gothique, au pied duquel une plaque en bronze indique : « Ce palais, construit vers la fin du xve siècle, fut habité par la riche famille hébraïque des Carcassonne, originaire du Languedoc. »

Ô châteaux, ô palais, disparus, demeures antiques du ghetto, spoliées par les chrétiens après l'expulsion d'Espagne, dont la Sardaigne, revenez, parlez-moi, dites-moi qui furent ces Carcassonne sardes.

Sur une façade de pierre grège, il y a encore un visage-gargouille : les joues gonflées, les yeux exorbités, qui semble souffler, la bouche en cul de poule. Le passé m'appelle.

Qui m'envoie cette photographie ? La sœur de mon père, que je n'ai pas vue depuis trente-deux ans.

« Et comment vous appeliez-vous avant ? »

Parmi tous ceux qui firent autour de cette enquête une guirlande de protecteurs, d'autant plus méritoires qu'ils ont sans doute été frappés par mon ignorance, figurent les universitaires Danièle Iancu-Agou et son mari Carol Iancu, né en Roumanie, spécialistes des Juifs de Provence et du Languedoc. J'ai une dette envers eux. Grâce à Charles Ebguy, dont je parlerai, je les ai finalement rencontrés à Montpellier, à l'Institut Maïmonide que dirige leur fils. Sous nos pieds, un mikvé médiéval, le bain rituel fermé. Devant ce trio d'érudits, famille parfaite comme une équation, j'ai eu le sentiment d'avoir raté quelque chose.

À ma question sur la fréquence des conversions, si l'on compare à l'Espagne dont « les conversions forcées génératrices d'une société marginale de "conversos" qui feront problème, et porteront en germe le bannissement de 1491 », la professeure me répond, ce qui me soulage : « Rien à voir avec la Provence médiévale où régnait une certaine aménité de mœurs, et où l'on compte des conversions par la contrainte sur les doigts d'une seule main. » Je respire. J'aurais été déçu que les Carcassonne fussent tous traînés à l'église, baptisés comme mes enfants le seront. Je n'en suis qu'au début de mes surprises.

J'apprends – je me souviens en un éclair avoir dédaigneusement souri en passant devant la maison d'Eygalières qui portait une plaque à son nom – que le mage Michel de Nostredame, dit Nostradamus (1503-1566), aurait eu comme bisaïeul du côté paternel Davin de Carcassonne d'Avignon, devenu le néophyte Arnauton de Velorgues (département du Vaucluse) en 1453. Précisons que si les papes avaient « protégé » les Juifs sur leurs terres, Avignon et Comtat Venaissin, au moment de leur expulsion du royaume de France en 1306, un nouvel édit, renouvelé plusieurs fois, leur imposait par la suite le choix entre la conversion et l'exil.

Ceux qui refusèrent l'eau bénite, nombre de mes aïeux, allaient désormais habiter l'une des quatre carrières, les quartiers juifs de Carpentras, Avignon, Cavaillon ou L'Isle-sur-la-Sorgue.

L'arrière-grand-père et le grand-père de Nostradamus étaient des Juifs d'Avignon, courtiers et négociants en grain. Crescas de Carcassonne, grand-père de celui que ses adversaires nommeront *Monstradamus* ou *Monstrebus*, dont ils raillèrent les divagations juives et « le langage vain de cet impur Nébulon », selon la formule du médecin Jules César Scaliger, devint chrétien en 1460 sous le nom plus fréquentable de Pierre de Nostre Dame.

Mais il fallait éradiquer toute souillure sur le blason.

En 1453, Pierre répudia sa seconde femme, elle portait pourtant le si joli prénom provençal de Benastrugue, qui avait refusé de se convertir. Les raisins verts, n'est-ce pas, agacent les dents des fils.

Jaume, le père du prophète « par les nocturnes et célestes lumières », le père du « pharmacopole itinérant » qui s'installa en 1549 à Salon-de-Provence, décidément une ville chère au cœur des Carcassonne, Jaume notaire à Saint-Rémy, dut s'acquitter de l'impôt sur les nouveaux chrétiens descendus de « vraye tige et race judaïque et hébraïque ». Il obtint ses lettres de naturalité française du roi de France.

Nostradamus fut attaqué sur ses origines. Médecine, divination, occultisme, grimoires, fréquentation des cours. Il n'avait pas que des amis. Ses pensées divinatoires furent traitées de « petits paquets annuels qui sentent encore leur judaïsme à pleine gorge » (La Daguenière, *Le Monstre d'abus*, 1558, cité par Mireille Huchon).

Je le réclame dans ma famille névrotique. Je le déchristianise.

Pourquoi ? Ce « kabbaliste chrétien », selon les mots de Robert Amadou (*L'Astrologie de Nostradamus*), aurait pu souffrir, rapporte sa biographe, « d'épilepsie temporale se traduisant par un syndrome religieux, des préoccupations spirituelles, des sensations paroxystiques de déjà-vu-déjà-vécu » !

Aurait-il eu à regretter la conversion de ses pères ? Vivait-il les souffrances et les sciences du judaïsme, en boucle ?

Sa fureur prophétique l'aurait propulsé, cet ancêtre honteux, à la fois dans le passé lointain et dans le futur.

Lisez la notice biographique de Nostradamus sur n'importe quel site : il est de religion catholique. Pas depuis si longtemps. *Olim Judeus*, autrefois juif. Mon père connaissait-il ce détail généalogique ? Ma mère aurait-elle lancé sa fameuse phrase, « ça ne m'étonne pas, il était intelligent, ce Nostradamus, il a bien réussi » ? Apothicaire inscrit à la faculté de Montpellier, puis rayé des inscriptions, qui entre autres inventions filtrées dans ses cornues expérimenta à Aix un médicament à base de plantes contre la peste qui sévissait alors.

Je ne résiste pas à vérifier ses pronostics en tapant « Nostradamus » sur Internet : il y a six mille prophéties, en ce qui concerne l'année 2021. Une voix féminine de synthèse, dans une vidéo sur YouTube, m'apprend que les musulmans seront bientôt les maîtres du monde. Nostradamus, descendant d'un Carcassonne néophyte, prophétise le Grand Remplacement !

La cocasserie poétique chez l'un des maîtres de Nostradamus, le médecin Paracelse, dans le *Paragranum où sont décrits les quatre piliers sur lesquels repose la médecine* (1530), m'assigne à ma place astrologique : « Chaque ciel particulier doit exercer une influence particulière. L'enfant au moment de la conception hérite d'un ciel particulier. »

Quel fut le ciel à ma naissance ? Est-ce que la fonction essentielle de « la mère suffisamment bonne »

(Donald W. Winnicott) m'a donné le sentiment d'une « continuité d'existence » ? Si la continuité vient à manquer, si la mère se réfugie dans l'absence de son propre deuil, le pédiatre parle alors de « la crainte de l'effondrement » : « L'angoisse n'est pas ici un mot assez fort. »

Je suis né sous un ciel particulier. Ma mère m'avait offert enfant un joli sous-plat, ou peut-être était-ce un presse-papiers, qui citait les natifs les plus célèbres du 20 avril, parmi lesquels Adolf Hitler.

Je dois confesser que je suis né le même jour qu'Adolf Hitler.

Ma mère ne cessait d'en rire. Nostradamus aurait-il prophétisé un petit caporal chez moi ?

Me trouble, non tant l'apparition inopinée de ce magicien laborantin, mais l'idée des multiples cousinages, frottements, construction graduelle, érosion des identités dans ce passage incessant du judaïsme au christianisme, catégorie hybride quoi qu'on fasse tenir sous cette dénomination, puisque l'on faisait payer un impôt particulier aux convertis.

Les Juifs abandonnaient leur foi millénaire, comme on laisse crever un chien sur la route des vacances, mais il fallait en plus s'acquitter d'une taxe. J'aimerais bien savoir combien de fiers chrétiens ont un « *Olim Judeus* », qui vient déranger leurs nobles ascendances. J'aime cette impureté à l'origine de toute origine.

Je voudrais bien rencontrer un Carcassonne sarde sur la promenade d'Alghero.

J'apprendrais plus tard, au gré des textes savants (*La Pratique du latin chez les médecins juifs et néophytes de*

Provence médiévale, Danièle Iancu-Agou), que mon aïeul Léon Joseph de Carcassonne, après sa conversion volontaire en 1416, gravit enfin les degrés de la hiérarchie médicale à Perpignan, sous le nom du néophyte Léonardus Benedicti. J'aimerais bien lui en faire l'amical reproche.

Il ne fut pas le seul, loin s'en faut.

Deux ans après la dispute de Tortosa (1413-1414), la plus longue disputation, la plus célèbre des joutes théologiques entre Juifs et chrétiens, menée par le peu aimable Jerónimo de Santa Fe (Jérôme de Sainte Foi, ça sonne mieux en castillan), trois mille Juifs espagnols se convertirent ! Ma mère eût sans doute demandé à M. de Santa Fe, « et comment vous appeliez-vous, avant ? » Il aurait répondu : « Josué Ha-Lorki, anciennement rabbin d'Albeniz, pour vous servir, Madame. » Un seigneur, un « *converso* », un traître dans les rangs de l'Inquisition.

Et moi, suis-je donc un apostat ? Un honteux ?

Tout le monde s'en fiche, mais moi, ça m'obsède. Si je lis « Judas » dans un manuscrit, j'ai l'impression d'être visé. Comment me serais-je donc nommé, nouveau-né à la foi, néophyte régénéré dans l'eau bénite ? Don Manuel d'Arabie, comme il y eut Lawrence, qui me fit rêver ? Monsieur de Carcassonne ! claironnait en phrasant les consonnes, en roulant les *r*, mon nom lancé comme une pierre à la fronde, celui à qui je succédai jadis à la direction littéraire de Grasset, Yves Berger. Et d'où était-il, mon cher Yves ? D'Avignon.

« Souviens-toi des jours d'antan »

Après tant de cas illustres, de « *conversos* » séfarades, d'ambitieux petits maîtres, pourquoi pas moi ? Pourquoi devais-je m'entêter ?

Alors que je n'avais que 18 ans, et rien à perdre en embrassant mes proies du Trocadéro ? Difficile à dire. Je ne le sais pas moi-même. C'est comme un très faible éclairage, qui clignote dans la nuit : « Je suis Iahvé, ton Dieu, qui t'ai fait sortir du pays d'Égypte, de la maison des esclaves » (Exode, 20, 2). L'Israël antique apprend qui est Dieu par ce qu'il a fait dans l'histoire. La mémoire est devenue essentielle à la foi d'Israël, et pour finir à son existence même. « L'injonction de se souvenir est ressentie comme un impératif religieux pour tout un peuple » (Yerushalmi).

En Israël, et aussi le seizième arrondissement, qui parfois se confondent aux alentours de mon lycée Janson-de-Sailly.

En Israël, et chez ma mère, impossible d'oublier quoi que ce soit.

Elle possède l'art du ressassement mémoriel, allant de la drôlerie à l'absurde : un sms datant de février 2021. « J'aurais bien aimé que tu te manifestes pour le 1er février (date de la mort de mon père). Cela fait trente-deux ans, mais c'était hier. »

À sa manière, elle a raison. Le temps n'existe pas, quand on souffre. Hier, c'est hier plus aujourd'hui et demain, tous les jours se fondent en un seul.

Ni un péché, ni un numéro de téléphone (celui de mes parents, Trocadéro 14-58) ne sortent plus jamais de ma tête.

La fidélité sans doute à une traversée des siècles, un écho qui me parlait, un petit Moïse dans la poche. Je percevais que la continuité venait de si loin et de si proche. Où suis-je né ? En France républicaine sous le général de Gaulle, puis Pompidou ? Ou dans ce lieu que je réinvente ?

« C'est le lieu de notre naissance spirituelle qui est existentiellement décisif », répond Yerushalmi à Dominique Bourel en 1984.

Je viens de Jérusalem comme de la rue d'à côté – le judaïsme transporte tout avec lui, les siècles enfuis depuis l'exode et le petit nombre de rescapés, qui s'agrège telles les billes du mercure, pour former partout un reste d'Israël, « *che'erith Yisrael* » – une sédimentation qui me paraissait mythiquement osciller de l'esclavage babylonien aux cousines bien en chair de ma mère, ces « tantettes » du seizième arrondissement pour prendre le mot libanais que j'adore, ces dames manucurées et coiffées qui ressemblaient à Barbra Streisand, en moins sexy, et venaient déjeuner, gourmandes, à la maison.

Je me souviens de leur odeur poivrée, douceureuse aussi, leurs rides talquées, les plis de leurs chairs, la toison ombrée qui persistait sur leurs lèvres moqueuses, rapaces, drôles, dédaigneuses, ironiques, laissez-moi les ressusciter un instant, les Colette, Renée, Annie, Claude, toutes sorties vivantes de la guerre et des camps : increvables.
Nous durions.
Nous traversions l'épaisseur du temps.

Ce passé qui va de la destruction du Temple aux suspicions de ma mère qui « reniflait » les Juifs sous les noms d'adoption empruntés aux chrétiens, ce passé m'oblige : j'ai conservé une fidélité à une origine dont je ne savais pas grand-chose, si ce n'est qu'elle participait d'un « étonnement d'être toujours en vie, l'expérience d'avoir survécu à un événement », selon la formule de Danny Trom (*Persévérance du fait juif*).

Oui, je persévérais, nous persévérions, avec nos vrais-faux suicides, nos crises de larmes, nos tragédies d'enfants gâtés, nos drames joués à guichet fermé, caractère tragicomique dont j'ai tant et si bien hérité que Nour m'a surnommé « Bollywood », autant en hommage au cinéma indien, qu'à ma faculté de pleurer sur commande.

Survivre à quoi ? puisque je n'avais connu aucune guerre, ni souffert d'aucune maladie grave, ni non plus directement hérité des noirceurs de la Shoah.

« Le Juif dangereux, c'est le Juif vague », a écrit Édouard Drumont, l'auteur de *La France juive*. Mais pour ne pas être vague – quel serait d'ailleurs le contraire de vague ? affirmé ? fier ? revendicatif ? ou militant ? – il convient de savoir d'où l'on vient.

« C'était un avant-goût du paradis »

Je suis fidèle aux miens. Il m'a fallu remonter le temps. Le retourner, l'aplatir, l'enrouler sur lui-même, comme si le temps était une galette au zaatar (au thym), l'une de ces « manouché » que nous aimons manger avec Nour, au bord de la route encombrée et sale qui va à Rachaya.

Le sentiment de mon altérité, je ne le lie à rien d'explicable, ni l'arabité de Nour qui me renvoie à mon identité comme jaillie de l'inconscient. Moïse était égyptien, un enfant du Nil.

Nour est arabe d'Achrafieh, née à Boulogne, mais elle me rend ma tunique, mon Temple, mon chapeau jaune, la coiffe des Juifs dans le ghetto provençal.

C'est l'étrangère révélatrice, dans le sens que Yerushalmi prête à cette citation de Freud dans *Le Moïse de Freud* : « C'est un grand honneur pour le peuple juif que d'avoir su maintenir une telle tradition et produire des hommes qui lui prêtèrent une voix, même s'ils y furent incités de l'extérieur, par un grand étranger. »

J'y ai mis une certaine obsession. Freud ne disait-il pas que la névrose obsessionnelle est « une religiosité individuelle » ?

Dans le bureau de mon père, lambrissé de bibliothèques où perçait le rouge sang des codes Dalloz, l'expression que j'utilise fait naître dans ma mémoire le titre d'Isaac Bashevis Singer, *Au tribunal de mon père*, il y avait ces photos que je scrutais, comme avide de comprendre le commencement.

Mon grand-père Georges, négociant en textiles à Aix, jouisseur et généreux, souriait. Les souvenirs n'étaient pas nombreux, mais ils étaient là, ils affleuraient, comme celui de l'oncle (un faux oncle) Roger, que mon père voyait souvent.

L'avocat né à Salon-de-Provence, le sénateur socialiste des Bouches-du-Rhône Roger Carcassonne (1903-1992), dont Charles Ebguy (alors proviseur d'un lycée à Salon-de-Provence) me fit généreusement cadeau d'une suite d'enregistrements filmés, incarne au plus haut point le Juif laïc, notable libre d'esprit, assez libre pour que la France éternelle soit son idéal, « contemporain irréprochable de l'assimilation » selon la formule d'Alain Finkielkraut, la Provence son fief, mais assez juif pour avoir dû fuir en vitesse l'occupation nazie, puis céder ses affaires à quelques honnêtes confrères chrétiens.

Je regarde les images de la vidéo : la trame pareille à la mire floconneuse de l'ORTF, aux couleurs pastel, au soleil provençal étouffé par les tentures.

Voilà ce vieil avocat que je vois sur l'image qui tressaute, ami de Gaston Defferre et camarade de lutte de la SFIO, la voix traînante, nasillarde, évoquant dans une langue soutenue, souple, sans lire une note, le moindre détail de la vie politique locale.

Il a d'épaisses lunettes d'écaille, un costume croisé à rayures, une cravate Hermès, une élégance surannée de chef de clan provençal.

Ses ancêtres ont pour nom Crémieux, Valabrègue, Bédarrides, un certain Salomon Carcassonne, né à Carpentras en 1785, qui fut « fabricant » de laine. Sur plusieurs générations, ils ne franchirent jamais les portes de leur paradis, de la Provence et du Comtat. Roger, on dirait un député libanais de l'âge d'or, ce creuset de nostalgie où Nour puise ses idées.

Voilà un Carcassonne athée qui se découvre juif pendant la guerre, fuyant d'une cachette l'autre, le Juif irrémissible cher à Levinas, répondant à l'un de ses confrères du Sénat qui l'apostrophait ainsi : « Bonjour, je suis un chrétien historique. – Et moi, répondit Roger, un Juif géographique. » François Mitterrand, qui le connaissait bien, décora le socialiste. Sur la photo de famille prise à l'Élysée, il y a au dernier rang un jeune homme chevelu, dans ses vingt ans. Intimidé. C'est moi. Loyauté familiale invisible.

La légende voudrait que les déportés familiaux fussent en minorité, et jamais, ou rarement, entendis-je les souvenirs de Résistance ou de camps qui constituèrent si souvent le socle de cette génération.

Néanmoins, une recherche sur le site du Mémorial de la Shoah indique onze déportés dont l'un, étudiant âgé de 18 ans, porte le même prénom que mon frère Philippe.

Cela me trouble, et même m'affecte. Qui sont ces onze Carcassonne, tous nés entre Carpentras, Nîmes, Marseille ou Avignon ? Onze, c'est peu, c'est trop, ils s'invitent ici en fantômes de nuit et brouillard. Onze Carcassonne, dont je ne sais rien.

Je lirais les souvenirs familiaux de Claude Astruc, gendre d'Armand Lunel, qui vit encore à Aix, dans une résidence arborée : chez lui aussi, on échappe de justesse à la Kommandantur, les déportés sont de la génération de son père.

Il évoque le collabo pendu d'après-guerre qu'on attacha au réverbère en haut du cours Mirabeau. Il l'évoque avec autant de précision mémorialiste que ses arrière-grands-parents Benjamin Astruc et Rousse Cohen (dont la photo sépia en Provençale souriante fait écho, dans mon souvenir si flou, à ma grand-mère Odette Pollak) qui furent les contemporains d'Adolphe Crémieux. L'histoire a une chair palpable. Je tourne les pages, comme si j'entrais dans la vie de ce nonagénaire, l'un des derniers Juifs du Comtat, dont le père parlait le provençal, montait et descendait le cours Mirabeau en compagnie de Pierre Carcassonne, mon arrière-grand-père. J'imagine leurs palabres, leurs négoces, leurs affaires, la chambre de commerce, les tissus, les commérages.

Ce soir de mai 2021, en dormant dans la chambre du chalet Carcassonne, écoutant dans le silence de la nuit les croassements des crapauds et les aboiements, j'en eus presque un malaise qui était mon effraction dans cette faille spatio-temporelle.

Alors, étais-je un usurpateur ou un revenant chez moi ?

« L'identité est comme le style : évidente et insaisissable », écrit François Roustang. Oui, c'était évident et impossible à saisir, comme la mémoire d'une mémoire.

L'odeur chaude des pins sur le plateau de Bibémus, la couleur verte des balcons, la baignoire profonde datant des années 1950 dont la patine n'avait par chance pas été effacée par une plus moderne. J'avais été là. Je n'étais plus seul.

Je ne me plaindrais plus à Nour de ma solitude qui contrastait tant avec le maillage familial qui l'entoure comme une momie ses bandelettes.

Cette nuit-là, ivre des souvenirs des autres, petit cambrioleur tombé par la cheminée du temps, je dormis d'un sommeil entier.

Je regarde une autre photo dans l'album familial des Astruc : entre les époux Valabrègue, qui tiennent un commerce de tissus à Carpentras, pose leur beau-frère, le capitaine Albert Dreyfus, à peine gracié, sérieux, fatigué. Les voisins ressentirent le « frisson judéo-comtadin », écrivit plus tard Armand Lunel.

Les voilà ces ancêtres à la peau tavelée, aux taches de rousseur, ces notables joufflus du Comtat Venaissin, au physique rond, suave, parfois lassé, qui tend déjà vers le Levant. Ils sont entre l'Orient et l'Occident. Ils composent une arche.

Il y a des siècles, à la foire de Beaucaire, dit-on, s'échangeaient des soieries, des étoffes de draps catalans, du velours noir, violet, taffetas et flanelle, des étoffes de laines de Chypre, d'Asie mineure, de Syrie. Sous le soleil de juillet qui tapait fort, alors que les marchandises débarquaient de Marseille vers Beaucaire à bord de barques à fond plat qui remontaient le Rhône, les marchands juifs étaient les précurseurs de la mondialisation heureuse. Ils venaient par milliers à la fête dite de la Madeleine de Carpentras. Ils venaient de Lyon, Genève, Constantinople, de Smyrne, d'Alexandrie, de toutes les échelles du Levant. Comme les musulmans ne s'autorisaient pas à commercer en terre impie, les Juifs à turban jaune, les Arméniens ou les Grecs à turban bleu, se mélangeaient, se substituant à eux.

Le spécialiste des francs-maçons d'Orient, Thierry Zarcone, me confie que plus tard, les loges maçonniques succédèrent aux foires en termes de sociabilité métissée, chrétienne, musulmane, juive.

En Turquie, dans la ligne de l'Empire ottoman, on y tisse des liens d'affaire, ils échangent même, me dit-il, sur la philosophie de Bergson traduit en turc. À Salonique, les derviches soufis influencent de leur doux mysticisme les nombreux Juifs présents.

À Beaucaire, se négociaient des parfums et des épices, des huiles provenant du Var, les grains coulaient à satiété des greniers à blé de Haute-Provence. Les marchandises repartaient vers les terres ottomanes, l'Asie mineure, les escales de la Méditerranée, en un flux où les marchands aux chapeaux jaunes jouaient le rôle d'intermédiaire.

Avec l'expulsion de tous les Juifs de France en 1394, mes chers ancêtres se dispersèrent en Provence, et quand en 1481 le comté de Provence fut rattaché au royaume de France, ils durent fuir : juste à côté, sur les terres papales. Avant cela, entre accalmie et tensions, ils infusèrent leurs connaissances, ils implantèrent leurs négoces partout en Méditerranée.

Pendant des siècles, ils furent des presque-heureux.

Du Languedoc et de Provence, pieux érudits à Narbonne, traducteurs de l'arabe, du grec, lecteurs de Maïmonide et d'Averroès, médecins à Nîmes, apothicaires, viticulteurs, drapiers, et s'ils ignorent souvent les prescriptions du Talmud, on dit qu'ils connurent là, de 1148 à 1306, « un véritable âge d'or ».

Tout le Sud, de Narbonne à Marseille, de Béziers à Montpellier, fut un réseau d'intenses débats, de querelles entre théologiens rigides et rationalistes inquiets, dont la science sacrée et profane, érudite et pourtant quotidienne, se frotta comme le pain à l'ail, aux exilés de culture arabo-andalouse.

Dans *Le Dernier des Justes*, litanie d'horreurs et de pogroms où les Justes d'Europe centrale se courbent devant le châtiment, les rabbins miraculeux rampent dans la boue et le sang, André Schwarz-Bart relate que l'un de ses Justes, expulsé d'Angleterre, s'abandonne au Sud : « Il aima cette province méridionale, les mœurs chrétiennes y étaient douces, presque humaines. On avait droit de cultiver un bout de terre, on pouvait y pratiquer d'autres métiers que l'usure, et même prêter serment devant les tribunaux, comme si juif, on eût véritable langue d'homme. C'était un avant-goût du paradis. »

En Avignon, trente-quatre médecins juifs sont autorisés à pratiquer leur art, entre 1353 et 1400. Abraham de Carcassonne fut ainsi, en 1373, le médecin du couvent des Cordeliers.

Nombre de médecins fortunés étaient aussi des collectionneurs de manuscrits hébraïques, des traducteurs, des exégètes. Ils exercent la médecine, métissée du négoce et du prêt. Ne croyez pas que s'adonner à l'art d'Hippocrate relevait d'un choix simple, « car il vaut mieux mourir que de devoir sa vie à un Juif », stipule par exemple le concile de Béziers en 1246, interdisant aux chrétiens de se faire soigner sous peine d'excommunication.

Âge d'or : frénésie, controverses, circulation des idées, des marchandises, des denrées et des hommes. J'imagine les rabbins de Provence écrire ou psalmodier sous la chaude lumière d'un chandelier, à l'étroit dans leurs maisons en hauteur, raturant, hésitant sur un terme, correspondant avec de pieux complices ou des adversaires terribles, s'entrechoquant dans des disputations, sans fin.

La philosophie, du moins ce qu'on mettait sous ce terme, avait mauvaise réputation. Il fallait bien du courage, et un acharnement à ne pas dévier de sa ligne. Joseph ibn Caspi (1279-1340) et Moïse de Narbonne

(1300-1362, qui rédigea l'unique traité du libre arbitre de la philosophie juive médiévale) furent les disciples les plus batailleurs de l'œuvre controversée de Maïmonide.

Les écoles talmudiques avaient alors quitté l'Orient étranglé sous le joug de l'islam rigoriste pour cette Provence heureuse, où la foi et l'étude persistaient encore. L'Occident prenait le relais. Maïmonide, en tant qu'autorité en matière de Loi, l'auteur du *Mishneh Torah*, se plaint aux rabbins de Lunel : « Ici, en Orient, les hommes de science disparaissent peu à peu. »

Ou quand il envoie sa *Lettre sur l'astrologie*, les missives à Samuel ibn Tibbon, son traducteur en hébreu, les commentaires sur la traduction du *Guide des perplexes,* il déplace l'axe du savoir de l'Égypte vers la Provence. Maïmonide est débordé. Il cumule les emplois, écrit la nuit, dévore les jours. On l'a dit apostat, effrayé quand il habitait Fès par le choix de mourir que fit Rabbi Juda ha-Cohen ibn Soussan, exécuté publiquement le 8 avril 1165, plutôt que de se convertir.

Dix jours après, la famille Maïmon embarquait pour la Terre sainte, à Akko, le Saint-Jean-d'Acre chrétien, conquis par les croisés. Ils achetèrent leur liberté en convertissant leurs biens en pierres précieuses, la seule liberté de l'exilé qui voyage léger. Le frère du Maître des perplexes négociait les pierres de valeur.

Le 29 rue Drouot, Paris

J'ai assez entendu dire, enfant, que diamantaire c'était pratique : toute transaction reposait sur la confiance, la discrétion, l'alliance amicale ou familiale, la fuite s'il le fallait. Diamantaire, une profession héréditaire, fluide, frontalière, relevant de l'entre-soi, mais annexant ces « *shabbes-goy* », deux mots yiddish qui désignent un non-Juif embauché au terme d'un arrangement préalable. Les diamantaires étaient chez moi du côté maternel, donc ashkénaze. Mon père avait repris l'affaire après « l'accident », qui coûta la vie à mes grands-parents.

Chez Nour, son père, son grand-père à Alep, ont fait voyager les diamants et les perles d'Asie au Moyen-Orient.

Comment l'aurais-je su ?

Quand Nour me l'a appris, nous nous connaissions à peine : j'ai eu l'un de ces pressentiments qui me guident ici.

Notre passé est en partage. Quelques névroses communes aux peuples prudents, ainsi la terreur du contrôle fiscal, le goût des coffres scellés dans le mur, des portes blindées et des systèmes d'alarme. La chair est Une.

Sur une vieille carte de visite de mon père, il est inscrit que les perles fines et de culture s'ajoutaient au négoce des pierres précieuses et fines du diamant, au sein de la chambre syndicale nationale (14 rue Cadet, Paris, IXe) qu'il vice-présidait.

Ces pierres, quelles qu'en fussent la forme et la valeur, sont aussi un trait d'union entre Nour et moi. Nous en aimons les facettes brillantes, superficielles, les coulées brutes et purpurines.

Nous avions été fascinés par la visite du MIM Museum, minéralogie et paléontologie, à Beyrouth, qui contient deux mille minéraux différents, comme les larmes fossilisées de la terre.

Aussi, avons-nous en partage le cœur de la gemme : le noyau « infracassable » de l'identité.

Nous ne savions pas que derrière la beauté des apparences, les « clips en or blanc, motif en calcédoine facettée et serti de saphirs cabochons », les tourmalines, les améthystes, les aigues marines, lit-on dans les catalogues de vente comme s'il s'agissait de vêtir une princesse plutôt qu'une bourgeoise, il y avait l'esclavage, la brutalité, l'inhumanité. Chaque parure au cou de cygne d'une jolie femme valait en ce temps-là son poids de sang.

Dans *Pêcheurs de perles*, l'un de ces récits rocambolesques dont Albert Londres a le secret, daté de 1931, le reporter suit la piste des perles, en mer Rouge, dans le golfe Persique, puis à Bahrein, où il s'embarque parmi les boutres et les pêcheurs. Il les regarde remonter à la surface de l'eau, les yeux vitreux, le tympan perforé, parfois un filet de sang à la bouche. Il y a du militant chez Albert Londres. Il montre juste l'évidence.

« Le métier de plongeur détruit l'homme. Les mieux faits ne vivent pas longtemps. Tous souffrent de maux d'oreilles. La perforation du tympan est générale. Tant que les plongeurs ne sont pas sourds, on ne les considère pas comme étant de classe. »

Phrase terrible. Avant l'ère de la perle d'élevage, le pêcheur qui plonge en apnée, une pince sur le nez, doit décoller l'huître d'une main, échapper aux requins, ou autres poissons-scies aux dents qui vous tranchent un bras, puis à l'âpreté des revendeurs, arabes, persans, hindous, « ces rats à l'affût », ajoute Londres dans le langage de l'époque, qui ne leur laissent que leurs yeux aveugles pour pleurer des larmes de sel.

Seuls les « grands seigneurs de Paris planent sur le marché : Rosenthal et Pack, Mohamed Ali et Bienenfeld ».

J'écoutais les conversations des adultes chez mes parents.

Je savais que les noms souvent répétés de Léonard ou Victor Rosenthal, comme celui d'Harry Oppenheimer, le patron sud-africain de la principale compagnie d'extraction des mines de diamant, la De Beers, étaient les sésames de la fortune.

Des esclavagistes, des aventuriers, des rois secrets.

J'ai pensé que nous étions tous deux les enfants de ces magiciens, rien dans la poche et soudain, une pierre qui scintille.

Ce n'est guère une profession courante. Elle a ses risques, ses codes (la fidélité, la mémoire, une scrupuleuse attention à la parole tenue, le génie du commerce), ses exclusions définitives, ses aventures exotiques à la Kessel.

J'aimais aller 29 rue Drouot, le quartier des diamantaires à Paris, voir le bureau de mon père. On franchissait d'abord une grille en acier brossé, puis une porte blindée, de l'autre côté du sas. Elle ouvrait dans un bruit mat ce territoire que j'aimais : cela tenait à la fois de la prison et de la grotte miraculeuse.

On déroulait des petits papiers, ou des plis à pierre, appelés « *brivke* » en yiddish. Les origines des diamantaires étaient diverses. Certaines familles venaient du Jura, les Grospiron par exemple, ou d'Arménie, tel Alexandre Reza qui avait eu l'intuition de s'installer au plus proche de la place Vendôme. Les Juifs français se partageaient le marché des grossistes. Voilà un autre âge d'or, disparu lui aussi.

Sur une photo, probablement prise au Lido à la fin des années 1960, peut-être à Madrid, des hommes en smoking noir ou blanc, décorations à la boutonnière, des femmes en décolleté, surgissent comme d'un film de Jean Renoir. Mon père est derrière eux, juvénile, souriant, ambitieux.

Nous sommes entre les années 1970 et 1980. Personne ne songe à demander les certificats d'origine des pierres, les douanes ne sont pas si vigilantes. Des sommes considérables passent de la main à la main. Les clients de mon père étaient ses amis, ceux qui venaient des grandes boutiques de la province française, il les recevait dans la salle à manger de marbre blanc signée Knoll, où la cuisinière de la rue Drouot, Madame Renée, officiait avec brio et discrétion.

Quand le monde ne venait pas à lui, il sillonnait le monde.

À Madrid chez Alexandre Grassi, au physique d'Anthony Quinn mais avec le regard de Stravinsky, nabab souverain que nous visitions l'été à Biarritz à la Barbarenia, une maison splendide teintée d'ocre basque. À Tel Aviv et ses buildings modernistes, avec Moshe Schnitzler, air de lutteur, grand buveur. À Bombay, où Shantilal Mehta serait l'un des fidèles à ma mère. À Los Angeles, où nous avions accompagné le bijoutier Fred Samuel, je me souviens de l'hôtel de Beverly Hills, sa piscine pharaonique. À São Paulo, dans les immenses « fazendas » qui avaient la taille d'un département français, les Italiens Luciano et Carla Tadini posaient à mes yeux comme des princes décadents au bord de l'océan, à Guaruja, proche de Rio. Ne leur manquait qu'un tigre en laisse sous les jacarandas.

Je veux citer ces noms. Qui s'en souvient ? Ils furent les piliers d'une opulence rarement égalée. Le maître mot : négoce.

Le Liban était déjà là, en miroir oriental. Les mêmes tenues, les chrétiennes élégantes, bronzées, futiles, les sandalettes dont les liens s'enroulaient sur leurs chevilles graciles, les meubles à baguettes dorées, les coffres avec des liasses de billets, des papiers compromettants sous leurs noms de code (« Jean Plume », avais-je aperçu en lettres capitales sur un dossier, dans le bureau de mon père), parfois même une arme, des munitions, les billets d'avion rangés dans leurs enveloppes « Air mail », les télégrammes « ne viens plus, affaire en cours, te téléphone de Bombay ».

Des dizaines de pierres roulaient, sous la loupe grossissante. Rubis, saphirs, émeraudes, aigue-marine, améthyste, tourmaline, et leurs tailles, brillant, poire, navette.

Ce vocabulaire fut ma première entrée sensuelle dans la forêt des mots. La bibliothèque que nous avions, des milliers de livres reliés, parfois non massicotés, classés, répertoriés, avec son coin réservé aux Juifs du Pape, voisin, par je ne sais quel hasard, des guides de voyage, les noms de pays, le monde entier en mots. Chaque dimanche, assourdi d'ennui, je m'y perdais. Je n'en sortirais jamais plus.

J'aimais le « cossu », comme dirait Nour, de ces hommes aux épaules larges, parfois des survivants de la guerre, la beauté vintage de leurs femmes.

J'accompagnais mon père à New York, 47th Street, on n'y voyait que des hommes en noir, une menotte leur attachait le poignet à leur cartable. Les voler eût été leur couper la main.

Je rêvais de le suivre à Anvers, sur Pelikaanstraat. Une photo de l'époque. La salle de la bourse aux diamants parle en yiddish, les hommes gardent leurs chapeaux, quelques-uns leurs barbes rituelles. Il n'y a pas une femme. Je reviendrais plus tard à Anvers, dans le quartier où avant guerre vivaient des bourgeois assimilés qui furent tous déportés. Les colporteurs avaient fait souche. Les Juifs religieux sous leurs kippas étaient sans doute plus nombreux qu'avant, ils marchaient trop vite, les yeux baissés. La religion avait pris le dessus sur l'assimilation.

*« Je souhaiterais être le fils de quelque
homme heureux qui dût vieillir sur ses domaines »*

Mon père était à la fois un marchand, un juriste et un sage.
Laissez-moi rêver, un moment.
Laissez-moi combler nos mémoires défaillantes.
Ai-je bien connu mon père ?
Je ne l'ai pas assez connu. Ce manque vrille un trou dans mon cœur d'égoïste.
Il partait tôt, dossiers sous le bras, en hiver un manteau au col de fourrure dont j'aimais l'odeur. J'entendais le journal de 7 h 30 d'Europe n° 1 égrener les nouvelles, le chauffeur l'attendait en bas de l'immeuble, le voilà parti, il téléphonait de la voiture d'un lourd combiné encastré à l'avant de la 604 gris métallisé, carrossée spécialement pour lui.
J'étais ce qu'on pourrait définir comme un gosse de riches.
J'aurais préféré plus d'amour, et moins d'argent, même si la gouvernante, Angelina, exauçait mes moindres caprices. Le dimanche, les portes épaisses et coulissantes

ouvertes, fermées s'il recevait dans son bureau, je voyais mon père travailler sans relâche.

Mes parents recevaient, parfois deux dîners de douze personnes la même semaine, les bouquets embaumaient les deux salons en enfilade d'où l'on voyait la tour Eiffel. Les invités, « Madame, les invités arrivent », étaient en costume, Légion d'honneur perçant la boutonnière, robes de cocktail sur des jambes bronzées. Tous se détourneront de mon père quand son pouvoir faiblira. Je n'oublie pas.

Les menus de l'époque obligeaient à une discipline inventive, je passais les œufs de caille aux invités, je terminais les verres en douce.

Aux froides funérailles de mon père en février 1989, ma mère semblait comme pétrifiée dans ses larmes, enroulée dans la douleur comme dans une chaude, épaisse, laineuse couverture. Elle hululait doucement comme s'il fallait se mortifier, le froid gelait ses soupirs, les contenant dans les bras qui la portaient, telle une reine en exil, ses soupirs de glace l'empêchaient de s'écrouler.

Elle manqua néanmoins de trébucher dans la tombe.

Je me suis rarement senti aussi seul, me disais-je, avec une pointe d'ironie reconnaissante à mes quelques amis présents. J'avais 23 ans, un bel âge pour ne pas s'en remettre. Il n'y eut (au moins, dans mon souvenir, flou, j'en conviens) aucun discours.

Aurai-je le droit à une cérémonie ? Qui parlera ? Je ne supporte pas la bondieuserie douceureuse des prêtres, non plus que le rabbin louange en moi le « Juif imaginaire ».

De la musique ou des discours, des pleurs ou des grimaces, une concession à perpétuité, ou alors un emplacement à court terme, comme dans cette île grecque où par manque de place on déterre le corps, au bout de trois ans, puis on fracasse les os, on les réduit en poudre fine, blanchâtre, soucieux de l'environnement.

Et voilà : on jette les cendres à la mer.

Je pourrais reproduire ici l'attestation administrative d'une tombe déjà réservée au cimetière de la rive gauche, une lettre de la mairie de Paris que mon frère m'a un jour tendue, d'un laconisme pragmatique, et comme m'invitant à me préparer à mon deuil. En bonne logique, un éditeur parisien devrait trouver au cimetière du Montparnasse un lieu de prédilection.

Mais de place assignée, héritée, acquise par naissance, prédéterminée, génétique même, je n'ai jamais voulue, ou jamais pu avoir, ou acquérir, ou jamais eue, et de cette absence parfois légère, parfois douloureuse, j'ai fait une doctrine.

Sans doute, dans le manque profond, la sidération, le *retournement* – était-ce le premier ? j'en doute aujourd'hui – que provoqua la mort de mon père à l'âge de 59 ans, il entre une part de reproche tacite et muet que je lui fais. Je lui reproche de n'être pas devenu « quelque homme heureux qui dût vieillir sur ses domaines », ainsi que Télémaque le dit de son père, Ulysse.

Je lui reproche de n'avoir pas vieilli à nos côtés.

Je lui reproche à voix basse de n'avoir pas connu mes enfants, de n'avoir assisté à aucun mercredi pluvieux où il eût fallu chercher l'un d'entre eux à la piscine, au judo, au karaté, chez le pédiatre, que sais-je. Sans doute, si je dois m'ausculter davantage, je lui reproche de m'avoir laissé si seul entre une mère endeuillée et un frère aîné absent.

Ce n'est pas tant d'avoir entendu les sifflements d'un mourant dans la nuit hivernale de l'hôpital Laennec, le souffle éteint comme un brasero par la pompe à morphine, bien d'autres ont eu cette expérience à vivre, à surmonter, que la solitude où cette mort précoce m'a laissé, ouvrant les possibles devant moi, me confiant à des dieux étrangers.

Dans ce livre, essoufflé de deuil, sur l'exil et les pères, *La Terre qui les sépare*, Hisham Matar sait que son père a succombé en héros de la révolution libyenne, en opposant à Khadafi. Il a cette phrase que je reprends à mon compte : « Je lui suis reconnaissant d'avoir eu à me battre pour moi-même. Sa disparition m'a plongé dans le besoin et a rendu mon avenir incertain, mais il se trouve que le besoin et l'incertitude sont les meilleurs professeurs qui soient. »

Le chagrin se décrit. Mais ce qui reste indescriptible, ce qui donne le vertige, c'est le coup de dés du hasard génétique qui aurait aboli sa mort.

Je pense au hasard : une opération, une chimie, un échange de chromosomes. Nour aurait été prier saint Charbel, mais je ne la connaissais pas encore. Qu'aurait-elle pensé ? Aurait-elle eu pitié de moi ?

Je pense au hasard de la mort, qui m'a retourné. La mort m'a renversé comme un petit scarabée sur le dos. La mort m'a envoyé comme une boule de flipper, ailleurs que là où je me destinais à aller.

Je pense à mes traversées de Paris, à pied le long du bois de Boulogne, boulevard Maurice Barrès, ou sur les quais, en larmes, mes nuits blanches presque mystiques à force de filles aimées, traquées, prises, la soif d'une revanche vampirique.

J'imagine mon père vieillissant, entouré de ses codes Dalloz et de ses améthystes géantes.

Je l'imagine en sage ridé occupé du bien de tous. Je l'imagine juste vivant.

Pour m'apaiser, je le vois en Juif de cour, affairé jusqu'au plus vieil âge, obsédé par la Loi, lisant ces mêmes livres que je lis aujourd'hui, où son nom et la date d'acquisition apparaissent en haut de la page de garde, au crayon à papier. Il persiste à recevoir dans l'ombre des boiseries de son bureau, fenêtres ouvertes, dans les volutes du havane, les plaignants, les amis en difficulté, les affidés, les cousins.

J'imagine mes enfants qui jouent dans le vaste salon qu'une porte vitrée insonorisée, à double battant, séparait de son bureau en demi-cercle, le Trocadéro en contrebas.

Je ne me suis plus jamais retourné.

En avant vers le passé

J'écris à rebours. J'entre en reculant dans ce monde originel qui est à la fois devant et derrière moi, quelque part ou nulle part.

Voilà ce que Maïmonide écrit à Samuel ibn Tibbon, si admiratif, qui propose de venir le voir depuis la Provence, à Alexandrie, un sacré voyage à l'époque : « À mon arrivée (à Fostat), la faim me tenaille tandis que mon antichambre déborde de gens venus me consulter : Juifs et gentils, amis et ennemis, hommes importants, simples paysans, bref une grande multitude... Je cours me laver les mains, mes malades entrent et sortent de chez moi jusqu'à la tombée de la nuit, et parfois même, je te l'assure, jusqu'à deux heures, voire trois heures du matin. Lorsqu'il fait nuit noire, je puis à peine parler. (...) Comme tu as achevé à l'intention de nos frères la traduction du *Guide*, je souhaite bien que tu viennes mais sans espérer le moindre avantage pour tes propres études ; car ainsi que je l'ai décrit, mon emploi du temps est excessivement chargé » (cité par Maurice-Ruben Hayoun dans *Maïmonide ou l'autre Moïse*).

Il y a dans son foisonnement quelque chose d'une volonté d'en savoir plus sur soi-même, plus sur son temps, en équilibriste qui emprunte à l'arabe et au Talmud, une volonté de ne se dérober à aucune tâche, quitte à vivre plusieurs temporalités, le passé (l'étude), le présent (son autorité sur les siens, son activité de médecin à la cour, ses épîtres), et le futur (la postérité de ses écrits). Amos Oz dit que « lorsque nous parlons hébreu, nous remontons le temps au sens propre, le dos vers le futur, le visage vers le passé. La personne qui parle hébreu regarde littéralement en avant vers le passé ».

Oz explique ailleurs que le terme hébreu « *kedem* » signifie « temps anciens, mais aussi Orient », pour dire que le passé, même le plus lointain, me saute aux yeux, me happe, que je ne le vois jamais mort, poussiéreux, inutile, disqualifié, mais au contraire, comme la préfiguration de ce que nous sommes : le temps linéaire est aboli.

Jérusalem est derrière et devant, jamais et demain. L'Orient précède l'Occident, mais lui succède aussi.

« Il n'y a pas de tôt ou de tard dans la Torah », aurait sermonné Rabbi Eliezer. Rabbi Monique, ma mère, dirait qu'il n'y a ni tôt, ni tard, pour me reprocher à peu près tout.

Je ressens cela au Liban, ainsi à Baalbek où tout me parlait confusément, comme si j'y avais séjourné il y a des millénaires, tout survenait en même temps, surgissement initiatique du temple de Bacchus, appel du muezzin, église retranchée, Hezbollah patrouillant avec ses drapeaux verts.

Sois religieux et tais-toi, disait chaque pierre du temple romain, quand bien même les Romains païens eux ne croyaient pas à grand-chose.

Lire, c'est avancer à reculons, et c'est dans cette posture de crabe entre les lignes que je me sens le mieux. Je reprendrais bien à mon compte la phrase de Derrida : « Je ne connais pas le Talmud mais le Talmud s'y connaît en moi. »

« C'est une autre Judée »

Les rabbins de Lunel me font rêver. D'eux, le fils de Maïmonide, R. Abraham, les remerciant de l'effort pieux autant que publicitaire pour l'époque, parle comme des « Sages éminents et vénérables de Lunel, qui propagent l'étude de la Torah et sont savants et érudits dans toutes les branches des sciences », puis il rappelle que son père « se félicita que ses paroles avaient atteint ceux qui furent capables de les comprendre, c'est une joie pour l'homme de trouver des répliques », dit-il.

Ils ne sont pas si nombreux à Lunel.

Le voyageur et rabbin né en Navarre Benjamin de Tudèle (1130-1173) dénombre vers 1165 une communauté juive d'environ trois cents personnes, parmi eux médecins et traducteurs de textes relatifs aux sciences exactes et à la philosophie, peu nombreux, mais influents.

Cette gloire subsiste encore dans ce que Jean Ballard écrit le 21 février 1938 à Armand Lunel, sollicitant sa participation à un numéro des *Cahiers du Sud* consacré au « Génie d'Oc ».

Voici comment il tente de ramener la Provence vers le Languedoc : « Nous sommes avisés qu'une certaine école juive qui se trouvait à Narbonne au Moyen Âge a nettement influencé la pensée d'Oc. À peu près au même moment, cette dernière recevait les infiltrations des écoles cordouanes. Vous me direz qu'homme de Carpentras, vous ne voyez pas en quoi Narbonne peut vous toucher, mais je sais bien que les gens de Carpentras postérieurs à Narbonne ont reçu l'héritage spirituel les premiers. »

Les génies d'Oc !

Ils étudient à Narbonne, vivent à Arles, à Béziers, à Montpellier, à Marseille, s'ils parlent arabe et hébreu, ils ignorent souvent le latin, langue de la chrétienté. Comme en témoigne une lettre du sage provençal R. Jonathan ha-Cohen (1136-1210) à Maïmonide, déposée à la Guéniza du Caire, la dévotion des érudits de Lunel est à son comble : « Ses paroles sont des paroles du Dieu vivant, quiconque les trouve trouvera la vie, et quiconque s'en sépare est pareil à celui qui se sépare de sa vie. »

Le Sud judéo-arabe est leur terre, presque aussi sacrée que la Jérusalem perdue où, disait Yehuda Halévi, même les Hindous, les Perses et les Grecs priaient leurs dieux.

Ils sont assoiffés de savoir, un savoir qui est plus que théologique, au-delà de ce qu'on enseignait dans les yeshivot où l'on étudiait le Talmud.

Le 30 novembre 1204, à Lunel (Hérault), Samuel ibn Tibbon achève sa traduction en hébreu du *Guide des égarés*, que nous choisirons de nommer ici *Le Guide des perplexes*. Quelques jours plus tard, le 13 décembre 1204, Maïmonide s'éteignait. Pourquoi Lunel ? Si l'on en croit Michelet dans son *Tableau de la France*, il y a « les innombrables sources thermales, du bitume et du baume. C'est une autre Judée. Il ne tenait qu'aux rabbins des écoles juives de Narbonne de se croire dans leur pays ». Un pays parfaitement imaginaire, une Judée dans le cœur.

« L'origine de la ville de Lunel remonte à une haute antiquité. Selon M. de Jouy, cette ville doit sa fondation à une colonie de Juifs qui sortirent de leur patrie, immédiatement après la prise de Jéricho, comme le prouve incontestablement le nom de Luna, qui signifie en hébreu, Nouvelle Jéricho », lit-on dans l'ouvrage collectif *Des Tibbonides à Maïmonide. Rayonnement des Juifs andalous en pays d'Oc médiéval*.

C'est l'époque, jusqu'au XIVe siècle, où les savants juifs languedociens, les Tibbonides, Jacob Anatoli, les Perpignanais Menahem ha-Meiri et Léon Joseph de Carcassonne, revigorés par l'onde judéo-andalouse, s'inspirent aussi de la science et de la théologie chrétiennes, allant jusqu'à arracher à Isaac Nathan une exclamation pertinente : « S'il y a un élément correct dans les travaux chrétiens, alors les Juifs doivent l'adopter ! »

J'aimerais me pencher, encapsulé dans cette machine à remonter le temps qu'est le désir de la connaissance, sur leurs grimoires mouchetés incompréhensibles aux profanes.

J'aimerais être le bibliothécaire que je rêvais d'être, autrefois, dans la solitude, l'enfermement, l'amour exclusif des livres.

Même si la science (ou la philosophie) et la religion sont à l'époque deux choses bien séparées : qui en sait trop termine sur un bûcher.

C'est ce que Leo Strauss résume dans *La Persécution et l'art d'écrire* : « La persécution donne ainsi naissance à une technique particulière d'écriture et par conséquent à un type particulier de littérature, dans laquelle la vérité sur toutes les questions cruciales est présentée exclusivement entre les lignes. Cette littérature a tous les avantages de la communication publique sans avoir son plus grand désavantage – la peine capitale pour son auteur. »

Le bûcher de l'Inquisition n'est pas loin, mais c'est au sein de sa propre communauté que le risque est le plus grand : les œuvres de Maïmonide furent plus tard brûlées dans certaines synagogues de France à la demande des rabbins. Tel le rabbi Abraham ben David de Posquières qui s'en prit au concept central chez Maïmonide d'incorporéité divine. On reprochait au sage aux trois noms, Moshé ben Maïmon, Mousa ibn Maymoun, Rabbi Moyses, d'avoir tendu vers l'abstraction : une sorte de rigorisme intellectuel dénaturant les couleurs vives et naïves de la foi.

Alors oui, il faut ruser, ondoyer, s'adapter, accepter d'être le vassal d'un jour pour survivre : Maïmonide, pourtant au temps de la « *Convivencia* » arabo-andalouse, survécut à tous les régimes, toutes les cultures, attentif à ce qui l'entourait, assoupli mais déterminé, sous les Almoravides et les Almohades en Andalousie, dans l'Égypte fatimide, puis ayyubide. La nuque raide, l'échine souple.

Je comprends ainsi la phrase d'Amos Oz dans *Juifs par les mots* : « Notre lignée ne se définit pas par le sang mais par le texte (…) nous sommes textés à nos ancêtres. »

Les citadelles du monde musulman, Damas, Fostat (l'ancien nom du Caire), Tunis, Bagdad, Cordoue, absorbent et échangent les matières premières de « l'Occident barbare, bois, épées, esclaves, fourrures » selon Jacques Le Goff dans *Les Intellectuels au Moyen Âge*, contre les apports de la science arabe, à l'époque bien plus raffinée. L'Espagne sert de plaque tournante, d'axe de circulation, les Juifs y sont nombreux, parfois plus que les chrétiens, comme à Lucène, dans la province de Cordoue. Sur le blason de la ville figurait une étoile de David.

« Même en se combattant, chrétiens, musulmans et juifs s'influencèrent avec une telle intensité, qu'il est difficile de séparer ce que chaque groupe apporta au patrimoine culturel commun de l'Espagne », résume Luis Suarez Fernandez dans *Les Juifs espagnols au Moyen Âge*.

Nous débordons ici de la Provence. Il m'est impossible de dissocier l'intime de l'histoire.

L'Espagne, foyer des Juifs séfarades avant leur expulsion, y déborde aussi en sens inverse, comme on le verra. Jérusalem, à cette époque, reste l'horizon indépassable, nimbé de nostalgie : le « séfardisme » d'un poète comme Mosès ibn Ezra, auteur du *Livre de la considération et du souvenir*, conspue la Castille, « peuplée par des barbares affamés du pain de la raison, desséchés par le manque de l'eau de la foi ». Les conversions forcées, les massacres, tant en Afrique du Nord (à Oran, à Tlemcen, à Sijilmassa où après sept mois de prières, les Juifs refusèrent la conversion, furent exécutés, y compris le juge rabbinique Joseph ben Amram) qu'en Andalousie, arrachent aux témoins du temps des gémissements qui frappent l'homme d'aujourd'hui.

« Vous ne savez que geindre », persifle souvent ma femme, si impitoyable chrétienne, si ignorante de tout ce qui précède la période moderne, quand se déchire le voile des ténèbres où elle vit, quand ses yeux de myope voient le réel, comme l'expulsion progressive des Juifs du Liban. Je lui dis que l'exode des chrétiens a commencé, alors elle aussi, elle geint doucement. La seule leçon des ténèbres, c'est d'en sortir.

Il y avait de quoi se plaindre toutefois, car les peuples juifs du Moyen Âge allaient d'un progrès à une catastrophe soudaine, mais dans une proximité d'inquiétude et de savoir plus grande avec l'islam qu'avec le christianisme. En témoigne par exemple ce récit étrange, si contemporain, du dignitaire almohade Ibn Tufayl (mort en 1185), l'auteur du *Vivant fils de l'Éveillé (Hayy ibn Yaqzan)*, dans lequel son héros, le fils d'un couple illégitime, est abandonné sur une île déserte et élevé par une gazelle ! Cet enfant sauvage avant l'heure, à la bonté innée, bien avant Rousseau, découvre l'unité de la vie, l'existence de Dieu dans l'anéantissement de soi. À la fin du livre, le héros préfère vivre seul en paix avec lui-même que dans une société corrompue.

Ce thème de la solitude unit les trois monothéismes entre eux, comme s'il n'y avait pas de salut hors du dialogue muet avec l'autre, à commencer par Dieu.

Jacques Attali y voit un conte aristotélicien et initiatique (il le raconte dans un roman de cape et de Talmud, si j'ose dire, *La Confrérie des Éveillés*). Il y montre les frissons modernes du doute face à l'intransigeance du postulat religieux, incarné par le califat d'Abou Yacoub, dont Ibn Tufayl avait été le proche conseiller à Marrakech. Religion contre religion certes, mais il est clair que les cultures se fertilisent paradoxalement plus qu'aujourd'hui, s'empruntent, se disputent, se dissolvent l'une dans l'autre.

« *L'élite est descendue en exil* »

C'est à ce moment qu'avec la chute du régime almoravide (d'origine berbère, les Almoravides ont conquis la plus grande partie du Maroc, puis Valence en 1102) et l'apparition du Califat almohade en Andalousie du Sud, le train de l'exil reprend, chassant nombre d'érudits (et d'autres plus humbles) de l'Espagne, où on ne leur donne le choix qu'entre la conversion et la mort, vers la Provence et la Catalogne.

Les dynasties de traducteurs, tels les Tibbon et les Qimhi, y émigrèrent, transportant en clandestins un fabuleux trésor intellectuel.

En Castille, ce fut l'essor de l'école de Tolède, où les Juifs furent admis à la cour et y remplirent des charges fiscales importantes.

Une semence d'érudition se répand du XIIe au XIIIe siècle, entre Gérone et Marseille, touchera l'Italie, et jusqu'à l'Allemagne. Frénésie de savoir. Volupté aussi de la langue, des mots, éros sans religion, exaltation des sens, au soleil de l'autrefois : le rêve arabo-andalou.

Ces hommes me semblent si proches. Leurs chagrins, leurs larmes, leurs exils, si proches aussi.

Qui peut lire ce poème qu'on prête à la femme du rabbin-poète Dounash ben Labrat (920 à Fès, 990 à Cordoue), les vers anonymes retrouvés dans la Guéniza du Caire, d'un amour courtois, d'un cantique précieux, sans s'émouvoir ?

L'homme qu'elle aime se rappellera-t-il sa biche gracieuse,
Son fils unique dans les bras quand il la quitta ?
À sa main gauche il glissa un anneau de sa main droite,
À son poignet elle glissa son bracelet.
Comme souvenir elle lui prit sa cape,
Et à son tour il lui prit la sienne.
Se fixerait-il, dès lors, dans la Terre d'Espagne
Si son prince lui cédait la moitié de son royaume ?

J'imagine le fils dans les bras de sa mère, le chemin de poussière, la promesse de revenir même d'entre les morts, et leurs bouches scellées sur le mot « adieu ». « Le monde est vaste », écrit Maïmonide, préconisant l'exil plutôt que le martyre.

Devrai-je tout quitter, Abou Hadri, son visage si brun, l'enfant bouclé dans mes bras, ses cheveux jamais coupés avant trois ans (comme le veut la coutume juive, ce qui arracha à Nour un rictus nerveux quand je le lui appris), courir vers le sud, les jambes nues fouettées d'échardes du mont Hermon ? Qu'est-ce qui m'y attend ? Le bonheur, le salut, l'errance ou son contraire : reprendre ma terre.

On traduit de l'arabe vers l'hébreu, puis de l'hébreu vers le latin, le tout bouillonne en vase clos, sous le soleil occitan, hors de la stricte observance religieuse des Juifs du Nord et de l'Est. Dans le « *Barrionuevo* » de Tolède, les Juifs se mettent sous la protection du roi Alphonse VII, mieux vaut la monarchie éclairée que la populace dangereuse. Quand il entre dans Tolède, les Juifs de la ville s'avancent en procession, à sa rencontre, avec les rouleaux de la Loi, en signe de soumission.

C'est à Tolède que « se produisirent la rencontre et l'osmose entre la science hellénique transmise par les Arabes et la pensée chrétienne qui s'éveillait à de nouvelles perspectives » (Luis Suarez Fernandez). Où débusquer les manuscrits utiles aux croisements de doctrines, sinon dans les monastères, et comment les comprendre, si ce n'est justement en les faisant traduire ?

L'hébreu était considéré comme la langue véhicule, l'arabe la langue des sciences, le latin servait au passage des textes vers les cours européennes. Un Juif de langue castillane, versé en arabe, traduisait en roman le texte original. Puis un clerc se chargeait de mettre cette version en latin élaboré. Travail d'équipe, fluidité des dialogues, et par le bénéfice paradoxal de l'exil hors de l'âge d'or andalou, la Provence en profitera grandement.

Enchantons l'austère mémoire des noms cités : mes aïeux furent-ils traducteurs, comme on sait par les archives qu'ils furent médecins, viticulteurs, artisans et négociants en textiles ? Je me plais à le croire. Cela dit, j'ai beau chercher, même en sautant les siècles, je ne vois pas de traducteur chez les Carcassonne, mais il y a moisson de manuscrits hébraïques (par exemple, à la bibliothèque Inguimbertine de Carpentras) comme ceux appartenant à Isaac de Carcassonne, en 1738, un recueil d'Aggadot extraites du Talmud, dont l'auteur serait Jacob ben Salomon ibn Habib.

Les Aggadot, textes issus du Talmud de Babylone, sont destinées à « être commentées de l'intérieur », dit Arlette Elkaïm-Sartre. L'intérieur, le clos, la lumière contenue. L'extérieur : danger.

Comme une traduction, d'une certaine manière.

« Les traducteurs : ce sont les pionniers de cette Renaissance. Les chrétiens d'Occident se font assister par des chrétiens espagnols qui ont vécu sous la domination musulmane : les Mozarabes, par des Juifs, et même par des musulmans. Ainsi sont réunies toutes les compétences », résume le grand médiéviste Le Goff. Il ajoute que les traducteurs sont les premiers « intellectuels spécialisés ». Il cite des noms qui m'enchantent. Je me vois soudain parmi eux, reclus dans un cabinet de travail exigu, un chien à mes pieds, une bougie vacillante et un crâne en vanité.

Ce qui est drôle, c'est que j'emprunte ici au décorum chrétien, sans le vouloir. J'ai tant vu d'églises romanes, voûtées, gothiques, baroques, bien plus que de synagogues.

Je lève les yeux vers la lumière qui inonde soudain la pièce. J'invoque Jacques de Venise, Moïse de Bergame, Aristippe de Palerme ou Gérard de Crémone !

Je me tourne vers l'Orient, j'apprends l'arabe, je vis en Espagne, à Cordoue, Tolède, Barcelone, et comme Judah ibn Saul ibn Tibbon (1120-1190), père de la dynastie des Tibbonides qui émigra en Provence, je me déplace avec ma grande bibliothèque d'ouvrages de Salomon ibn Gabirol (1021-1058), Ibn Paquda, Juda ha-Levi, les rares maîtres que consent à citer Maïmonide l'orgueilleux.

J'entrevois ici la sensualité d'un savoir que je caresse comme la peau de l'aimée, la peau brune de l'étrangère. Le savoir est érotique.

Les éruditions sont des silex qui allument le feu d'une « philosophie » qui ne dit pas encore son nom. Elle sera traitée d'hérétique, menacée d'excommunication, traînée devant le tribunal de l'Inquisition, comme ce sera le cas pour les livres de Maïmonide, après sa mort en 1204. Elles se contaminent et s'hybrident, en un virus pacifique. La Grèce verse dans l'Orient judéo-arabe : « Voilà la leçon que l'hellénisme antique, au terme de ce long périple par l'Orient et l'Afrique, communique à l'Occident » (Jacques Le Goff). L'intellectuel est plus qu'un prince, plus qu'un roi, dit-on alors. L'art du traducteur, sa visée même, c'est-à-dire adapter une vision du monde à une autre, transformer sans trahir, trahir sans mentir, bref cet habit d'arlequin tourmenté, n'est-ce pas exactement ce que l'éditeur se contorsionne à faire toute la journée, jonglant avec les livres.

Me voici andalou, voilà ma folie des grandeurs. On dirait un film de Gérard Oury revu par un rabbi « abrahamanique ».

Les grands traducteurs, on devrait presque inventer un terme plus fort, m'ont toujours semblé une caste supérieure.

Ce sont les chaînons essentiels de cette époque, elle-même charnière entre la raison et la foi. En Provence, on traduit Avicenne, Averroès, Al-Farabi, on cherche autre chose, dans l'inquiétude, l'égarement, l'empirisme. On s'adresse à des croyants « embarrassés », comme dit superbement Maïmonide.

Ce mot « embarrassé » résonne à mes oreilles, peu importe l'appropriation ou l'interprétation égotiste que j'en fais, comme moderne. Je me sens bien embarrassé.

On s'inquiète, déchiré entre les exigences contradictoires de la foi et les progrès de la science.

« Un Juif pratiquant n'a-t-il pour alternative que l'abandon soit de la Torah soit de la philosophie ? Un tel dilemme entraîne un sentiment de révolte et de frustration que Maïmonide nomme en arabe *'hayira*, la perplexité », résume Géraldine Roux dans sa pédagogie introductive à Maïmonide (*Maïmonide ou la nostalgie de la sagesse*). Maïmonide réagit à la perte de connaissance de la Torah, mais redirige la tradition, l'héritage, comme un aiguilleur illuminé qui mettrait les textes de la Loi sur d'autres rails.

Un : parce qu'il les connaît intimement. Deux : parce qu'il sait que l'observance aveugle assèche ce qu'il faudrait sauver, replie le sens. *Le Guide* est-il un simple ouvrage de philosophie ? Non, d'après Leo Strauss : « Des Juifs de la compétence philosophique de Maïmonide considéraient comme une évidence qu'être juif et être philosophe sont deux choses mutuellement exclusives. *Le Guide* dans son ensemble est ainsi consacré à la révélation des secrets de la Bible. »

Restaurer, révéler, dissimuler, reprendre le fil brisé de la tradition, être moderne en étant ancien.

Lisons ces lignes de l'*Épître au Yémen*, rédigé en 1172, qui dit déjà la perte, le départ, et la nécessité de restaurer la connaissance perdue : « Je suis un petit parmi les moindres des maîtres d'Espagne dont l'élite est descendue en exil, mais je n'ai pas atteint la science de mes pères, parce que l'époque, mauvaise et difficile, nous a nui et nous n'avons pas passé les nuits dans la sérénité. Nous sommes fatigués et nous n'avons pas de répit. » Confession émouvante d'un maître, l'autre Moïse, qui retranche déjà son savoir de l'arbre amputé. Maïmonide n'a pu être éduqué dans les académies andalouses déjà fermées, il sait l'hostilité des chrétiens, le sort réservé à ceux qui ne veulent pas se convertir. La postérité, par le biais de la traduction, mais en fait du « voyage » des textes, de l'Égypte en Provence, va lui faire une statue : il sera une icône controversée après sa mort, quand il connut de son vivant l'incertitude, l'exil, et la crainte.

Le meilleur exemple de l'odyssée des textes est la dynastie des Tibbonides, à qui l'on doit la première traduction, et la promotion selon les canons de l'époque, de l'œuvre maîtresse de Maïmonide, *Le Guide des perplexes* (1190). Ainsi dois-je insister sur le titre, les perplexes, et non les égarés comme on l'intitule souvent, car la perplexité propulse l'homme de ce temps médiéval au cœur d'un moteur d'inquiétude. Il doit inventer un remède contre « l'extermination des maîtres et l'affaiblissement des connaissances » (*Épître au Yémen*).

*« Quiconque détruit une seule vie
détruit le monde entier »*

Moïse Maïmonide, dont l'acronyme est RaMBaM en hébreu, Mussa ben Maimun en arabe, né en 1138 à Cordoue, est mort en Égypte en 1204, dans le vieux Caire, après une vie d'exil, fuyant l'arrivée de la dynastie musulmane des Almohades, de Cordoue à Fès, puis de Fès (1160-1165) en Palestine, à Saint-Jean-d'Acre, alors aux mains des croisés. Après le naufrage tragique sur la route de l'Inde de son frère David qui était aussi son financier, il ne peut plus que se reposer sur lui-même. Vivre ? Travailler ? Il trouva protection auprès de Saladin et de son vizir al-Fadl, à la fois médecin, théologien, philosophe héritier de l'aristotélisme, « *faïlasouf* » des convergences gréco-musulmanes, sous le nom que j'adore me répéter, de Moussa ibn Maïmoun al-Israéli al-Kourdoubi.

Le Cordouan refusa même, peut-être par « séfaradisme », ou par prudence, d'être le médecin personnel de Richard Ier d'Angleterre.

Il fut nommé représentant de tous les Juifs d'Égypte, *Raïs al-Yahoud*, « autorité incontesté du judaïsme d'Égypte ».

« Je suis alité la plupart du jour, les épaules écrasées par la charge des Gentils, vidé de toutes mes forces à la suite de tant de questions médicales et ne disposant pas d'un seul instant de repos, de jour comme de nuit », écrit-il à Rabbi Jonathan ha-Cohen.

À sa mort, on l'enterra à Tibériade, et sur sa tombe fut gravée l'inscription suivante, qui ne manque pas de superbe : « De Moïse à Moïse, nul ne fut semblable à Moïse. »

Luis Suarez Fernandez résume des milliers de pages : « Allant plus loin qu'Averroès, il tenta une synthèse entre l'aristotélisme et la foi, ce qui fut un apport décisif à la compréhension de l'Univers créé. »

J'aurais bien aimé être là, quand Maïmonide rentrait fourbu chez lui d'avoir servi quelque capricieux vizir égyptien, puis à peine remis d'une longue journée, ayant donné encore des consultations, diététicien et hygiéniste avant l'heure puisqu'il se lavait les mains et qu'il y encourageait les autres, s'enfermait enfin pour écrire nuitamment, à plus de cinquante ans, son *Guide des perplexes*, dont l'influence fut décisive en Europe à travers les copies traduites de l'arabe, en hébreu et en latin.

On sait que Maïmonide, agissant sous la protection du principal conseiller de Saladin, Al-Quadi al-Fadil al-Baysani (1135-1200), avait accès à la bibliothèque de ses suzerains. Des coffres de livres, rangés dans un ordre qui est celui de la classification des sciences, manuscrits « raturés, surchargés, précaires d'un point de vue philologique, pour autant que dépendant des compétences des copistes » (Pierre Bouretz), imparfaits donc, mais accessibles.

L'unité de l'homme était là. C'est ce qu'il visait, le savoir libérateur, non le scepticisme ni le doute, ni l'aveugle foi.

« Ce Juif pensait dans des catégories grecques, écrivait ses œuvres en arabe et priait en hébreu. Au sein du judaïsme médiéval, c'était la règle et non point l'exception. Maïmonide fut un représentant juif de l'esprit grec » (*Les Lumières de Cordoue à Berlin*, Maurice-Ruben Hayoun).

L'égal d'Averroès, empruntant à toutes les disciplines, théologie, médecine, astronomie, mathématiques, dirigeant communautaire s'adressait aux fidèles inquiets des trois monothéismes, modulait l'accord entre la foi et la raison.

Ce Juste, au sens où la Kabbale reprendra l'idée que « le Juste est le fondement du monde », cherchait l'homme unifié que ses détracteurs divisaient et fracturaient. Un universaliste de culture arabo-andalouse à l'époque des réformes naissantes, des sectes, des invasions et contre-invasions. Un universaliste juif à la cour des Fatimides chiites, puis des sunnites. Louangeur de la perplexité, parlant « à ceux qui sont embarrassés », Juif éclairé, hostile à la piété radicale des mystiques du Nord.

Ouvert à l'autre, quand on prétend l'homme médiéval dans l'obscurité, bien plus que nombre de mes contemporains : « écoute la vérité de quiconque l'a dite » (*Traité d'éthique*).

Il eut une influence grandissante dans cette Provence des érudits, qui parlait l'arabe des exilés andalous chassés par les Almohades, tel le traducteur arlésien de souche narbonnaise, Kalonymos ben Kalonymos (né en 1287) qui traduisit Averroès, et fidèle à une certaine méfiance envers les Juifs « français » du Nord, les *Tsarfatim*, en Séfarade convaincu de sa supériorité, et surtout Samuel ibn Tibbon, né à Lunel en 1165, mort à Marseille en 1232, d'une lignée remontant à Grenade. Il voyagea à Tolède, à Barcelone, et même à Alexandrie où il fit l'acquisition du manuscrit du *Mishneh Torah*, l'opus majeur de Maïmonide.

L'homme de la Loi, de la codification, l'arpenteur infaillible de « la vraie science de la Loi, en tant que distincte de la science de la Loi au sens habituel, *le fiqh* » (Leo Strauss), l'initiateur qui murmure à l'oreille d'un petit nombre, écrivait à la communauté de Lunel : « Il n'y a plus personne, à part vous-mêmes, et ceux des cités de vos régions. Vous, qui êtes continuellement absorbés, comme je le sais, dans l'étude et l'interprétation des textes ; vous, dépositaires de l'intellect et du savoir. Sachez qu'en d'autres lieux la Torah a été égarée par ses propres fils ; sur le plan intellectuel, la plupart des pays ont rendu l'âme et une ultime minorité est encore à l'agonie » (*Épître à la communauté de Lunel*, dans *La Guérison par l'esprit*).

Je pense à mon père, magistrat au tribunal de commerce de Paris, dont il fut président, dans sa robe noire et rouge, à la rangée des codes civils Dalloz, rouges aussi, striés de commentaires, hachurés, hérissés de marque-pages, à mon père retranché dans ce bureau ovale, où il rendait la loi, recevait les familles divisées, sous une tapisserie figurant le glaive et la balance, un homme du passé et de l'avenir, mélangeant, comme en ces périodes que j'évoquais, l'érudition humaniste, le sens des affaires, le culte de l'État, et la francité à qui voulait l'entendre. Est-ce qu'il y a encore des hommes de loi ?

« Mais, que peut-on contre l'irréductible, l'irrésistible passion de la justice ? » Qui parle ? Mon père, le 8 janvier 1982, dans son discours d'installation à la présidence du tribunal de commerce, à Paris, où les juges siègent depuis plus de quatre siècles.

Quelque chose a peut-être disparu.

Je pense souvent à ce film du versant tragique, ou du moins métaphysique, de Woody Allen, *Crimes et délits* : un ophtalmologue joué par Martin Landau commandite l'assassinat de sa maîtresse Anjelica Huston. Une fois constaté son corps sans vie, il se met à redouter Dieu, puis peu à peu, ne voyant aucun châtiment venir, finit par oublier.

Pendant ce temps, son beau-frère rabbin, homme pieux, devient aveugle. Dieu serait-il aveugle ? Mais s'il ne l'était pas ? Que pourrait-il se passer alors ?

Amos Oz explique la société biblique antique comme

« une société profondément et collectivement attachée à l'autorité de la Loi, peut-être la première de ce type dans l'histoire ». Chez mon père, on ne badinait ni avec le glaive, ni avec la balance, encore moins avec la justice, ou la réparation de l'injustice.

La Jérusalem du Comtat

Retour en Provence, quelques siècles plus tard.

Après 1481, les Juifs se réfugièrent dans l'une de ces quatre communautés pontificales, Avignon, Carpentras, Cavaillon, L'Isle-sur-la-Sorgue. Certains, peu nombreux, fuirent vers l'Empire ottoman, Nice ou l'Italie.
J'imagine volontiers un Carcassonne, jumeau hâbleur qui discute le prix de ses étoffes au marché de Beaucaire. Il truffe le provençal de mots hébreux, dispute avec ses compères dans la carrière de Carpentras où il vit. Un ghetto fermé par des portes closes, gardé toute la nuit, des maisons médiévales de dix étages avec un système de poulie qui permet d'alimenter en victuailles les étages les plus hauts, un fouillis de boutiques, tailleurs, fripiers, brocanteurs, tous entassés.

Les petites portes cintrées laissent apercevoir les escaliers décrépits de cette « juiverie », on employait ce terme, qui me fait songer à tous les souks du Moyen-Orient.

J'ai vu à Tripoli au Liban, ville majoritairement sunnite, trépidante, où les portraits géants de l'ancien Premier ministre Rafic Hariri cinglaient au vent, des ruelles médiévales achalandées, opulentes, où une rigole creusée en leur centre laissait s'écouler une eau qui était comme la métaphore d'une intemporalité heureuse.

Elle coulait depuis toujours. Je m'y suis senti bien, aveugle à la cohue, étranger parmi les étrangers. Je m'y suis senti enfermé, mais libre. Je voulais aller au hammam, certains datent du Moyen Âge, sont encore rehaussés d'une voûte colorée rose fané que percent d'étroits orifices par lesquels le ciel bleu se devine. On m'aurait lavé au savon noir, l'eau chaude puis froide me baignant, comme l'eau lustrale du baptême.

J'étais apaisé.

Me faudrait-il, pour me contenir, un lieu clos ceint de murs ? Ai-je intériorisé le ghetto ? Serait-ce en raison de cette expérience sans âge du lieu clos que j'aime le village-coquille, le restreint, le circulaire, la rondeur des places, les Chora, villages blancs qui parsèment la Grèce ? Et que l'immensité me sidère ?

Nour et moi partageons cette terreur des espaces vides : nous aimons nous promener à Rachaya la nuit tombante, voir clignoter les lumières qui sont autant de bougies, entendre vrombir, ahaner, siffler les épais générateurs, « une part de la texture même de l'obscurité » libanaise, selon Charif Majdalani. Les générateurs exténués et privés de carburant s'éteignent tous cet été

2021 : la crise morale est aussi une absence de lumière qui laisse les rues noires.

Aurais-je été heureux dans ce ghetto bouclé à heures fixes, où « les Juifs pullulent puisque tous se marient dans leur plus verte jeunesse », ainsi est-ce commenté dans les statuts du Comtat ? Où l'on danse la gaillarde et la branle au son du tambourin, non sans peur, comme en 1758 en l'honneur du nouveau pape Clément XIII, « pour prévenir qu'on les insultât, ils (les Juifs) se firent accompagner par des soldats » ? Carpentras, « où mes aïeux tremblaient à la vue d'un enfant », se souvenait le grand-père d'Armand Lunel.

Pourquoi ? Soyez juif, portez votre chapeau jaune, et n'importe quel bambin croisé dans la rue a le droit de vous « faire capo » : vous devez vous agenouiller humblement, puis mettre chapeau bas. Un enfant peut faire courber un vieillard, une émeute se lève en quelques instants.

Le couvre-chef de couleur jaune ne fut banni à Carpentras que par décret le 28 octobre 1790, mais la population carpentrassienne protesta, hua, s'indigna. Il fallut attendre un nouveau décret du 25 janvier 1791 qui « obligeait » les Juifs à renoncer au port du chapeau jaune sous la menace d'une amende de douze livres, précise l'historien René Moulinas. « Carpentras reste un laboratoire de l'opposition anti-juive. » Partout ailleurs, à Avignon, à Nîmes, à Montpellier, bien sûr à Marseille, on s'émancipe. Aix sera l'une des premières villes françaises à avoir un maire juif en 1848.

Aurais-je pu dire un jour, comme le compositeur Darius Milhaud, qui décompose en sous-catégories son identité princeps : « Je suis un Français de Provence de religion israélite » ?

« La France ! La France ! » s'écriait mon aïeul Crémieux quand il voulait convaincre les parlementaires de la moindre chose qui concernait les Juifs.

Le portrait que je fais ici de la vie quotidienne flatte à l'excès la réalité historique du Languedoc et de la Provence juive.

Le voyageur Thomas Platter visitant Avignon entre 1595 et 1599, et sa « rue aux Juifs », mentionne « les boutiques situées aux rez-de-chaussée des maisons, la lumière naturelle du jour, en faible quantité. Les maisons hautes, étroites et serrées les unes contre les autres. Les hommes (juifs) et les garçons doivent tous porter un haut chapeau jaune ou un bonnet jaune ». Les douleurs de l'enfermement comme les punitions sophistiquées imposées par l'Église étaient cruelles. Les vexations quotidiennes. Les conversions fréquentes, mais pas si nombreuses. Les taxes et redevances iniques. La chrétienté donne d'une main ce qu'elle reprend de l'autre. Se comptent alors deux mille âmes dans toutes les saintes communautés juives de Provence, femmes, enfants, tous liés entre eux, pendant des siècles, ils forment un socle de l'identité pérenne : ces anti-Juifs errants, ces contre-colporteurs, sont le seul peuple juif sédentaire, à l'exception des Espagnols avant leur grand départ.

Nos archives remontent les siècles, épousent les contours vagues d'une France qui n'est pas encore une nation.

Quand je regarde les arbres généalogiques du Comtat, les Carcassonne tombent des branches : je consulte le « calendrier mentionnant les séjours des marchands juifs à Montpellier entre mars 1705 et mai 1714 » que m'envoie Carol Iancu.

Je suis des yeux Abraham de Carcassonne entrer et sortir de Montpellier à intervalles réguliers. Commerçait-il ? Des draps, des chevaux, parfois du vin ? Peut-être avait-il une bonne amie à visiter.

« Je dois retourner d'où je suis sorti »

L'historien René Moulinas utilise la métaphore insulaire. Il a raison. L'archipel des nôtres.

Elle dit assez ce que les Juifs du Pape doivent à la protection parfois sévère de la chrétienté : « Depuis le XVIe siècle, les juiveries d'Avignon et du Comtat ne constituent plus que des îlots perdus dans l'océan de la chrétienté, un petit archipel témoin d'un vaste continent naufragé : le judaïsme provençal. Elles perpétuent, dans leur isolement, le souvenir de ce monde perdu. »

Étrange : on dirait que Moulinas parle du Liban des chrétiens, et plus encore, de la minorité grecque-catholique, cosmopolites dans l'Église des Arabes.

René Moulinas, dans un texte hommage à Armand Lunel (*Armand Lunel et les Juifs du Midi*, sous la direction du même Carol Iancu), est le seul historien sérieux à pointer le « comportement d'aristocrate mal supporté par leurs coreligionnaires » de mes aïeux.

Leur enrichissement. Leur irrédentisme provençal.

Le « petit nombre de Juifs comtadins rapidement noyés au milieu des autres communautés ».

Leur morgue non dépourvue d'irréalisme et de xénophobie à l'égard des Ashkénazes. Et d'en conclure « qu'aujourd'hui, au sein du judaïsme français, ils soient devenus pratiquement invisibles ».

Ce mot « invisible » : il me chagrine. J'ai l'impression qu'il me vise. Pourtant, je le sais historiquement vrai. À mes amis qui furent parfois tentés de me traiter de Juif « honteux », je dirais que j'étais plutôt invisible. Me voici en pleine lumière.

Nous étions une « Atlandide » submergée, et même au seizième siècle, déjà un monde perdu. Comment – j'aime l'analogie, c'est une figure de l'altérité – ne pas penser à ce Liban, « nation » donnée aux maronites par le mandat français en 1920, à cet équilibre chrétien précaire, funambule sur un fil au-dessus de l'Islam immense ?

Enracinés, les Provençaux sont souvent hostiles aux autres peuples juifs, à l'extérieur de cette historicité si « française ».

Parmi maints exemples pour illustrer cette rage d'être français, je choisis le plus typique : Lazare Marcus Manassé Bernard.

Bernard Lazare fut son nom de plume, né à Nîmes le 14 juin 1865, héritier par sa mère d'une lignée de Juifs provençaux, héritier d'héritiers qui retourna son destin : « On oublie que depuis bientôt deux mille ans nous habitons la France. »

Il y a une chose que Bernard Lazare n'oublie pas en 1890, dans une France qui prépare l'affaire Dreyfus, à venir en 1894, c'est avec bien d'autres parmi mes aïeux, de faire une distinction entre les « bons Séphardim d'origine hébraïco-latine et les descendants des Huns », comme le cite son biographe Jean-Denis Bredin : « tous ces israélites sont las de se voir confondre avec une tourbe de rastaquouères et de tarés ; ils sont las de cette perpétuelle équivoque qui les range parmi des spéculateurs véreux... » et je cite, toujours écrit en 1890, son éloge des chrétiens, qu'il assimile aux israélites en les séparant des Juifs ashkénazes synonymes d'étrangers : « Qu'ai-je de commun avec les descendants des Huns ? Les chrétiens de Crète auront aussi bien droit à m'émouvoir. »

Et parlant de « l'Alliance israélite universelle » fondée par mon aïeul Adolphe Crémieux en 1860, ces propos dignes de Drumont : « À quoi voit-on du reste aboutir une semblable association ? À qui est-elle utile ? Au Juif cosmopolite qui n'a d'attaches avec aucune Nation, d'affection pour aucune, qui est le bédouin transportant sa tente avec une indifférence complète, à ces Talmudistes qui, selon les paroles d'Ernest Renan, sont "insociables, sans patrie, sans autre intérêt que celui de leur secte, fléaux pour le pays où le sort les a portés" » (*La Solidarité juive*, octobre 1890).

Le chemin qu'emprunta Bernard Lazare le fit passer de l'anarchisme misanthropique, aux accents d'un Drumont qui d'ailleurs respectait son adversaire, à sa position de prophète de l'affaire Dreyfus : « Le premier Juif qui se leva pour le Juif martyr. »

« Le premier j'ai parlé », disait-il. « Un cœur qui battait à tous les échos du monde », selon la formule admirable de Péguy dans *Notre jeunesse*.

J'ai connu, dans ma famille ou chez des amis, ces éruptions contre les ghettos de Juifs de l'Est, martyrisés, épuisés, qui n'avaient que ce qu'ils méritaient. Ne serions-nous pas éternellement divisés entre les minorités sédentaires et les peuples enfoncés dans la misère des frontières molles ?

Quand j'entends « Juif errant », je me sens agressé, renié, incompris.

Je me dis : « Il faut que je sache qui je suis et pourquoi je suis haï. »

Je partage cette phrase d'une simplicité paranoïaque avec son auteur, Bernard Lazare dans *Le Fumier de Job*. Un livre inachevé, où le pamphlétaire repenti, mort à 38 ans, le 1er septembre 1903, renoue le fil de la tradition, ce « Souviens-toi » qui nous hante depuis le début de ce livre, et qui le sépare des hommes, ses contemporains : « Je me croyais le frère de ceux qui m'entouraient, et le jour où je me suis réveillé, j'ai entendu qu'on me disait d'un autre sang, d'un autre sol, d'un autre ciel, d'une autre fraternité. Je me suis réveillé Juif et j'ignorais ce qu'était un Juif. »

Le Liban m'a réveillé Juif. L'étrangère m'a fait Roi déchu.

À l'aéroport Rafic Hariri quand je montre mon passeport, égaré dans la file chaotique « étrangers et Arabes », au sens de non-libanais, je sens que ça pourrait mal se passer.

Nour m'a réveillé, en m'enfermant dans l'étroite cage d'un pays fâché avec ses voisins. Elle a fait de moi un monstre, c'est la Belle et la Bête filmée en version Moyen-Orient : un Arabe à tête de Juif. Je cumule les deux emmerdements. D'être réveillé, c'est une position dangereuse. « Je dois retourner d'où je suis sorti. » D'où suis-je sorti ? Des mains de l'accoucheur, le docteur Lanvin, à la clinique du Belvédère ?

« Oh, cesse de geindre, moi aussi je suis née au Belvédère », me calme Nour au visage marmoréen d'autocrate d'ascendance alépine : « La démocratie, ça ne marche pas ici. »

Armand Lunel,
ou la « secrète Jérusalem du midi de la France »

Voilà pourquoi l'entrée des Juifs du Midi dans la citoyenneté française en 1791, début de leur diaspora permise hors de leur chère Provence, quand tous les autres Juifs français s'autorisaient enfin à faire « souche », les déstabilisa. Bernard Lazare ne croyait pas à l'émancipation politique, mais à une émancipation intellectuelle et morale. « Ils étaient heureux d'échapper à leur abjection, mais ils regardaient autour d'eux avec défiance, et soupçonnaient même leurs libérateurs. »

Pourquoi ? Leur différence d'avec les autres communautés, leur statut de microminorité agissante, leur prospérité économique, les enfermaient, une mise en abyme, à l'intérieur d'un statut de protection. Les « vitres huileuses » du ghetto (je cite Perse à propos du ghetto de Rome) ne les contenaient plus. Les voici égaux en droits, mais ils avaient depuis longtemps, sans que ce fût dit nulle part, inscrit leurs noms sur les plus anciens frontons. Les tombes les plus antiques. Les métiers les plus à même de les faire voyager hors de leurs murs comtadins.

Un an environ après 1791, Édouard Drumont prétend dans *La France juive* (1886, cent mille exemplaires vendus en deux mois) que la France compte 500 000 Juifs. En vérité, il y en a 110 000, en incluant les 44 000 Juifs installés en Algérie, d'après les chiffres du recensement. Mais les miens se sentent à part, sans rapport avec le mépris racial dont on traite les Juifs alsaciens et lorrains, des Allemands, source de l'accusation de traîtrise, inhérente à l'affaire Dreyfus.

Je voudrais citer quelques lignes de Drumont, parce que le reproche fait aux Juifs explique aussi la création d'une Nation, et l'agressivité existentielle que Nour me reproche : « Il rêve de domination universelle, mais il a peur de la force, il n'ose pas être soldat. Il est toujours en campement, en errance, il n'a pas de patrie et il les trahit toutes. Tel est le Juif, le Juif idéal, anonyme : car il n'a pas d'identité. »

Envoyons Drumont un moment en Israël. Il verra qu'il y a plutôt trop d'identités que pas assez.

Autrement dit, ni convertis, ni notables parmi les puissants goys, ni opprimés à la manière des Juifs de l'Est, ni glorieux parias comme le théorisa Bernard Lazare : ils furent des hommes soudain égaux en droits, et se dispersèrent dans les grandes villes du Midi.

Assez peu religieux, ils eurent en legs une identité, dont j'hérite en la réclamant, en même temps que du malheur de ne jouir en laïc que du temps présent.

La synagogue était une maison, une école, un lien social, de là à croire en Dieu, il y a de la distance.

Qu'est-ce qu'un Juif non religieux ? Si je force un peu la comparaison, c'est un Libanais à la piscine d'eau de mer du Sporting. Il jouit du soleil, d'un cohiba, et de ce qui lui reste en banque. De quoi aurait-il peur ? De la maladie et de la mort.

Nour autant que moi sommes des obsessionnels hypocondriaques.

« La crainte de la mort, chez le Juif, ne part pas du même principe que chez le chrétien. Le Juif craint le seul châtiment qui soit pour lui : la cessation de la vie qu'il aime » (Bernard Lazare, *Le Fumier de Job*).

Je me disais bien, Nour, que tu étais un peu juive. Tu t'accroches à la vie, tu refuses le cycle du malheur, tu es une minoritaire de la minorité, une utopique dans le pays de l'utopie.

Il nous reste notre horizon, notre illusion, notre peau de chagrin, « le frénétique espoir ».

Je cite encore Bernard Lazare dans *Le Fumier du Job*, l'un des meilleurs livres sur l'âme juive, si elle existe : « Le tuf, le roc, c'est l'optimisme, l'amour de la vie. Voilà pourquoi la race est forte ; c'est la source de ses vertus et aussi de ses défauts, de l'amour de certains de ses fils, pour les jouissances matérielles, pour les signes du bonheur extérieur. »

Vivre, c'est jouir.

Un siècle après la Révolution française, la communauté fêta l'anniversaire de leur égalité civique : « C'est notre Pâque moderne », loua le rabbin Kahn, comme la sortie d'Égypte.

Les miens devinrent comme les autres, auxquels ils ne ressemblaient pourtant pas. Ils restent les orgueilleux non-apatrides de notre histoire française.

On dit que les quatre saintes communautés du Comtat étaient l'équivalent des quatre saintes communautés d'Israël : Jérusalem, Hébron, Safed et Tibériade.

Entassés en famille, persécutés par les chrétiens dont la cathédrale Saint-Siffrein de Carpentras jouxte par exemple la synagogue, mariés dans la consanguinité, ils ne sont certes pas égaux en droits, ne peuvent ni exercer tous les métiers ni épouser une chrétienne, mais ils sont plus heureux que tous les autres Juifs d'Europe. À l'heure de la victimisation communautaire, cette phrase étonne.

Heureux comme un judéo-comtadin ?

« Il valait infiniment mieux être enfant d'Israël dans les États français du Pape que protestant dans le Royaume de France », écrit le chantre judéo-comtadin Armand Lunel, l'historien du terroir qui compare le sort des Cathares, décimés, à celui des siens, qui ont survécu. Armand Lunel, sans citer les civilisations disparues, Palmyre, les Hittites, Babylone, la Chaldée, les Assyriens, note cette particulière résistance, alors qu'ont pesé sur « nos esprits, deux mille ans d'insultes ».

Lunel est, entre autres, l'auteur de ces *Chemins de mon judaïsme*, qui ont la tendresse d'un souvenir d'enfance, le moelleux rassurant d'un homme pétri de bonté, le croquant d'une « coudole », l'autre nom du pain azyme en

Provence. Il a « le sens méditerranéen de la mesure, la tolérance parfaite et la sagesse rêveuse », qu'il voyait en Mistral.

Un de ses amis écrit « qu'il aimait les oliviers et se méfiait des platanes, qui ne poussaient pas des racines aussi anciennes que les siennes ».

À travers ce provençal normalien, élève d'Alain, plein de finesse et si français, plutôt si pleinement juif et si pleinement français, qu'il me semble de ma famille proche, on touche à l'exemplarité.

Son grand-père négociant carpentrassien, personnage de Pagnol revu par Levinas, confond le passé et le présent.

« Des pauvres Juifs, oubliés, internés dans votre île perdue des anciens ghettos comtadins », des « Sages de Lunel, colonnes du Monde, qui savaient l'hébreu, le grec, le latin, l'arabe, l'espagnol, la langue franque et l'occitane, et Lunel, dit-il à son petit-fils, quel beau nom », de tous ceux de l'ancienne patrie, Armand Lunel s'était établi le porte-parole, le porte-voix d'une généalogie si enchevêtrée qu'il faudrait un notaire pour la débrouiller.

Voilà qu'il exhume un Abraham de Lunel, converti sous le nom de César de Brancas, qui gouverna à Villeneuve-lès-Avignon l'abbaye de Saint-André puis, accusé d'être un marrane, revint à la religion de ses pères. Voilà qu'il dépoussière de sa bibliothèque la tragédie provençale de *La Reine Esther*, composée par le rabbin Mardochée Astruc de L'Isle-sur-la-Sorgue, on y reviendra à cette Esther biblique si centrale puisque c'est grâce à elle que les Juifs eurent la vie sauve.

Et c'est le grand-père qui résume le drame de ces sédentaires expulsés de leur coquille historique vers la vie normale, et donc dangereuse : « À partir du moment où nous avons été affranchis par la Révolution française, notre situation sur place est devenue à peu près impossible. La population de Carpentras, restée cléricale et obstinément fidèle aux Papes, ne pouvait pas souffrir de nous voir du jour au lendemain circuler librement hors de la Juiverie. »

Merveille du retournement de la liberté. Mieux vaut la servitude consentie, mais la sécurité avec.

C'est ce grand-père aussi qui rappelle au petit Armand les manifestations, les « cris affreux d'À bas les Juifs » de septembre 1899 : Émile Loubet signe, sur proposition du général de Galliffet, le décret qui gracie Dreyfus. « L'incident est clos. » Il dîne avec son frère Mathieu à l'hôtel Terminus à Bordeaux, pour la première fois depuis si longtemps. Il est gracié, mais c'est là que Péguy nomme la trahison de la mystique par la politique, trahison des vrais dreyfusards (au premier chef, Bernard Lazare) par le parti de Jean Jaurès. Dreyfus veut obtenir réparation de l'erreur judiciaire : « Je veux que la France entière sache par un jugement définitif que je suis innocent. »

Le 21 septembre, Alfred Dreyfus, enfin libre, fait avec sa femme Lucie une halte à Carpentras, chez son beau-frère issu d'une famille judéo-comtadine, Joseph Valabrègue, provoquant dans toute la région des émeutes, dont Armand Lunel a le souvenir des décennies après.

Se mêlent aux cris de la populace les dénonciations venues des nouveaux convertis, « cette noblesse de souche hébraïque », qu'il moquera dans son roman.

C'est aussi le grand-père qui origine, dans l'oreille du petit-fils et disciple préféré, l'orgueil d'avoir été là de tout temps, « son évocation de nos Judéo-Comtadins formant une espèce à part, singulière, ne craignant pas de se proclamer en face des autres Juifs, des privilégiés, et j'irai jusqu'à dire, des aristocrates ».

Comme j'aime cet oubli du réel, quelques années après l'affaire Dreyfus, alors même qu'entre 1894 et sa mort en 1903, Bernard Lazare exalte « la volupté d'être haï, l'âpre orgueil de sentir cette haine universelle, de voir le monde chrétien tourner son histoire autour de cette poignée d'hommes ».

Rien chez Armand Lunel de cette satisfaction morbide, justifiée par la violence des attaques contre Dreyfus par la plupart des intellectuels de l'époque, et de la presse chrétienne. Il y a là une conviction d'être à part, mais préservé comme si nous étions derrière les vitrines d'un musée.

« Suis-je Juif ? Suis-je un homme ? Je suis Juif. Je suis un homme. » Ce qui surprend Bernard Lazare lui semble naturel.

Les Juifs d'Avignon s'adressèrent ainsi à Napoléon, en 1808 : « L'établissement des Israélites à Avignon remonte aux temps les plus reculés et ne s'éloigne que très peu de leur dispersion après la prise de Jérusalem. » Un peu plus, et l'on citerait le Christ, comme on invite un cousin de province au repas du dimanche. On ne pleure plus sur les murs du Temple, comme dans la tradition judéo-andalouse, mais la Jérusalem céleste se réincarne à Carpentras.

« Les marranes, quand on les trouvait, on les brûlait. À Carpentras, on leur faisait subir des sermons hebdomadaires », sourit Lunel, qui cite les sermons de Saboly dit de Monteux, un « noëliste ». Sa profession est auteur de prêches sous le sapin.

J'aime cette idée de punition ou de rectification religieuse, c'est-à-dire que Noël se doit d'être fêté dans le christianisme, qu'il faut corriger en décembre les mœurs de mes Judéo-Comtadins.

Saboly censure certes, mais je devine dans ce sermon la connivence de la proximité judéo-chrétienne :

> *Brûlez toutes vos lampes*
> *Éteignez toutes vos veilleuses*
> *Brûlez vos Talmud*
> *Et que de vos coudoles*
> *On n'en parle plus*

(en provençal : « Brisen lampo et viholo / Brisen nosti Talmud / E de nosti caudolo / Que se n'en parle plu ») chante alors l'antisémite salarié, le vrai Grinch du Noël carpentrassien.

Mon lointain cousin, « son nom de localité témoigne de sa plus ancienne résidence », se nommerait-il par exemple Mordacaysse Salomon de Carcassonne ? Il a le droit de franchir les portes du ghetto pour fréquenter les foires et marchés aux bestiaux, selon son métier, ou les alliances de sa lignée, avec les Bédarrides ou les Lattès, ou les Manuel d'Avignon, il pourra même s'enrichir et à certaines époques posséder des domestiques chrétiens.

*« Le four hélas ! est éteint
et j'ai savouré les dernières »*

« L'antique capitale du Comtat Venaissin fut la secrète Jérusalem du midi de la France », écrit Armand Lunel, qui se retournerait dans son linceul s'il voyait la Carpentras d'aujourd'hui comme je l'ai vue : la synagogue rococo de style italien coincée entre deux petits immeubles gris terne. Une ville un peu éteinte sous le soleil, d'où partirent les djihadistes français convertis à la croisade en Syrie. Comme à Lunel, ce Mohammed Yassine Sakkam qui pose tout sourire sur un char du groupement islamique en Irak. Ceux qui mirent le cap sur Mossoul où vécurent ensemble des siècles durant des milliers de Juifs irakiens et kurdes, où se reconstruisent aujourd'hui les synagogues et les églises pulvérisées par le Califat islamique.

Passions tristes, là où je vois encore s'épanouir l'âge d'or d'une pensée juive, hors de toute religiosité, non réduite à elle, une identité et pas la seule observance des rites, qui détermine en bien ou en mal le rapport à une *obligation qui m'est faite de ne pas les trahir.*

Je schématise : Carpentras, la Jérusalem du Comtat Venaissin, dans une région où la population se partage de nos jours entre les militants du Rassemblement national, les immigrés placides dans les bars à chicha, et les Juifs rapatriés d'Algérie qui se rendent à nouveau à la synagogue, l'une des plus anciennes d'Europe, pour un culte d'où les miens ont disparu.

Adieu, le bavardage débonnaire en hébraïco-comtadin.

Ironie du lieu, qui vit prospérer une communauté millénaire bientôt haie par une autre, à des siècles de distance, comme si les voisinages jaloux de l'Orient avaient subsisté là.

La synagogue de Carpentras est discrète.

Elle semble s'excuser d'exister. Sait-on à quoi elle a survécu, qui justifie la modestie d'apparence ?

Au XVIIIe siècle, l'évêque Malachie d'Inguimbert fut choqué de la prétention d'agrandissement de l'édifice, dont il faut préciser ici que ce n'était pas qu'un lieu de culte, mais une « escolo », une école, maison de prière, lieu communautaire, boucherie rituelle, refuge moral de l'époque. L'évêque peu aimable obtint de Rome l'autorisation de revenir aux dimensions de 1357, et consigna dans le procès-verbal ces mots jaloux qui m'amusent : « J'ai trouvé deux Rabbins habillés à la turque avec turban. Les Juifs sont riches au point de faire cent synagogues semblables, et celle-là a des Coretti (des petits chœurs) comme aucune église du pays n'en possédait. » C'est Lunel qui cite. Merveilles de l'argumentation chrétienne antijudaïque qui ne varie guère au cours des siècles. Les chicaneries administratives durent, mais la synagogue persiste et ne désemplit pas.

De l'extérieur, c'est un hôtel particulier sans signe distinctif, ni bien sûr la moindre parenté avec la magnificence de la cathédrale Saint-Siffrein toute proche. Au sous-sol de ce petit édifice coloré comme un massepain, dorures Louis XVI, plafond voûté bleu, piqueté d'étoiles, monde clos entortillé en couloirs et courettes, on descend par des marches humides vers un « mikvé » à l'eau pure, des « eaux vives », dit-on.

Bassin mystérieusement alimenté par quelle source ou nappe phréatique ? Nul ne le sait. Je regarde le bain rituel, où les couples aptes au mariage devaient se purifier en s'immergeant de la tête aux pieds dans l'eau froide, avec l'envie de m'y jeter, comme si j'allais y pêcher l'or du Rhin. Envoûtant.

Le four à pain azyme est désaffecté, mais semble encore chauffer comme si le pain en sortait.

« Le four hélas ! est éteint et j'ai savouré les dernières, celles de Frontin Crémieux », soupire Lunel. Le fauteuil du prophète Élie, qui sert à ce que l'enfant circoncis repose mystiquement sur les genoux du prophète, est suspendu en hauteur, inaccessible. Pour le profane, on dirait une installation d'art contemporain facétieuse, un objet de magie, entre Harry Potter et Maurizio Cattelan.

Je mets une calotte sur la tête, avec le sentiment paradoxal de l'usurpation. Je suis pourtant ici le seul descendant des Juifs du Pape parmi les touristes en famille, surveillant les allers-retours de mon fils cadet, prêt à plonger dans le bain rituel comme dans une piscine gonflable.

Beyrouth revient. Hadri a reçu de l'eau le jour de son baptême d'août 2018, au couvent Saint Basile le Grand des Pères Choueirites.

Saint Basile fut l'évêque de Césarée en Cappadoce. Il accueille dans l'étincelante fournaise d'août l'héritier d'une autre foi.

Notre fils souriait dans ses vêtements rituels d'un blanc virginal, des chants en arabe et en araméen scandaient la cérémonie, me laissant entre ébahissement atterré et frisson. Il est grec-catholique, melkite par sa mère, juif d'esprit par son père, minorité schismatique persécutée d'un côté, minorité persécutée de l'autre. Quel héritage, malgré lui. Voilà qui fait un être bien seul contre les majorités envahissantes. Nous sommes concurrents en ancienneté du culte. Deux gardiens des ruines ancestrales. Deux évadés hors des foules. Mon *autre* aux boucles brunes qui lui tombent en gerbes dans le cou.

Un jour, il faudra nous en parler, lui et moi, nous défier entre Jérusalem et Antioche.

Serons-nous obligés de nous battre dans la violence de l'Histoire, Abraham et Isaac ?

Juste père et fils de chaque côté d'une frontière invisible ? Comme la réplique de celle bien visible, couturée, que je n'ai pu franchir au Sud-Liban ? Serons-nous de part et d'autre à nous défier du regard ? Le voici qui court dans tous les recoins de la synagogue de Carpentras, comme s'il chassait les fantômes de la famille, attroupés invisibles au-dessus de nos têtes, sous la coupole bleue étoilée.

La profanation du cimetière

Le passé affleure. Il est là. Comment ne pas y penser ?
Je ne peux bien sûr m'empêcher d'être, en regardant vers l'arrière, ému d'avoir manifesté, ce que je fais rarement, non par crainte mais par agoraphobie, après la profanation du cimetière juif de Carpentras, j'avais 25 ans.

Dans la nuit du 8 au 9 mai 1990, trente-quatre sépultures juives sont profanées. Un cercueil a été ouvert et le corps d'un homme de 81 ans, Félix Germon, empalé sur un manche de parasol, une plaque « Souvenir des voisins » est posée sur lui, prise sur une autre tombe.

Le 11 mai, le journal télévisé filme une assemblée, il y a même Élie Wiesel éploré, une voix off détaille « le chant des familles juives pour pleurer les morts d'Auschwitz, comme si Carpentras avait remonté le temps cette après-midi ». Rien à voir avec la Shoah, pourtant, mais tout à voir avec une farce sordide. Il faudra six ans pour qu'un ancien skinhead se livre à la police et que quatre militants néonazis soient jugés et condamnés en 1997.

Mais nous sommes à Carpentras, nombril de ce judaïsme à la française. La presse convoque même le souvenir de la « Provence blanche » chère à Frédéric Mistral et aux félibriges, le mauvais accueil réservé à Alfred Dreyfus quand il vint ici se reposer après son procès.

Le Front national de Jean-Marie Le Pen était au comble de sa gloire, 15 % des électeurs ont voté FN en 1988. J'ai retrouvé cette phrase qui accusait la ministre de la Santé Michèle Barzach d'étouffer les révélations du sida : « Barzach a peur d'avouer aux Français qu'une bonne partie de la communauté juive est séropositive. »

La profanation fut magistralement utilisée par François Mitterrand en bon stratège, mais ce n'est pas une manipulation politique qui renversa les tombes.

La Jérusalem céleste devint à cette date-là le berceau d'une certaine haine, par un retournement de cette convivialité millénaire où tous, Juifs et chrétiens de Provence, vécurent sans trop se poser de questions.

Cette haine me hante, c'est comme si elle me concernait personnellement.

Je sentais qu'on avait marché sur les os de mes ancêtres, bousculé la Loi, empuanti de crasse le caveau d'une longue et ininterrompue lignée qui m'avait précédé. On ne plaisante pas avec les cimetières. Je n'y vais pas, mais j'y pense du matin au soir. Ces nazillons vaguement skinheads, incultes, croyaient-ils sans la comprendre à une identité française, ou présumée telle, contre la mémoire judéo-comtadine ?

Dans un article de *L'Écho des Carrières*, le périodique que publie l'Association culturelle des Juifs du Pape (entendre cela aujourd'hui m'enchante à un point inimaginable), je lis en souriant que « nous constituons un judaïsme authentiquement français », notion assez floue, utopie que j'associe avec l'inconscience de toutes ces patriotes familles juives décorées de la croix de guerre, qui pensèrent naïvement échapper aux rafles, que les Allemands ne leur colleraient pas une étoile jaune, et encore moins un aller sans retour pour la Pologne.

Il est vrai néanmoins qu'à partir de 1309, le pape Clément V, le bien nommé, allait protéger « ses » Juifs, et leur emprunter beaucoup d'argent. Cet article de *L'Écho* recense des faits objectifs, du moins prétendent-ils à l'objectivité comptable, qui font ma joie : dans la répartition en pourcentage des patronymes comtadins les plus fréquents au XVIIIe siècle, les Carcassonne arrachent un score de 5,3 % contre 9,5 % à la famille Millaud.

Une liste des noms rencontrés au même siècle énumère tous les Carcassonne de l'état civil d'Aix-en-Provence : un Abraham Moïse a onze enfants, un autre qui porte l'étrange prénom d'Alapta échange son âne contre celui d'un viticulteur voisin, Bénédict Carcassonne est reçu en 1790 dans le corps, supposé inaccessible aux Juifs, des marchands aixois, une première. Né à Carpentras en 1755, mais prenant la succession de son père Haron, marchand de mules, Jassé Carcassonne s'installe sur la place de Nîmes. Il épouse une Crémieux, fille de son associé. Quel lacis d'épousailles dans les mêmes rues ! À ma connaissance, élu officier municipal en 1792 (d'après le livre de Lucien Simon et Anne-Marie Duport, *Les Juifs du Pape à Nîmes et la Révolution*), fédéraliste mis en état d'arrestation, il sera le seul de mes ancêtres à mourir guillotiné sur l'esplanade le 19 juillet 1794. Le bourreau le dépouille même de ses souliers.

Une mort dans l'histoire, si j'ose dire, un Juif pour l'exemple, pas en tant que Juif cependant, mais en tant que révolutionnaire pris dans la tourmente. Il laisse deux enfants, Sara, 9 ans, et Aaron, 5 ans. Il a bien connu David Crémieux, le père d'Adolphe, le libérateur.

Il y a des anecdotes plus gaies, mais ce qui m'importe, c'est ce flux du destin, leur échappée hors de l'archipel des « juiveries ».

Ainsi, David Carcassonne soutint sa thèse de médecine à Montpellier, à 22 ans, et sera juge au tribunal de commerce. Mon père, lui, sera président du tribunal de commerce à Paris, et il dira, je m'en souviens distinctement, « Je suis le premier Juif à être élu à cette fonction depuis sa création par Michel de L'Hospital », lequel créa les tribunaux des juges et des consuls en 1565.

Phrase troublante chez un homme qui personnifiait la laïcité et l'assimilation.

D'eux à moi, d'eux – drapiers, banquiers, médecins, viticulteurs même – à moi, qu'est-ce qu'il y a ? Quel fil, quelle parenté, quelle émotion à surgir soudain d'un nom ?

Je ne peux m'empêcher de penser au magasin cossu de mon grand-père Georges à Aix-en-Provence, établissement

Carcassonne rue Chabrier : articles de nappes et de textiles, dont le poids, la couleur vive à l'étal me laissaient indifférent, malgré la déférence des vendeuses. J'y vois désormais l'héritage de siècles à marchander et s'enrichir, s'appauvrir et emprunter, fuir d'une ville l'autre, mais avec le temps qui fabrique une lignée, cette usure du temps qui finit par polir même la souffrance.

Les voici ces fantômes Carcassonne qui ont épousé des chrétiennes et donc enfanté des chrétiens, les voici notables à ne plus quitter le centre des villes sinon pour rejoindre leurs « chalets » fleuris, leurs maîtresses dans l'ombre, et donner leurs noms jadis réprouvés à des stades de football. Stade Georges Carcassonne.

Je ne peux m'empêcher d'en rire, de m'asseoir à côté de ce grand-père au visage rond, à peine connu, il est mort le 13 février 1973, après paraît-il, l'un de ces gueuletons qu'il affectionnait. J'avais 7 ans.

Nous regardons ensemble les ifs et les oliviers, nous déjeunons à la terrasse d'un café cours Mirabeau. Je ne suis plus un petit Parisien à l'accent pointu. Nous nous rejoignons.

Adolphe Crémieux, ou le Juif des rois

J'écris un monde sous terre, qui fut, des siècles durant, debout.

Debout depuis la destruction du Temple, debout aux étages bourgeois des appartements sinistres dans un Marseille tournant le dos à la mer, noir de suie, où l'on m'emmenait enfant, debout dans les « carrières » des Juifs boutiquiers, debout dans cette tension du corps au garde-à-vous que mon père adopta un jour en écoutant *La Marseillaise*, ce monde évanoui en quelques décennies sous les vapeurs de l'assimilation moderne.

« Nul ne s'assimile aussi vite que le Juif ; c'est une éponge : il absorbe tout. » Je ne peux penser tout à fait contre l'aphorisme de Bernard Lazare. Comme le Libanais, il reste lui-même et un autre.

L'exil géographique fut le destin de beaucoup. Ils durent s'adapter. Ils durent perdre et gagner.

Mais pourquoi ne verrait-on pas dans la panoplie cravate bleue en laine, costume de flanelle grise, ou pieds nus bronzés dans des mocassins, le visage offert au soleil de

Venise sur le quai des Zattere, face à la Giudecca, ou marchant en rond autour des lacs suisses, ou penché radieux vers un soufflé au fromage, le gouffre social que je dus franchir, de mon plein gré, « ghettoïsé » à Neuilly. Il y a pire punition, mais j'ai dû m'appliquer.

Être soi-même : c'est bien une certitude de goy.

Je n'écris pas pour regretter, mais parce qu'ils sont tous là, avec leur accent, leur patois, leurs luttes pour ne plus porter le chapeau jaune, ni subir l'opprobre d'être usurier.

J'écris pour qu'ils veuillent bien sortir à l'air libre.

J'écris parce que j'aime la minorité, cette France à la fois douce et intransigeante sur ses principes qu'ils m'ont transmise.

Il y a du Crémieux, Isaac-Adolphe, né à Nîmes le 30 avril 1796, fils de David Crémieux, négociant en soieries, et de Rachel Carcassonne, chez mon père. Ce sont des progressistes et des conservateurs à la fois. Des Juifs français, si français, ouverts et fermés, mais soucieux de l'autre. Il y a ce fil tissé entre la tradition et la modernité, la laïcité et la défense de l'esprit juif, la rhétorique et la force des mots, mais Crémieux le sage, l'orateur, le député, ministre de la Justice, fut sans équivalent, « une révolution dans l'Histoire », dit son contemporain Jean-Jacques Weiss, avec cette formule qui entrechoque les contraires : « Il a été à la fois juif et gouvernement. »

Crémieux le Judéo-Comtadin dont la seule infortune intime fut que sa femme Louise Amélie Silny, une Juive de Metz « de famille réputée », fit convertir leurs enfants au christianisme, brisant et renouvelant leur appartenance. Son mari était alors président du Consistoire. Il démissionna.

Jeune et bouillant avocat à la cour de Nîmes, il porta le fer contre le serment « *More judaico* » qui obligeait tout Juif se présentant au tribunal à porter serment devant un rabbin, manière d'afficher sa singularité non égalitaire, mais aussi son infériorité juridique. Quand le rabbin refusait, la cour pouvait déchoir le plaignant de ses droits. Les mots de Crémieux, dits en 1817, peu de temps après que la Révolution a déclaré l'égalité de tous devant la loi, tombent comme la guillotine sur le magistrat nîmois, Monsieur de Clausonne.

« Est-ce que je suis dans une synagogue ? Non, je suis dans une salle d'audience. Est-ce que je suis à Jérusalem, en Palestine ? Non, je suis à Nîmes, en France. Est-ce que je suis seulement juif ? Non, je suis en même temps citoyen français. En conséquence, je prête le serment du juif citoyen français » (*Bulletin de l'Alliance israélite universelle*, 1875). Ailleurs, il insiste, la phrase aurait pu être clamée telle quelle, au moment de l'affaire Dreyfus, mais on va me reprocher mes anachronismes : « C'est la conscience, et non la religion, qu'il faut appeler devant les magistrats. L'égalité doit être absolue : si vous m'envoyez à la synagogue, je demande que vous envoyiez le catholique à l'église (...) Il n'est pas de puissance au monde qui ait droit de me demander compte de ma religion. Ma conscience est à moi comme la vôtre est à vous » (*Gazette des tribunaux*, 1827). Il y a mieux. Dans cette période d'émancipation, Crémieux prit en 1840 la défense de la communauté juive de Damas, injustement accusée d'avoir commis un crime rituel sur la personne d'un père du couvent des Capucins. Sous la torture, les malheureux avouèrent n'importe quoi, deux d'entre eux moururent à Damas. Sa défense, associée à celle de l'Anglais Sir Moses Montefiore, fut magistrale, éloquente à l'ancienne, et lui valut tous les pamphlets antisémites, comme l'un qui le désignait avec déjà l'argument du cosmopolite « Juif des rois » : « À quelque nation qu'appartiennent les accusés, c'est la France qui doit leur servir de sauvegarde jusqu'à l'heure de la conviction légale. »

Il y a mieux, encore ! Mon sang arabe ne fait qu'un tour. Devant la Chambre des députés, il prit la défense des chrétiens du Liban, alors que l'Angleterre soutenait les Druzes, avec ces mots : « Ils sont vos frères depuis des siècles, non pas seulement vos frères en religion, mais vos frères à la guerre, vos frères sur les champs de bataille. Dans toutes les circonstances, vous les avez trouvés. »

En 1860, il demande aux Juifs français de se mobiliser à nouveau en faveur des maronites, « que le fanatisme musulman veut anéantir ». Si Crémieux avait pu prévoir que le mandat français offrirait aux maronites la jeune République du Liban, qu'aurait-il dit ? Quelle est la parole qui, aujourd'hui, se libère ainsi de tous les préjugés ? Où est l'arc qui traverse les communautarismes ? Où est-il celui qui parle au nom de tous ?

Il y a de l'universel chez l'auteur du célèbre décret Crémieux qui libéra les Juifs algériens de n'appartenir à aucune nationalité et les fit citoyens français. Décret critiqué de nos jours car à l'origine de la différenciation, donc de l'hostilité, entre les musulmans d'Algérie et les Juifs qui vivaient là, entremêlés.

Il y a de l'universel chez mon lointain cousin, à la laideur énergique, au visage de sage bougon, rhéteur, bretteur, le premier d'entre les Judéo-Comtadins à être devenu, en effet, « le Juif et le gouvernement ».

Comme Adolphe Crémieux, ils posent sur des photographies sépia en costumes gris perle, cravatés, apaisés, souriants. Ils ont une élégance désuète, mais réconfortante. Des deux côtés de la Méditerranée, Juifs ou chrétiens, ce sont les mêmes visages. La même bourgeoisie affable dont je vois les portraits familiaux sur les murs de la maison de Nour, à Rachaya, au sud-est du Liban. Les mêmes visages, quelque chose de dur et moelleux à la fois, dans la pupille noire une envie de vivre, aucune mélancolie, une fantaisie sous la convention, les palabres dans le grand salon, les cafés interminables, les cigarettes et les rires.

Qui a tranché le fil qui nous a reliés des siècles durant ?

Nombreux furent les mariages mixtes, les départs vers Marseille puis la capitale, ou les conséquences de la peur déguisée en assimilation. La laïcité était leur obsession. Pas la religion, même s'ils savaient souvent écrire ou parler l'hébreu, du Moyen Âge à la Révolution française, quand les chrétiens signaient encore d'une croix.

Je descends des seuls Juifs qui ne bougèrent pas et ne prièrent pas.

Je ne les connais pas, mais ils sont une partie charnelle de mon être. Je les aime. Ces siècles à touche-touche à l'école du Rabbin sont ma part manquante. Ce Sud me manque, comme un enfant me manque, sa chair tendre, son odeur sucrée, son babil truffé d'hébreu et de provençal, ses idioties villageoises.

« Un point et un labyrinthe. Voilà le secret d'une identité. On est donc voués soit à perdre l'un, soit à se perdre dans l'autre », a écrit Jean-Luc Nancy.

Je me perds dans ce labyrinthe. J'en caresse les murs d'ombre, et les voix dans la nuit me répondent faiblement, d'une rive de la Méditerranée l'autre, d'une histoire l'autre. Mais le passé n'est pas l'identité. La fidélité non plus, car à quoi être fidèle, si le passé n'existe plus ?

Comment je découvre mes cousins

Me voici rue Raynouard, au centre du seizième arrondissement, à Paris. Un jour, il y a bien longtemps, j'étudiais mes examens à la bibliothèque de la Maison de Balzac, un homme âgé, vêtu d'un costume croisé impeccable, Légion d'honneur à la boutonnière, m'a tendu la main et m'a dit : « Je suis votre cousin, je m'appelle Georges Jessula, et je suis un Comtadin, comme vous. J'ai lu votre nom sur la fiche de la bibliothécaire. Un jeune Carcassonne. Vous êtes mon cousin. »

Qui était ce monsieur avec un air de famille ? Serais-je enfin assigné et réclamé ? Un cousin, enfin ?

Au-delà de l'anecdote, ce qui m'émeut aujourd'hui, c'est la proximité revendiquée, le cousinage soudain, entre cet inconnu qui fut huilier au Sénégal, et avait épousé une demoiselle Lunel, fille d'Armand Lunel, le chantre judéo-comtadin, et l'étudiant de khâgne à Condorcet, de plusieurs dizaines d'années son cadet. Je me souviens, si clairement, de leur grand appartement rue Raynouard, dont les murs étaient couverts de masques africains, j'aurais pu être à Marseille comme au Sénégal, où ils possédaient des huileries.

Je me souviens m'être étrangement dit : je pourrais être leur cadet. Quand j'aurais, à plus de trente années de distance, leur fils Daniel au téléphone, et quoique ne le connaissant pas, je me sentis chez moi. Déjà, être un autre, pour recommencer et perpétuer. Ensemencer d'idées, d'intuitions, de comparaisons, d'analogies.

Nous parlâmes des Juifs du Pape, dont je ne savais rien. Eux qui étaient là, dit-on, depuis le premier siècle après Jésus-Christ, plus ou moins libres. À la question : les Juifs provençaux avaient-ils une langue à eux, Michel Alessio, qui a traduit *La Langue des Juifs du Pape* de Zosa Szajkowski, répond par la négative. Michel Alessio cite l'historien René Moulinas : « Jamais il n'est fait la moindre allusion à quelque difficulté d'interprétation qu'aurait eue un témoin catholique pour saisir le sens des paroles échangés entre deux Juifs, et toutes les fois qu'on nous rapporte les propos tenus entre deux habitants de la carrière, c'est tout naturellement en provençal qu'ils s'expriment » (*Les Juifs du Pape en France, les communautés d'Avignon et du Comtat Venaissin aux XVIIe et XVIIIe siècles*, Privat).

J'ai lu ce livre de Szajkowski, qui fut ô ironie ! traduit du yiddish, et je dois en dire un mot, car on pourrait penser que je l'ai inventé.

L'auteur est né dans un shtetl polonais en 1911, qui comptait à sa naissance 1254 Juifs et 372 catholiques, pas de commentaires. Il fut engagé dans la légion étrangère, blessé en 1940, évacué à Bordeaux puis à l'hôpital de Carpentras où, démobilisé, son intérêt croît pour la communauté judéo-provençale. Il va étudier les textes propres à ces « privilégiés » qui vécurent dans la province papale de 1274 à 1791.

Ce qu'il note de plus instructif est l'exil à certaines périodes (au XVIe siècle) vers la Turquie ou la Grèce, comme l'atteste le nom « Carmi » qui vient de Crémieux. Il note aussi la capacité d'assimilation plus rapide des Juifs comtadins que partout ailleurs, et qu'en 1848, on déplore déjà à la synagogue que « l'enfant juif n'est plus juif que de nom ». Et d'ajouter, ce qui me ravit, « la langue a disparu avant même d'avoir réussi à se développer ». Sous sa loupe un peu folle, « notre provençal, notre sainte langue familière, savoureuse, épicée d'hébraïsmes » selon Lunel, allait se muer en idiome spécifique, fusion de trois langues en une, le « chuadit ».

Drôle de bonhomme, cet Ashkénaze polonais rallié à la cause comtadine. Rescapé par miracle, évacuant des documents rarissimes des archives françaises vers New York, ce maraudeur-traducteur, il traduit de tout vers tout, se suicide en 1978, « après avoir été mis en accusation pour escamotage de précieux manuscrits juifs à la New York Public Library » ! (Michel Alessio). C'est à ne pas y croire. Voilà un survivant de l'Holocauste qui a détruit sa langue, le yiddish, laquelle exista durant des siècles, qui voudrait à tout prix nous persuader de l'existence du « chuadit », un jargon judéo-comtadin, sans autres preuves que quelques textes.

L'homme d'une langue carbonisée au secours d'un peuple sans langue. Un suicidaire, tragi-comique citoyen du « Yiddishland » auxiliaire d'un petit peuple heureux.

Donc, ils babillaient alors qu'autour d'eux, juste de l'autre côté du mur, l'immense majorité des chrétiens respirait et commerçait, enfantait dans des lits profonds, priait dans des cathédrales construites au fil des siècles, à un jet de pierre de la carrière. Le monde chrétien était lumineux et codifié. Le monde des « juiveries » sentait l'épice et le grouillement rance des êtres confinés, cousins, frères, usuriers, médecins, savants et érudits parfois, comme à Narbonne où trois cents chefs de famille étaient gouvernés par un descendant de la dynastie des David, qui régna en Babylonie comme Exilarque, c'est-à-dire prince de l'exil, droit venu de Bagdad en un temps immémorial de l'Orient juif.

Ils étaient là depuis longtemps, mes frères en Moïse.

Ils étaient là, venus avec les Romains, en exil après la destruction du temple de Jérusalem en l'an 70 de l'ère chrétienne, comme en témoigne une lampe romaine trouvée à Orgon, dont le décor présente deux chandeliers hébraïques. Ils étaient venus en grappes de survivants de la guerre en Judée. Souvent prosélytes, ils convertissaient les Romains, lesquels se fichaient du judaïsme : les ennuis ont commencé avec la propagation du christianisme. Ces anti-Juifs errants chassèrent même hors de leurs carrières les colporteurs de l'Est, ne comprenant rien à leur yiddish guttural, à leurs traditions ashkénazes, à leur mémoire orale. Un peu racistes, nos méridionaux, comme aujourd'hui, non ?

En 1773, à L'Isle-sur-la-Sorgue, soixante-dix Juifs, tudesques, bruyants, habillés tels des colporteurs, « tous gens sans aveux et vagabonds, se disant juifs », relatent les documents de l'époque, ont fait un tel tapage que la communauté les chassa et prit même des précautions afin qu'ils ne revinssent plus. « Ils donneraient des ordres pour empêcher l'entrée de la ville auxdits Juifs allemands, si les portiers ou gardes portes ne faisaient sentinelles pour la leur interdire. » Ces précautions extraordinaires, cette autoclaustration dans le ghetto provençal, furent exigées par les responsables, les baylons, dont un certain… Mardochée de Carcassonne. Les seuls étrangers tolérés furent les rabbins, recrutés partout en Europe, du moment qu'ils étaient aptes à enseigner la Loi hébraïque, mais attention, s'ils venaient à mourir, leurs femmes et enfants devaient partir quinze jours après le décès. On a vu mieux en guise d'hospitalité.

Davantage qu'une méfiance envers ces nomades au caftan, davantage que la réticence à accepter les autres au sein des carrières des quatre saintes communautés, cette attitude relève d'un sentiment d'élection. Le sentiment nationaliste d'être à part, une minorité dans la minorité, le Peuple élu au carré.

Armand Lunel le commente fort bien, avec malice : « Acclimatés depuis longtemps en Terre du Pape, les Judéo-Comtadins y avaient obtenu patiemment tout un ensemble de garanties et d'avantages trop précieux pour les compromettre du jour au lendemain en les partageant avec n'importe qui. Ils formaient sinon une sorte de tribu d'Israël à part, du moins comme une famille aristocratique bénéficiant d'une situation acquise. »

On accueille les Séphardim expulsés de la péninsule Ibérique, mais n'abusons pas. Mes aïeux se protègent. Ils ne veulent ni trouble de l'ordre public, ni attirer l'attention des chrétiens. De cette élection précautionneuse, il n'y a nul doute que j'ai hérité. À nos amis contemporains, à l'aise dans la radicalité communautaire, l'étoile de David sur une poitrine dénudée, mes aïeux répondraient : soyons prudents.

Enfant, mon père m'avait, non sans snobisme, glissé dans l'oreille, mais l'oreille d'un enfant nerveux a une ouïe hyper-développée, que nos ancêtres du Comtat Venaissin formaient une confrérie à part dans l'histoire de la Diaspora, un cousinage où les noms de Milhaud, Vidal, Naquet, Crémieux, Valabrègue, Bédarrides, Lattès, Monteux, résonnaient en moi comme une caste invisible : des Juifs si différents.

Dans le livre d'Armand Lunel, *Juifs du Languedoc, de la Provence et des États français du Pape*, exemplaire que mon père a lu et annoté avec soin, le même que je lis à des années de distance, l'auteur déduit de cette généalogie à part : « De là chez quelques-uns de leurs descendants un orgueil ancestral qui les singularise, celui à la fois de l'antiquité de leur établissement et de la noblesse de leur origine. »

Ces mots me réjouissent, car ils révèlent au sein d'un peuple persécuté, stigmatisé, du port de la rouelle jusqu'à la tradition dite de la « colophisation » qui consistait, depuis l'an 1020, à gifler un Juif le jour du vendredi saint à la porte de la cathédrale, pour se venger d'Israël, on raconte que le chanoine Aimeri de Rochechouart en souffleta un si fort qu'il lui fit sauter les yeux et la cervelle, oui au sein de ce peuple sans repos, il y avait un sentiment de sa supériorité. Celle d'une stabilité, une fixité qui tient lieu d'aristocratie des opprimés.

Un retournement.

De là à penser à une caste privilégiée, il y a peu de distance, que l'enfant qui voulait à la fois se faire remarquer et passer inaperçu franchit aisément.

Dans cette nouvelle Judée, d'après une savante monographie écrite par Joseph Schutzwiller (*Six générations d'un lignage de la Juiverie dominante aixoise : Les Dulcini-Carcassonne*), on trouve la trace en 1320 d'une lignée des Carcassonne, issue d'un mariage avec une autre lignée aixoise, les Dulcini. Une fille Dulcini épouse un médecin Salomon de Carcassonne. Je ne suis pas peu fier d'apprendre que le lignage de mes aïeux domine le marché du prêt à Aix au début du XIVe siècle ! Je lis leurs noms : Vitalis Dieulosal de Carcassonne, Jacob Vitalis de Carcassonne, Mordacaysse Salomon de Carcassonne, et quand j'apprends leur alliance avec les Salomon de Lattès, et les Manuel d'Avignon, alors je suis le Swann de la Juiverie, le Bel-Ami de ces médecins apothicaires et de ces prêteurs orientaux qui échappèrent à l'exil recommencé en se saignant pour la papauté, peu regardante sur l'origine des sommes, colossales pour l'époque, qu'ils empruntèrent, ou plutôt leur escamotèrent.

Revanche du Sud sur l'Est. D'Albert Cohen le valeureux sur Singer le magique. Du soleil phocéen sur le brouillard de Varsovie.

Abou Hadri à Rachaya el-Wadi

Ce fut l'éveil d'un snobisme qui me fait voir jusqu'à aujourd'hui les images des shtetls de l'Est, les Rabbi volants miraculeux et misérables sortis d'un roman d'Isaac Bashevis Singer, avec une fascination mêlée de répugnance, dont j'ai bien évidemment honte. Cette honte est comme l'envers d'un sentiment d'élection. Je me glorifie. Je m'élève sur une montagne d'immondices, car pour les chrétiens, tout se vaut. Le Juif est Un et Indivisible.
N'aurais-je pas été plus heureux, plus simplement en coïncidence avec moi-même, diamantaire comme mon père et mon grand-père maternel ? Les diamantaires viennent de la tradition du colportage médiéval, tout dans la poche, pas de trace écrite, des artistes de la Diaspora (Dispersion). Ou alors négociant en textiles comme mon grand-père paternel, n'importe quel vrai métier en fait, au lieu de vendre les fantasmes d'autrui ? Éditeur, on se niche en parasite dans le moelleux du talent des autres. Il y a le Livre : je ne peux pas ne pas penser à cette fidélité-là, au Livre, à cette matrice qui vient du fond des âges.

« Pour sauver les déshérités, Israël ne faisait pas appel au glaive, mais au livre. Il y a sans doute quelque chose d'admirable dans cette confiance en l'esprit », dit André Malraux discourant à l'Unesco, pour une commémoration en 1960 de l'Alliance universelle (*Le Miroir des Limbes*). Les manuscrits me paraissent toujours des déshérités vêtus de papier.

La sensualité des mots, je ne l'aurais pas trouvée dans la comptabilité de mon magasin, en fin de semaine, en fond de cour à Marseille, Aix ou encore Carpentras.

Aurais-je donc été plus apaisé ? Je ne le saurai jamais, mais cette ignorance béante, cette existence parallèle, qu'un autre Manuel vit dans une autre dimension, me font souffrir, comme si on sciait mon âme en deux.

Cette place biographique existe bien sûr, et elle recouvre une partie réelle de mon être amputé de ses rêves, une partie que je peux même cartographier : un pâté de maisons du seizième arrondissement à Paris, qui va du boulevard Delessert jusqu'au lycée Janson-de-Sailly, qui me nomme, m'assigne même une posture : blanc, bourgeois, d'un milieu social privilégié, d'une famille juive laïque assimilée, mais consciente de l'être, de ces familles qu'on trouve chez Proust du côté de sa mère née Weil.

C'est moi, pas moi.

Je voulais être Swann, à naviguer habilement dans les eaux hostiles du beau monde.

Je vais terminer en Abou Hadri d'Arabie, rêvant à une invisible synagogue que je bâtirai dans les sables et les chardons, l'hysope et la myrrhe.

Ma femme me fait visiter le cimetière de sa famille maternelle dans le village de Rachaya el-Wadi : la terre aride et lointaine des confins du Liban, le long de la Syrie. Un balcon d'altitude ceint dans un village tchékhovien de Druzes à calottes blanches et de Grecs-orthodoxes à la généalogie entrecroisée depuis des siècles.

C'est un espace clos de murs de pierres blondes et de buissons tranchants d'épineux. Quelques tombes, les caveaux surplombent la vallée, les croix sobres et les inscriptions en arabe, fragiles dentelles, semblent narguer les montagnes mamelues, en cirque, tout autour.

Rarement, dans ce berceau du monde, qui sera peut-être mon linceul, ai-je pareillement senti le souffle de l'éternel, la négation de l'effort, le spirituel dans une forme de paganisme métissé de christianisme.

Les montagnes ocre vous disent : ne sois rien, tu verras, cesse de te battre. Apprends à disparaître. Renonce. Deviens une chèvre, ou juste un arbre, un mûrier, tu renaîtras sans cesse et tes fruits rouges saliront les mains des cueilleurs. La transmigration des âmes chère aux Druzes initiés rôde.

Seul un chardon d'un bleu intense qui s'accroche à moi, et me pique au sang, me rappelle à la vie, à cette vie qu'il faut encore recommencer, à ce désir d'autres vies, recommencer, toujours, inlassablement, étant à moi-même mon propre peuple, mon géniteur et mon persécuteur.

La végétation pelée, roussie, jaunie, comme asphyxiée de soleil, transforme les montagnes en un panneau monochrome de couleur fondue. C'est d'une beauté presque abstraite.

Je ne sais pourquoi je pense à mon grand-père Georges Carcassonne, dont j'ai le très lointain souvenir qu'il a été enterré dans un cimetière aussi serein, près d'Aix : la chaleur, la stridence des insectes, des couleurs d'ombres brunes à la Cézanne.

Voilà que je confonds la Sainte-Victoire et le mont Hermon, le rouge fauve et la danse sur ce mont chauve, éminence sacrée des Druzes qu'ils parcourent sous le nom de Jabal el-Cheikh.

La sollicitude de ma femme me touche. Je vois qu'il y entre aussi un désir de m'approprier, que nous ne fassions qu'un, un homme-couple, une chair androgyne, une seule foi. Un ancien *midrach* du VIIIe siècle, cité par Charles Mopsik, décrit l'état des corps et de la vie conjugale après la résurrection : « Tous les orifices du corps épancheront du miel et du lait, ainsi qu'une odeur d'aromates, comme l'odeur du Liban. » Il y a peu de chances que la si jalouse Nour me lâche même après la résurrection des corps.

Qui sait si jamais je me relevais d'entre les morts, le sexe à la main, pour aller honorer dans le secret des nuits mes voisines d'os fracassés et de seins fripés ? Une scène satanique à la Rops ? Une bacchanale d'outre-tombe ? Si jamais avec elles j'entamais un « dialogue sans lèvres », pour citer la forte expression de Gary ?

En tout cas, cet endroit m'apaise.

C'est un balcon défendu sur la Syrie et Israël, d'où j'observe comme Gombrowicz posant sur la couverture du *Journal Paris-Berlin*, les yeux mélancoliques vissés à des jumelles, les pays où je n'irai pas.

Je grillerai là, sous le soleil d'un midi impitoyable.

L'idée que les mains brunes de mon fils ne fouillent un jour, au son des pétards de la fête mariale du 15 août, mes ossements de Français ironique, et les dispersent au pied du mont Hermon, où des chiens faméliques les retourneront d'une patte indécise, me rend de bonne humeur.

Il n'y a pas de lieu saint. C'est l'homme qui décide de la sainteté du lieu.

Les Finzi-Contini de Baalbek

Dans la cour de l'hôtel Palmyre à Baalbek, endroit mythique qui abrita les royautés, reçut quelques missiles pendant la guerre, et même un éclat d'obus américain qui déchiqueta le plafond de la chambre d'un attaché d'ambassade, le mûrier, stérile précise le propriétaire, le mûrier en fleur égrène un peu partout ses bourgeons verts et duveteux.

Un employé inlassablement nettoie, la mine fataliste, l'air résigné.

Il sait qu'il lui faudra toujours recommencer, que ça ne sert à rien.

Son geste sorti d'un film de Jacques Tati en Orient n'a pas de fin, et se confond avec l'absence d'avenir de tout un peuple.

Dans la nuit, le va-et-vient des voitures s'interrompt soudain pour laisser éclater un son comme un ronronnement qui enfle, sans doute le vieux char de l'armée qui veille sur les touristes.

Mais qui s'attaquerait au fief du Hezbollah, à sa distribution de bienfaits, à ses martyrs salariés ?

Je ne formule aucun jugement. Je me soumets peu à peu au choc incompréhensible des tribus et des clans, aux alliances contre nature.

Je ne vois qu'une seule vérité, irréfutable, partagée en silence par tous nos amis ici, le passé glorieux ne reviendra pas. Ce malheur arabe, il est étrange que je le ressente si fortement, et que déchiffrant les beaux, épais, livres d'or de l'hôtel Palmyre, depuis 1874, les noms mêlés de Daisy Fellowes ou de George Bernard Shaw, de Jean Cocteau et du général Gouraud, m'apparaissent telles les cinquantes-cinq feuilles d'or qui recouvraient la défunte romaine dans sa nécropole, la belle morte dans son sarcophage.

Une guirlande qui vient du passé et ne brille que dans le noir de notre mémoire.

Je voudrais dire au temps de revenir, à l'histoire de souffler dans ces rues autre chose que de la poussière sèche, de modeler la ville à nos espoirs qui n'ont pas de sens ici.

Ali Husseini, qui a racheté l'hôtel à la famille Alouf en 1985, lit Proust inlassablement. Il prend son temps. Le temps le prend aussi. Ce gardien des ruines aux yeux tristes rêve d'avant, d'autrefois, du jamais plus. Nous regardons ensemble le parking sans voitures et les panneaux solaires qu'on a eu l'idée absurde de planter devant les vestiges antiques, et si différents sommes-nous, nous rions de cette laide civilisation.

Plus en hauteur dans la ville, les maisons chrétiennes à toits rouges tendent leurs pierres blondes, leurs pigments ocre ou vert amande, leurs nobles lilas décharnés, au visiteur qui se demande quelle beauté fanée a soupiré là, et pourquoi partir, pour tout recommencer.

J'apprends que cette maison a abrité le quartier général des renseignements syriens, autrement dit que la demeure patricienne a sans doute connu en son temps ses prisonniers et ses hôtes torturés à la cave.

J'ai une vision soudaine du film *Le Salon de musique* du Bengali Satyajit Ray, ce qu'il m'a jadis transmis, infusé, de ce tragique de la perte, la passion de la musique menant un maharadjah mélomane, dépensier, à une forme mélancolique, esthétique, théâtrale de spirale suicidaire.

Il y a loin de l'Inde du Nord à ce Baalbek écrasé d'absence et de présents comme des taches sur la photo. Il y a loin de Baalbek à Carpentras, mais c'est pourtant ce que j'éprouve : une écharde infiniment fine dans mon cœur, s'écoule tout doucement un filet de sang, la vie, les centaines de vies que je n'ai pas connues, qui ne savaient même pas qu'elles vivaient ici aussi dans un ghetto, quand elles se croyaient en nombre égal avec les druzes, les sunnites et les chiites.

Ces familles qui vivaient encore hier derrière les vitres fines et brisées ces Finzi-Contini de l'Orient, une dentelle de cristal aperçue de loin, les flambées de vert dans le jardin, les nuques des femmes où je devine comme un essaim de cheveux bruns, retenus en chignon.

Pourquoi le départ de ces gens inconnus de moi me fait-il aussi tant de peine ?

De quoi suis-je l'héritier malgré moi ? Et quel tissage mémoriel reprend soudain, avec la naissance d'un fils baptisé à l'eau claire ?

Même la fuite dans cette ville ou les temples millénaires survivent semble ne servir à rien si ce n'est qu'à se mentir.

L'histoire a progressé en sédiments, du paléochrétien à l'invasion arabe, elle a progressé et aujourd'hui, elle a régressé.

On avale ici autant de poussière que de particules diffuses du passé, les divinités se succèdent comme le badaud devant les boutiques mal achalandées, mais aux noms qui claquent, les Salon Mood, The Golden Shoe, Raad haute couture qui exhibe fièrement une robe mi-abaya mi-dentelle de nuit câline pour les « hezbolliotes » lascifs.

Il est midi au soleil.

Des chants chrétiens, puis un aria féminin déchirant, fusent depuis des haut-parleurs devant l'église, les vendeurs de tee-shirts siglés de la kalach du Hezbollah, rouges, verts, jaunes, lèvent un peu la tête, indifférents, comme si tout ce collage surréel de confessions, à l'ombre du temple de Jupiter, ne pouvait pas bousculer le cours du commerce.

Je me dirige vers l'origine de ce chœur. Nous sommes un dimanche, certes, mais je ne vois que des femmes voilées de noir et des taxis collectifs, les Mercedes de l'âge d'or, désormais cloutées et rafistolées.

À l'intérieur de l'église, je m'attendais à trouver une petite cohue de fidèles, une messe inédite en pays chiite, quelque chose de réconfortant, de surprenant, mais il n'y a personne.

Juste ces haut-parleurs disséminés au-dehors, tels des derviches.

À peine la messe en hologramme achevée, que retentit le chant du muezzin. Comme un chien de chasse, mais qui ne chasserait que le son confessionnel, je mets le cap droit sur l'islam.

On m'ouvre avec hospitalité, une mosquée, ancienne, un siècle dirais-je, les tapis élimés me disent les générations de croyants qui ont dû s'agenouiller là. Des chaises en plastique empilées, le sentiment que le temps s'est arrêté mais, fissuré, ne reprendra jamais plus.

Un seul fidèle prie, très âgé, et ne s'étonne plus de rien.

Je sors, comme à l'air libre, le bruit soudain me gifle, le vacarme de toutes les rues commerçantes.

Ici, je suis Abou Hadri, le père d'Hadrien : c'est lui qui décidera de mon sort sur ses terres. « Le lieu de naissance est l'assassin de l'homme », a écrit Thomas Bernhard, qui n'aimait guère son pays, l'Autriche. Et si Rachaya assassinait en moi tous les autres Moi ? Pour que la terre boive une décoction simplifiée, et non ce multi-nectar nourri à différentes cultures, que je croyais être ?

Au contraire des apparences, qui ne sont pas en ma faveur, je ne parle ici pas tant de moi, que de ce morceau d'être solitaire en chacun d'entre nous, une météorite déliée, une monade sans attaches, sans promesses, comme purement jaillie d'un passé qui ne lui assigne aucune place, aucun nom dont se réclamer, aucune histoire à écrire, et qui se dirige vers le néant.

C'est difficile d'appartenir. J'ai essayé depuis de nombreuses années et je n'y arrive toujours pas. Mon ancre ne tient pas. Je me désensable en permanence, les fragments de ma vie sont autant d'îlots où j'accoste gaiement. Je chavire pour mieux refaire surface.

Avec l'âge, j'ai appris à flotter entre toutes mes identités d'emprunt, mes lieux adoptés, mes différents mariages, mes enfants qui sont le visage de chacune de mes réincarnations, les centaines de livres que j'ai publiés, à la manière sournoise d'un faussaire qui aurait trafiqué ses passeports.

On m'objectera d'emblée que ce n'est pas bien original.

Je serai rangé, avec une moue de déception, au rayon du mal-être, au grand magasin des frustrés de l'identité unique, des volontaristes de la métamorphose de soi.

Je prétends pourtant à mon statut spécial de « territoire non occupé », sauf que dans ce labyrinthe où j'habite, je fouille comme dans ces épiceries-drogueries-pharmacies du souk : on trouve de tout sous toutes les étiquettes.

L'explosion du 4 août, ou la généalogie du désastre

Beyrouth, c'était déjà un saccage avant l'explosion du 4 août 2020 à 18 h 07 précises, qui a tué plus de trois cents personnes, blessé des milliers, mis à la rue d'autres dizaines de milliers d'habitants des quartiers de l'Est, et le versant nord de la colline d'Achrafieh, les plus exposés au souffle venu du port.

Je n'étais pas là, mais Nour et Hadri oui, non loin du port.

J'ai cru voir ma femme et mon fils, en petits morceaux envolés, cerfs-volants dans l'air pollué, brassé d'amertume et de sel, de la marina Zeytouna Bay, luxueux emplacement typique de l'architecture sans âme des années Hariri, changé en cimetière marin.

Il y avait, dans la rage collective qui montait, comme un requiem où résonnaient les milliers de voix furieuses, lasses, abasourdies, incrédules.

« Jusqu'où remonter dans la généalogie du désastre ? » écrit Charif Majdalani, dans un récit-tombeau bref et désespéré, *Beyrouth 2020*.

« Cela ressemble à un deuil, un deuil répétitif, en sourdine, épuisant. »

C'était le coup de trop : la chute d'un monde.

Le Beyrouth chrétien chanté par Fairouz, *Le Beyrouth*, avec ses arabesques lyriques, ses complaintes nostalgiques, que nous perdions. Il ne reviendrait plus, mais il avait été là, sous mon regard, et je ne le voyais pas. Je me demandais alors si, à force d'étudier la poussière des siècles passés, de concasser dans la même fosse sacrilège autant qu'imaginaire les os des miens avec les reliques des chrétiens d'Orient, archéologue amateur perdu dans le souterrain qui passerait d'un royaume englouti l'autre, d'un jardin édénique l'autre, je n'étais pas devenu aveugle à la seule chose essentielle : nous n'étions plus autrefois.

Je n'étais pas un spécialiste, tel Charles Personnaz, le directeur de l'Institut national du patrimoine, auteur d'un rapport au président de la République sur la question des chrétiens d'Orient, qui disait : « Ce passé ne doit pas seulement nourrir une vague nostalgie. Il nous engage pour l'avenir. » Parole politique d'un Occident au chevet d'un Orient qu'il instrumentalise en victime, quand les coupables sont sans doute des deux côtés de la poudrière.

« Le Liban, cœur ouvert et déchiré du monde arabe », écrit le père Jean Corbon, « incardiné » dans l'Église grecque catholique melkite d'Antioche, en 1975.

Je fouillais dans les fosses communes, et communes aussi à nos passés conjoints. Nos sociétés minoritaires enterrées, ou alors encore plus minoritaires, microscopiques, invisibles à l'œil nu.

Je m'étais tant laissé obséder de la comparaison possible, plausible, entre les Juifs de Provence et les chrétiens d'Orient, leur « arabité », leur millénarisme qui leur servait dorénavant de linceul, que je butais encore et encore, comme un bègue, sur cette phrase de Jean-François Colosimo : « Les chrétiens d'Orient occupent dans la représentation musulmane la fonction symbolique que la société européenne a longtemps assignée aux Juifs. »

Un peuple martyr qui, comme les Juifs, ne voulait plus l'être.

Il y aurait tant à écrire sur cette place de victime, Juif errant, Araméen errant comme on l'a dit de Youakim Moubarac (1924-1995), prêtre maronite farouchement pro-palestinien, qui voulait un « Liban de la convivialité », cette place qui arrange tout le monde, les bourreaux et les affaires bien menées. Qu'on me donne le titre de secrétaire perpétuel à la victimologie.

En guise de convivialité, j'étais invité à danser sur un volcan en éruption. À chahuter, seul, à baragouiner, dans le chaos grandissant, comme les lianes organiques des fils électriques qui fascinaient Nour.

À danser cette oscillation entre fortune et chute, ce mouvement pendulaire que nous, ma famille, moi-même, connaissions si bien.

Brutalement, je me réveillais, incrédule, dans le temps présent, dans ce vrai tumulte, cet amour suicidaire du désordre. Nous étions *maintenant*. Ni à Antioche, ni à Rome, ni à Avignon, ni à Jérusalem, ni à Byzance, mais dans le monde où je vivais. Où ma femme et notre fils vivaient : où ils avaient failli mourir. Il y avait encore des endroits de ce monde où l'on pouvait mourir, juste parce qu'on avait eu la mauvaise idée d'être là.

Les morts étaient soudain mes contemporains : des amis, des voisins, des inconnus croisés dans la chaleur de la nuit, au pied de notre immeuble. Comme dans ces images d'Hiroshima après la bombe, les citadins en trois dimensions étaient réduits à leurs ombres en une dimension, dessinées au sol. Comme tout un chacun, sur les réseaux sociaux, j'avais vu cette tornade blanche, ses rondeurs nuageuses qui allaient de l'avant, cavaliers de l'apocalypse au galop dans un tableau baroque.

J'ai eu du mal à accepter que cette tragédie fût réelle. La guerre, je ne l'avais connue que dans des livres, des films, des reportages, une culture acquise par l'image, de ma génération.

Les frises déchiquetées des maisons m'évoquaient plus notre après-guerre européen que cet Orient soudain féroce, plus Varsovie que le Levant, comme si le sucre de Beyrouth fondait sur les visages, un acide qui en révélait tout le fragile squelette, l'architecture à l'os, le vide sous le sourire.

L'avenue Khomeiny

Le 10 août 2020 au soir, Nour m'attendait devant l'aéroport Rafic Hariri, en retard comme toujours. J'étais nerveux, irritable, fatigué par le vol. Je ne sais pas pourquoi j'étais à ce point furieux, sans doute était-ce ma façon de déguiser ma peur, mon incrédulité devant une telle faillite, ce qui m'apparaissait, à moi le Français rationnel, l'Européen sans guerre, « un manquement » aux règles de la civilisation.

J'avais du mal à comprendre. J'étais égaré.

Je ne dis pas que les Libanais s'habituent aux degrés de l'horreur, mais ils en ont vu d'autres, même si cette fois-ci « l'expression de la plus honteuse et cinglante des faillites » prenait un air d'apocalypse estivale. « J'ai eu le sentiment que le régime venait jusque chez nous, pour nous tuer », a écrit, en fin politique, l'écrivain Elias Khoury.

L'apocalypse, c'est une révélation, et ce qui fut révélé, c'est le vide soudain.

Le champignon atomique, image qui vous venait immédiatement en tête, avait explosé à quelques centaines de mètres de l'appartement de ma belle-sœur, qui s'ouvrait sur la mer par de lourdes baies vitrées, où mon fils et ses trois cousins jouaient. Les vitres épaisses de centaines de kilos avaient explosé. Les portes blindées furent dégondées. Par chance, Hadri prenait son bain avec ses deux jolies cousines. Les caméras de surveillance nous le montreraient le cul nu, déguerpissant à toute allure, un angelot bouclé descendu de son socle.

Comment pouvais-je rester calme ?

Nour ne cillait pas. Elle somnolait. Elle patientait, à la fois molle et nerveuse. Elle traitait souvent mes humeurs en cavalière au masque impassible. Elle chevauchait ce qu'elle appelait mes « nervosismes d'Israélite » au trot enlevé, agacé, parfois amusé. Nous roulions au crépuscule, à peine sorti à l'air libre, l'odeur épicée d'humidité et de pollution me ramenait à la maison. Nous filions dans la ville pour une fois déserte, rejoindre la tour Green Hill, ces immeubles qui portaient le nom de golfs californiens perdaient encore un peu plus leur sens dans ce chaos. Son visage n'avait pas le teint doré que l'été peignait d'habitude sur elle.

Je sentais son désarroi, comme la pulsation d'un cœur inquiet. Quoique déjà avide de l'embrasser, je ne pouvais montrer mon affection. Le souffle m'avait, lui aussi, retourné.

J'éructais des insultes à l'endroit de tout son peuple. Je le regrette aujourd'hui. Les Libanais n'y étaient pour rien, leur inconscient y était pour tout. Leur incurie avait étouffé le pays : ils avaient une part de responsabilité.

Il aurait fallu pouvoir redevenir Abou Hadri à volonté, un digne père arabe, pas un Français hystérique cherchant à raisonner en touillant ces braises de l'enfer.

Nour essayait sans conviction de me distraire.

Elle me désignait les hautes plantes, les bambous, les herbes hirsutes, les détails d'une jungle qui avait poussé, depuis ma dernière visite, sous les fenêtres de son appartement construit par l'architecte Bernard Khoury, aussi zen que le monde à l'entour était frénétique.

C'était Beyrouth : à cent mètres de son appartement si sobrement design, un terrain vague aux herbes jaunies, trop petit pour être vendu aux promoteurs immobiliers, donc inutile, servait de refuge pour les chats errants. Ils jouaient. Certains étaient morts, la gueule ouverte. Qui les avait tués ?

Juste à côté, dans cette ville labyrinthique où les couches du passé se recouvraient les unes les autres, des petites maisons en cellules encastrées ouvraient sur une cabane en torchis, devant laquelle un homme fumait, appuyé avec nonchalance le long d'un mur de parpaings et de pneus usés. Il était 19 heures : le muezzin déclamait sa prière qui ricochait dans l'air toxique. Je respirais cette brume saline du soir qui m'enveloppait comme le kif un drogué.

Nous remontions les rues sans éclairage, longeant l'hôpital Rizk, d'où sortaient en claudiquant des blessés, la tête bandée.

J'avais pleuré, les nerfs à vif, apparents comme les pelotes de fils électriques. Une croix géante se détachait sur l'ombre de buildings aux fenêtres brisées, aux portes démantibulées. Était-ce Varsovie ou Dresde après la guerre ? Varsovie où, il y a des années, je marchais à la poursuite d'un mémorial du judaïsme qui n'existait que dans mes rêves.

Ici aussi, il n'y avait ni souvenir, ni pardon, ni mémorial, ni aveu des atrocités commises, ni reconnaissance des crimes. Juste l'ombre. C'était Beyrouth, en guerre permanente, même longtemps après la fin présumée des affrontements.

Nour riait de ma faiblesse d'Occidental.

Elle se moquait de ma sensiblerie.

« Tu es vraiment un lacrymo. »

Je voyais en elle ce petit chimpanzé espiègle et sournois qui allait dérober mon portefeuille, grimper de branche en branche, les babines retroussées sur un rire vainqueur, des dents blanches comme la pub de mon enfance pour le dentifrice Ultra brite au fluor.

Rien n'avait de prise sur Nour. Surtout pas moi. Elle se fichait de tout. C'était une punk en Armani, les cheveux de soie encadraient son visage asiate aux pommettes hautes. C'était une pudique soucieuse des apparences, refusant de m'embrasser en public, mais à peine la porte fermée, la nuit opaque se refermait sur nous, se collant à ma peau, la nuit libérait l'animal de ses chaînes : une autre Nour surgissait.

Elle était un vampire, disait-elle, une créature à part qui aurait aimé vivre dans un caisson insonorisé et capitonné.

Draculette dormait avec des boules Quies et un masque sur les yeux. Elle ne supportait pas que le jour la réveille, comme s'il allait la tirer d'une vie nocturne, faire cesser les rêveries érotiques qui peuplaient son inconscient, nourrissant la fantaisie d'une autre femme que je ne connaîtrais sans doute jamais.

Je l'avais épousée, sur une plage à Athènes, comme par hasard, le jour de Kippour.
J'aurais dû prêter attention à ce détail, qui n'en était pas un, nous étions toujours entre la guerre éclair et le pardon réciproque.
Nour montrait peu. Ses colères zébraient l'atmosphère, puis ça retombait, on aurait dit une geisha dans un polar made in Hong Kong.
Une Orientale : rien dehors, tout dedans. La sauvagerie dedans, la précaution dehors. Une Nour violente vivait dans un monde parallèle, comme les personnages de ces séries américaines qu'elle aimait tant et qu'elle achetait en paquets sous cellophane chez Movie Max, le revendeur de DVD piratés, en face de l'ABC, l'équivalent du Bon Marché beyrouthin où je noyais mon ennui d'août dans l'air conditionné. Elle était chez elle. Elle considérait que moi, Abou Hadri, j'étais à elle seule. Je n'avais donc pas à m'inquiéter. « Relax. On va te faire un massage. Vous, les Français, vous avez un balai dans le cul. »
Seul ce mélange libanais entre une arrogance dénuée de tout réalisme et une naïveté enfantine avait longtemps fait dire à Nour que tout irait bien.

« Regarde comme c'est beau », me disait-elle en me montrant dans les rues d'Achrafieh une pelote de fils électriques qui pendait, ou une fleur rabougrie étouffée dans un marécage boueux du quartier arménien de Bourj Hammoud : « C'est tellement organique, mille fois mieux que Paris avec vos immeubles de comment il s'appelle déjà ? votre baron Haussmann, tous pareils, tous déprimants, nous on aime le chaos, ce qui grouille, ce qui vit », affirmait-elle avec l'assurance née des vieilles civilisations – « On est phéniciens, on a inventé l'alphabet. Qu'est-ce que tu as inventé, toi ? » – muées par la faute des temps en un tiers-monde bancal. Les choses allaient de plus en plus mal. Nour refusait de le reconnaître. Son monde allait disparaître, comme le mien. Nous fraternisions dans la nostalgie, à nous esquinter les yeux sur des séries seventies, en écoutant les divas égyptiennes.

Les chrétiens d'Orient avaient écrit la partition de la naissance du christianisme. La branche dissidente dont était issue Nour, les Grecs-catholiques melkites, en exprimait un ordre supérieur, entre l'obéissance contrariée à Rome et le particularisme schismatique. Elle descendait du patriarche de l'Église grecque-catholique Maximos III Mazloum (1779-1855), un personnage essentiel, infatigable, itinérant, qu'on surnommait « le lutteur ».

« Le Soleil de justice a épousé la fille des ténèbres ;
sur son visage il a répandu sa Beauté
et elle revêtu la Lumière »

Nour, dont le prénom signifie lumière en arabe, prenait son origine dans l'Église d'Antioche, que nous connaissions en Europe sous l'étiquette vague et même folklorique d'Orient chrétien, que les articles vengeurs d'un Jean d'Ormesson défendaient à longueur de colonnes du *Figaro*.

« Le sort des Libanais doit dépendre d'abord des Libanais. Ni des Israéliens, ni des Iraniens, ni des Syriens. Si nous ne voulons pas mourir de honte avant de mourir de faiblesse, il faut sauver le Liban », écrit Jean dans son éditorial du *Figaro Magazine* le 8 avril 1989, à propos de l'occupation syrienne.

Je me souviens du stylo feutre bleu avec lequel Jean écrivait ses articles, pieds nus, souvent bronzés, dans ses mocassins. N'est-il pas assez troublant qu'à trente ans de distance, le grand-père de ma fille aînée admoneste Nour, la mère de mon fils Hadri, avec elle tous les Libanais, les chrétiens, les musulmans, et s'ils en restaient encore, les Juifs.

La guerre ne cesse pas. Elle a pris un autre visage, plus hypocrite.

Nour descendait de l'une des branches de l'Église jadis unifiée qui avait été découpée à même le tronc originel d'Antioche. L'arbre chrétien était fracassé en cinq parties inégales : grecque-orthodoxe (c'était le côté de sa mère et de son oncle, le côté de Rachaya), grecque-catholique (le côté de son père), maronite (ou Église syriaque occidentale chalcédonienne), syrienne orthodoxe et syrienne catholique.

De loin, surtout pour un Français laïc, cela se ressemble beaucoup, mais de près, l'œil collé à ce chaudron confessionnel, les Églises sont les contreforts de l'identité, les confettis de l'Empire chrétien puis ottoman, un chemin à rebours du « Il faut qu'ils soient Un afin que le monde croie ».

Elle était une minorité close dans la minorité, consciente de sa supériorité, de son antique venue dans le monde.

Comme moi, ou plutôt comme le moi qui pensait, selon la formule de Bernard Lazare, que les « autres » Juifs pouvaient être soit des Huns incultes, soit « une tourbe de rastaquouères ». Nous avions en commun d'avoir un sens de notre identité : forte mais menacée d'extinction.

« Ne dis pas identité, m'avait prévenu une amie libanaise, dis subjectivité. »

Plus elle voulait me rassurer, plus elle mentait, plus je perdais mon calme. Comme si j'étais la personne offensée, je m'écriais que c'était un scandale, une honte, ce saccage immobilier, cette spéculation du moindre mètre constructible, cette lente agonie d'une ville qui avait été si belle, de culture métissée depuis l'Antiquité grecque et latine, ottomane, puis placée sous le mandat français, baignée de ciel bleu, un ciel maintenant strié d'avions qui passaient inlassablement au-dessus des piscines du Sporting, avant d'atterrir à l'ouest de Beyrouth, au beau milieu des quartiers chiites, entassement de maisons en parpaings comme on en trouve partout dans le monde arabe, un labyrinthe dont on sortait par l'avenue Khomeiny.

Sortir, c'était un grand mot. Une fois arrivé, comme un personnage d'*Alice au pays des merveilles*, je passais de l'autre côté du miroir, quelque chose entre le désastre et le grandiose : tout s'inversait. Tout était possible. Même ma propre mort : elle collait à ma peau de vivant.

À chaque voyage, je riais du nom de l'imam brandi tel un sésame, dès la sortie de l'aéroport.

Pour une raison inconnue de moi, « tu es mauvais », sifflait-elle, cette route délabrée, défoncée, polluée, me mettait en joie.

« Quel rapport ai-je avec Khomeiny ? » plaidait-elle alors, comme si les arrangements entre certaines communautés chrétiennes et le Hezbollah, clientélisme et corruption, n'étaient pas de son niveau. Avec un argument définitif, dit d'un ton excédé et lascif : « Qu'est-ce que tu veux de moi ? », expression en fait intraduisible qui signifiait à la fois la soumission et le défi, le refus et l'acceptation.

Un saccage, en effet. Mais comme sertie dans un collier d'immondices, il y avait une beauté sauvage, une apocalypse, une mélancolie soudaine, un détail caché, qui ouvrait sur des arrière-mondes. C'était d'autant plus poignant. Il aurait suffi d'un rien : naître ailleurs qu'ici, pour tout un pays d'enfants qu'entouraient des adultes sanguinaires.

Que pouvais-je faire pour aider, pour au moins comprendre ? Tout le monde se fichait de mon aide. On ne m'écoutait sur rien. J'étais transparent. Ma petite notoriété du sixième arrondissement parisien ne servait à rien. J'étais à la fois un étranger, un « frenséwé », le citoyen d'un pays où le fisc était le grand Satan et l'administration un piège.

On était hospitalier, on me souriait, on m'invitait sur les toits où les plus belles filles passaient sous mes yeux. « Ne regarde pas. Ça ne se fait pas. Tu es vraiment un plouc libertin. »

Mais aurais-je pris une balle dans la tête, cela n'aurait eu pas plus d'importance que de boire un verre d'arak. J'étais un accident collatéral, en voie d'assimilation.

La règle du jeu

Au cours de toutes les relations sentimentales durables que j'ai pu connaître, cette sensation d'être un observateur, et non un acteur des événements, dominait sur le reste.

En Corse chez les d'Ormesson, comme dans les montagnes des confins du Sud-Liban, j'étais au théâtre. Je jouais ma partition. Rien n'était grave : tout était une bouffonnerie. Je me souviens de Jean d'Ormesson nu, son maillot sur la tête, marchant à travers les arbustes du maquis, saluant les rares promeneurs éberlués. Je me souviens d'une bulle d'insouciance où je ne risquais rien d'autre que les piqûres d'oursins quand je tombais de la planche à voile. Je me souviens d'un couple d'aristocrates, sous les oliviers centenaires, me congratulant : « Jeune homme, vous ne savez pas la chance que vous avez », mais de quelle chance parlaient-ils ? De me frotter si jeune à un luxe désuet tombé du dix-huitième siècle ?

Je ne comprenais pas encore que la chance, c'était d'être sorti de mon ghetto natal, de me lancer d'une minorité l'autre.

J'étais présomptueux. Les privilèges dont je partageais la possession, sans que rien m'appartienne, n'étaient pas ceux de la majorité.

Je me souviens d'avoir été le locataire fugace de tant de beauté.

Je me souviens des conversations à voix basse, sous les étoiles, des assauts d'amabilités d'académiciens surannés, de leurs campagnes courtisanes.

Je me souviens de François Sureau barrissant d'une voix grave, sous l'arbre centenaire dont le tronc était blanchi. De François Nourissier tricotant et détricotant le Goncourt, prélat onctueux, un rien pervers. De Maurice Rheims tordant le nez de Guy Schoeller, deux octogénaires facétieux.

J'étais le cadet du Quai Conti : une mascotte infiltrée.

Comment ai-je été transporté de la Corse au Liban, d'une identité irréductible à l'autre ?

Voici que je me souviens aussi des verres d'arak pris à minuit sur la terrasse qui surplombait la frontière syrienne. Nos montres qui toutes indiquaient l'heure des bombardements, « il est minuit, les Russes bombardent ».

Je me souviens de l'été 2021 : des missiles s'échangeaient entre Palestiniens et troupes israéliennes au sud, nous étions en famille sur la terrasse à Rachaya, sans électricité.

Nous écoutions « Capri, c'est fini », buvions de l'arak, les enfants fredonnaient : on dansait sur un volcan. Soudain, on entendait les tirs nocturnes du Sud-Liban qui résonnaient comme un tambour dans la jungle d'*Apocalypse Now*. Chacun regardait d'où venaient les explosions, en désignant une direction différente, comme une boussole folle. La gouvernante philippine criait en tagalog saccadé, l'oncle de Nour dans un arabe chanté. J'étais perdu. Où étais-je ?

Nour m'avait gentiment enlacé, puis asséné, sans penser à mal : « Tu n'as tué personne. J'ai bien compris la différence entre les Juifs comme toi, et eux, les Israéliens. Mais, quand même, vous avez tué le Fils de Dieu. »

Je n'ai jamais été gêné, je n'ai jamais été chez moi, car je me sentais une sorte d'invité permanent.

Étais-je chez moi, dans le maquis odorant du cap Corse, entre les chardons violacés au pied du mont Hermon ? Étais-je chez moi dans le seizième arrondissement de Paris, où j'étais né avec tous les privilèges, sauf celui, essentiel, d'y appartenir vraiment ? Jamais je n'ai cru que le bonheur durerait. Que le plaisir du sel sur ma peau irait s'évaporant, je le ressentais si fort, une scène de *La Règle du jeu*, le film de Jean Renoir, que tout cesserait d'un coup avec la détonation finale.

Ce que je jalouse le plus chez le peuple installé, chez tous les heureux du monde, c'est ce sentiment opaque de la durée, de l'irrémédiable, leur placidité certifiée chez le notaire. Ils ont des cathédrales éclairées. J'ai un cabanon sombre et vieux de cinquante siècles. Je dors sur la paillasse de Moïse.

Ce n'était pas vraiment moi, ou alors l'un des multiples « moi » que je tirais de ma boîte à malices. Je récitais mes tirades à la perfection. Je m'appliquais à être exactement ce que l'on voulait que je fusse. Un bon élève, un « adulte cousu d'enfant », jamais en reste d'une repartie, un Zelig qui prenait toutes les formes, un « Barbapapa » dans sa « Barbamobile », rond, rectangulaire, carré.

En quoi le privilège de partager ces privilèges m'aiderait-il à vivre ? La vérité était que je donnais le change. À 20 ans j'étais séducteur, j'aimais avec passion les intrigues et les noms des étoiles éteintes de la littérature, les perruques de Racine comme les faits de collaboration de Félicien Marceau, dont Jean m'avait dit en aparté devant lui, ravi comme d'une bonne blague, « tu sais, après la guerre, il a été condamné à mort par contumace ».

Les étoiles étaient mortes, mais brillaient encore. On pardonne à la jeunesse, même carriériste. À 50 ans, je suis un vieil acteur fatigué, cherchant ses mots sur les lèvres du souffleur, soupirant d'aise quand, à chaque représentation, le rideau le laisse enfin à sa solitude.

Je suis devenu un mensonge fier de sa propre longévité.

J'habitais parfois, dans une solitude heureuse, un pays de l'utopie.

Seul dans Sion.

Sans doute est-ce ici le moment de raconter la seule phrase qui m'aura aidé à me connaître, phrase comme tombée de mes lèvres lors d'une consultation chez un psy. Je lui avais confié qu'un livre que j'avais publié avait éveillé en moi une vive mélancolie, sans que je n'en sache la raison. Je ne comprenais pas pourquoi cela m'affectait. J'avais choisi le titre de ce roman, parmi une liste de citations fournies par l'auteur, Gilles Rozier. Ce livre s'appelle : *D'un pays sans amour*. Mais le vers traduit du yiddish, le vers en entier, disait : « Mère, je viens d'un pays sans amour. » Où est-il situé, ce pays ?

Est-ce qu'il est caché en chacun d'entre nous ?

Ne le trouverons-nous qu'à l'instant où il sera trop tard ?

Je cherche encore. Je cherche toujours. J'en avais gardé une certaine froideur, sous ma passion de persister à être.

Cela pouvait prendre l'apparence (je dis « apparence » non pour m'innocenter, mais parce que je ne maîtrisais pas ce processus chimique) *d'un empêchement à ressentir de l'empathie*. Qui n'était pas de l'indifférence. Plutôt une forme de non-interventionnisme. Une neutralité. Aussi un désir d'être oublié, non pas nié, mais oublié comme un amnésique sur un banc, un Alzheimer sur son lit, un lâche sous son lit.

Longtemps, je l'ai attribué à l'âge. J'étais trop jeune, ou timide, ou discret, jusqu'au moment où j'ai tardivement compris que *je choisissais de me mettre moi-même hors de portée des décisions à prendre.*

Dans le lit de l'étrangère

J'avais mieux connu Nour en 2014, alors que sur un mutuel coup de tête, nous voulions nous retrouver à mi-chemin entre Beyrouth et Paris. Elle avait choisi Milan. Je m'étais laissé aller à dire oui, sans trop savoir ce que ce caprice géographique entraînerait. J'étais sans illusions. Je me préparais à un fiasco amoureux que mon état médical expliquait en partie.

Je sortais à peine de cette dépression que j'ai évoquée au début de ce récit.

J'étais embrumé, anesthésié par les différents antidépresseurs, mais comme tracté hors de mon brouillard par l'attirance que Nour provoquait en moi, quelque chose qui n'était pas juste de l'ordre du désir. La curiosité ? Ce que j'anticipais d'une sensualité à même de me faire revivre ?

À Milan, je me penchais sur Nour l'inconnue, marchant dans la ville, la vouvoyant, respectant courtoisement nos distances.

Elle avait l'impassibilité d'une eau calme : je tentais d'y déchiffrer non le mystère de son être, mais le mien dans le miroir qu'elle me tendait.

Le premier soir, elle m'avait pris le pouls. Je m'étais imaginé avoir de la fièvre, mais c'était de la timidité, ou la crainte de la décevoir, ou pire, d'être déçu.

Elle serrait ma main, comme une infirmière tient la main d'un vieillard à l'agonie, et dans ce léger mouvement circulaire, je sentais la pulsation de mon sang, le retour de la vie, le jaillissement de la vie qui revenait, rosissait mes joues, me donnait envie d'elle, de l'embrasser devant cette trattoria où je n'avais presque rien avalé. Je ne savais pas que Nour était un vampire : elle planterait ses dents dans mon cou, aspirant le souffle d'une énergie que la dépression avait atténuée, les nuits sans dormir, les médicaments ingurgités en douce. J'ai dit plus haut que je ne savais pas encore que j'aimerais ma sœur incestueuse. Elle me ressemblait jusqu'à nos différences.

Elle s'incrustait en moi comme un virus, coagulant mes peurs et mes doutes, assemblant dans un puzzle réussi les parties démembrées de mon être. Nour, cette pilule d'Orient, m'a guéri de tous mes mauvais songes : elle m'a entraîné derrière elle dans le pays de l'utopie. J'aimais un mirage : la fille des illusion de tout un peuple.

Qu'avais-je donc de commun avec cette brune gracile ? Louise Brooks campée sur de longues jambes trop minces, sanglée dans un blouson de cuir et fourrure, nous étions en février. Elle était muette quand je parlais trop. Elle dissertait gaiement quand la fatigue nerveuse de l'après-dépression me couchait comme un convalescent aux yeux fiévreux.

J'avais eu, à Milan, le long de ces palais taciturnes, pris dans ce moment si fragile où l'on sait que l'on glisse vers l'amour, l'impression de m'embrasser moi-même. Ses lèvres fraîches étaient celles d'une cousine de bonne famille. Je croyais l'épater en lui offrant le long poème *Le Lit de l'étrangère* du palestinien Mahmoud Darwich, que j'admirais tant, qui m'avait si bien reçu à Ramallah, la voix basse, posée, sirotant son café à la cardamome dont l'odeur persiste encore dans ma mémoire.

Darwich, le chantre palestinien, que j'avais chroniqué avec tant de passion, allant jusqu'à l'applaudir récitant ses poèmes devant une foule en liesse, dans un arabe scandé dont je ne comprenais pas un mot.

Je la croyais « étrangère ».

Il me deviendrait évident qu'elle l'était plus encore qu'elle ne le laissait paraître.

Nous nous rapprochions en effet sur le lit comme si deux civilisations antagonistes dérivaient l'une vers l'autre, avec des gestes lents.

Nour était à la fois lointaine et proche, étrangère certes mais à elle-même, pudique et impudique, d'ici et d'ailleurs, d'entre les mondes : une Arabe qui ne parlait pas bien sa langue, une chrétienne qui priait après l'amour, avant de dormir, faisait furtivement le signe de croix dans l'avion, une Européenne élevée à Rome pour qui tout se résumait dans l'opposition du nord (lugubre selon elle, plus tard elle dirait facilement à n'importe quel villageois français : « vous habitez vraiment ici toute l'année ? ») au sud solaire.

Je ne savais pas où il eût fallu que je l'enferme : dans quelle pièce de ce grand bazar de mes amours ? Un ailleurs jumeau du mien ? Ou une altérité radicale ? Une naissance bourgeoise, une origine melkite et grecque-orthodoxe qui la rangeait parmi les minorités souvent opprimées, y compris par Rome, une trace d'Arménie dans sa généalogie, un nom qui en arabe signifiait « la maudite ou l'opprimée » par référence aux séjours en prison de son ancêtre le patriarche Maximos III, une sensibilité à vif sous une politesse surannée, une étourderie qui lui faisait tout noter dans son carnet.

D'où était-elle vraiment ? D'où me venait l'impression qu'elle me cachait quelque chose d'essentiel ? Qu'elle ne quitterait jamais ni les siens, ni sa terre, qu'elle embellissait ?

« Nous sommes un peuple sentimental », aurait déclaré le général Nasser. « J'aime l'intime, le minuscule, les bras de ma famille, et descendre en peignoir à la pharmacie Gabriel », lui répondait Nour, que le patriarche avait arrachée au joug ottoman en 1848, c'est-à-dire, selon le temps oriental, presque hier.

Pouvais-je deviner qu'un jour notre fils serait baptisé à l'Archevêché melkite de Beyrouth, baigné d'eau lustrale et de chants araméens, mais qu'au lieu d'indifférence, j'éprouverais dans la chaleur d'août le frisson du sacré, le frisson d'un rite ancien qui a persisté, et que je rapproche ici du judaïsme, non dans la religion, mais dans la volonté de ne pas s'assimiler à la foule majoritaire.

C'est un paradoxe de lire cette déclaration de résistance de la part d'un Juif « moderne », assimilé, perdu pour la cause.

« Le plus grave de ces périls, dit encore Charles Personnaz, reste l'exil de ces communautés. Que reste-t-il du patrimoine des Juifs du Moyen-Orient quelques décennies après leur départ ? »

Il n'en reste rien, mais dans un film sur les Juifs de Beyrouth, la plupart partis après 1967, les autres avec le début de la guerre, une Nour soudain émue me confierait avoir vu dans chacun de ces visages, exilés à Chypre, au Brésil, au Canada, à Genève, comme la permanence d'une famille proche, la rémanence d'un accent, d'une façon d'être au monde, une nostalgie partagée des jeux sur la plage Saint-Michel, des pistaches, du café l'Arlequin à Bhamdoun, de la cuisine omniprésente, des odeurs de labneh et de zaatar.

Nous étions, en quelque sorte, cousins.

« Vous devez cesser d'être nostalgique. Ce Liban est fini, il faut coopérer avec les autres », nous tancera un ami, pour lequel les autres, c'était avant tout le Hezbollah qui distribuait les produits iraniens et le vaccin Spoutnik.

Il m'est difficile d'analyser, autrement qu'en nommant la persévérance du fait chrétien ici, comme il y a une persévérance du fait juif, les sensations qui s'agitaient en moi. Que reste-t-il de ce pont fragile entre l'Orient et l'Occident ? Ce pont tant de fois effondré et reconstruit, sur lequel nous franchissions nos différences. L'ai-je rêvée cette impression de déjà-vu, ce baptême millénaire qui aurait dû me faire sourire, ou prêter le flanc à mon ironie coutumière ? Cette fois-ci, je n'ai pas ricané, ni ne me suis réfugié dans l'accusation de « c'est ridicule », concept français qui exaspérait Nour, et dont elle ne savait pas qu'il reflétait la gêne de ne pas être à ma place, dans un monde parallèle au mien, dont je n'avais pas les codes.

J'étais à la fois l'intrus et le cousin, insituable dans une terre où tout se définit par la famille, la confession religieuse et le faisceau de relations utiles.

J'étais seul ici, sans famille proche, ni amis dont les visages familiers m'eussent rassuré. Voilà ce que le Liban m'offrait : une vassalisation précaire, un protectorat risqué, une nouvelle « dhimmitude ». J'avais lu quelque part que le Cheikh Pierre Gemayel, le père de Bachir, le fondateur des Kataëb (les phalanges), aurait dit que les chrétiens du Liban refusaient de devenir des dhimmis.

On ne pouvait pas faire confiance au Liban pour me protéger.

Robert Hatem, alias Cobra, le garde du corps et l'âme damnée d'Elie Hobeika, repenti de tous ses crimes, raconte les tueries entre factions chrétiennes : « Nous jetions des innocents par les fenêtres des hôtels et nous mitraillions les baigneurs dans les piscines. »

Qui suis-je ? Le père de mon fils baptisé, ou le témoin d'une cérémonie qui remontait à la nuit des temps ?

En somme, étais-je Abou Hadri ? Ou le fils prodigue rentré clandestinement, non loin de chez lui, à un jet de roquettes de la Terre promise ? Pourtant, c'était réel. J'écoutais l'araméen, et l'arabe, tressés en guirlande sur la tête d'Hadri, sans comprendre.

« *Les Arabes vivent des vies éphémères* »

« Sur les ruines de l'insolente capitale libanaise, l'espace a été modulé avec la glaise sans passé des monarchies du Golfe. Ne reste que la mélancolie pour les témoins d'un autre temps », résume, lapidaire, Tigrane Yégavian. Il chiffre les différentes minorités chrétiennes du Liban à 30 % de la population contre 54,7 % lors de l'unique recensement confessionnel fait en 1932. Un chiffre certes en baisse, sous l'assaut d'une islamisation irréversible, d'une diaspora accrue des talents depuis la crise économique et politique de 2019, d'une lente évanescence des forces du pays, mais un chiffre néanmoins bien supérieur à cette poignée de Provençaux évadés de ma Jérusalem à Carpentras, qui ne furent jamais plus que deux mille.

De quel droit comparais-je nos passés et nos rêves ? De quel droit nos géographies et nos massacres ? Nos utopies et nos royaumes ? De quel droit sinon celui du tremblement intérieur qui me prit devant l'eau sombre, attirante comme un gouffre glacé, du mikvé de la synagogue de

Carpentras ? Serait-ce l'écho de l'émotion à voir mon fils sourire sous l'eau claire et christique ?

Sans doute : j'aime l'eau, tout simplement, fût-elle d'origine sacrée ou profane.

L'Orient rêvé entre Alep et Beyrouth où miroitaient ses origines en partie arméniennes, l'Occident imaginaire où elle était née (à Paris qu'elle détestait), un Occident réduit aux quatre murs de la famille, et à des jeux quasi scouts dans les parcs romains.

Une Europe privilégiée qu'elle connaissait si mal. Un Levant où elle passait des étés insouciants aux « résidences de la mer » à Jounié, dans ce que les Libanais nomment un « chalet », dont elle parle encore avec ravissement, comme si elle ignorait ce parking de béton qu'est aujourd'hui le rivage. On l'envoyait parfois à la montagne où elle soignait ses bronchites chroniques. C'est sans doute banal. Cela prédispose à une certaine dissimulation. Crainte ? Prudence ? Enfance prolongée à l'ombre du clan protecteur ? Je me croyais entre les draps d'une fedayin. Nous étions dans un roman d'Henry James.

Il eût fallu que je la connaisse dans cet étouffoir beyrouthin qu'elle me décrivait comme dans le livre de Pierre Benoit, *La Châtelaine du Liban* : des créatures aux longs cils charbonneux, des bonnes sœurs bigotes à genoux devant saint Charbel, des bourgeoises polyglottes dans des palais ottomans, soldatesque tendre mais virile, la Sûreté générale ne ferait pas de mal à une mouche : l'idiot que j'étais croyait la promesse de paix.

« Beyrouth, consécration de l'ombre plus belle que son poème, moins dure que sa réputation », avait écrit Mahmoud Darwich. Toujours, l'ombre.

J'étais un puceau de l'Orient.

Me voilà déniaisé : les pieds dans la boue radioactive, les bris de verre qui sanglotent et crissent sous la main, les oreilles qui bourdonnent du bruit des générateurs électriques. Une belle imposture.

Elle était prisonnière de l'entre-deux, jamais chez elle, ni dans ce qui était irréversiblement devenu la nécropole des chrétiens qui fuyaient l'embrasement d'un monde arabe islamisé, et dont les images de la cohorte somnambulique traversant en juillet 2014 la plaine de Ninive, les chrétiens de Mossoul qui fuyaient Daech, m'avaient horrifié.

Ni dans le Nord des Vikings, comme elle disait, concept qui désignait tout ce qui lui était indifférent, c'est-à-dire presque tout hors du cercle familial, le foyer, au sens propre du feu. Elle ne m'avait rien promis d'elle, elle ne me fit le don que de son corps. Son âme était ailleurs. Il y avait quelque chose d'extra-terrestre en Nour, et plus tard, l'ai-je compris, comme me l'avait chuchoté une mondaine de Paris, « elle ne connaît pas nos codes » : elle n'en avait rien à battre, de nos codes.

Le contraste était tel entre la nuit que nous vécûmes à Milan, une nuit qui aurait dû se suffire à elle-même ou les contenir toutes, et sa prudence à s'engager, que je craignis un moment qu'elle n'eût une double vie, un autre chez-soi, un autre homme. Je ne cherchais plus à savoir.

J'abdiquais toute volonté et toute prudence. C'est ainsi, vaincu d'avance, que je lui cédai, plus qu'elle ne me céda.

Je ne parvenais pas à définir comment ce désastre libanais, que j'analysais, décortiquais rationnellement avec nos amis journalistes ou politologues à Beyrouth, m'affectait à ce point. Je voyais la décadence, je ne la vivais pourtant pas.

Je dois à Leïla Slimani de m'avoir fait lire ces lignes de l'artiste libanaise Etel Adnan : « Les Arabes vivent des vies éphémères, c'est peut-être ce qui les rend plus modernes qu'ils n'en ont eux-mêmes conscience. Ils vivent au jour le jour et répugnent à planifier quoi que ce soit (…) Je prends plaisir à jeter des tas de choses, à simplifier l'espace autour de moi. C'est l'une des divergences majeures entre l'Orient et l'Occident. L'Islam découle de cette culture dans laquelle on sait pertinemment que tout est voué à la destruction. »

Peu importe que Nour me fût apparue, la première fois à Paris, déguisée en citoyenne du monde. La vérité était qu'elle était une Arabe, née de l'Église d'Antioche.

Comme Etel Adnan, elle ne gardait rien, et sacrifiant à son principe de « minimalisme » décoratif, jetait surtout mes souvenirs, photos, papiers, livres, et même meubles, « des vieilleries du Moyen Âge, tes bibelots, les draps de tes ancêtres, allez, à la poubelle ».

« Du Levant au Couchant, tout est pour le mieux »
(Tablette en alphabet cunéiforme, Musée national)

Le 4 août, avec son cortège de morts, n'aurait pas fait exception à ma règle de distance obligée, si notre fils n'avait été concerné, et n'avait par miracle échappé à cette vitre de 600 kilos sur son corps d'enfant de trois ans. Ma place, soudain, était à leurs côtés. Je pris l'avion dès que je le pus. Quand j'appelai la MEA (la compagnie d'aviation libanaise dont Nour vantait qu'elle était bien supérieure à ces « radins » d'Air France), la responsable, la voix rauque et cassée, me souhaita « bonne chance, pour tout ce que j'allais voir ».

Aux côtés de Nour, bien sûr, elle n'aurait pas accepté un lâche, sa définition de la virilité consistait à ce que l'homme cède devant la femme, mais devais-je par devoir conjugal écouter, absorber, digérer les théories du complot qui attribuaient déjà l'explosion du 4 août à un missile israélien ? « Il visait une cache d'armes du Hezbollah, il y en a dans tout Beyrouth, jusque sous l'aéroport. Ils ont voulu exercer un maximum de pression sur le Hezbollah, et l'enquête ne conclura jamais à rien. Tu verras que j'ai raison, d'ailleurs Nasrallah a souri pendant son discours. Il n'avouera jamais. Sans les silos de blé, et sans doute qu'il y avait bien moins que plusieurs milliers de tonnes de nitrate, nous serions tous morts », échafaudait-elle, devenue à la fois politologue et chimiste, stratège et laborantine (comme tous les rescapés beyrouthins situés à moins de 2 kilomètres du port).

Imaginer qu'Israël tirait en plein Beyrouth un missile sur un baril de poudre géant, ensevelissait mes amis sous leurs propres maisons, aurait pu larder mon fils de poignards de verre, m'était, au sens propre, insupportable. Je n'en supportais pas l'idée. Je le refusais.

Qu'une partie de moi, la sémite, la voisine, anéantisse l'autre, la libanaise, je le refusais instinctivement.

Comme si j'étais devenu un officier de rang supérieur de Tsahal, par exemple cet Amnon Lipkin qui à l'âge de 39 ans avait déjà supprimé plusieurs protagonistes de l'opération « terroriste » Septembre noir, je me raidissais. Je brandissais un code de l'honneur depuis longtemps oublié au Moyen-Orient, un commandement éthique dont j'aurais pu avoir la nostalgie.

Ce n'était plus la lente vengeance après la prise d'otages des Jeux olympiques de Munich en 1972.

Ce n'étaient plus les justes représailles : un missile en pleine ville.

À qui la faute ? Me revenait en mémoire cette phrase d'un phalangiste repenti, pendant la guerre : « Nous avons été les fous les plus stupides du monde, parce que nous avons détruit nos propres maisons. »

J'en voulais à Nour de colporter cette rumeur à laquelle aujourd'hui encore tous ses amis croient.

« Quelles sont tes preuves ? Un missile, ça se voit, ça se détecte au radar. » Je tentais de la raisonner. « On ne trouvera jamais les preuves, la CIA va les effacer, ils sont déjà au port, et ces chiens de politiciens y ont tous intérêt, qu'ils crèvent tous. Regarde pour l'assassinat d'Hariri, quinze ans de procès, et rien, zéro résultat. »

En fourbe joueuse d'échecs qu'elle était, Nour devançait mon accablement, et doucereuse, disait qu'elle n'en savait trop rien, qu'il fallait être ouvert d'esprit, accessible à toutes les hypothèses même les plus folles : « Je suis une éponge, et pas un bloc comme toi. D'ailleurs, qu'est-ce que tu as à défendre les Israéliens ? Tu as peut-être un passeport israélite caché quelque part dans le coffre d'une banque ? »

Nour persistait à confondre « Israélien » et « Israélite ».

Je perdais alors le contrôle de mon humeur. Elle m'inondait, m'étouffait. Je ne voyais plus la différence entre Nour et une terroriste de salon, l'une de ces brunes pulpeuses presque nues portant juste des colliers de perles, stilettos et kalach, que j'avais vues en couverture d'un Gérard de Villiers, chez mon beau-père.

Ma colère finissait par éclater en une tirade d'injures, sorte de Capitaine Haddock qui menaçait de couvrir Beyrouth de synagogues, perspective qui arrachait à ma femme sa traditionnelle complainte sur l'agressivité de mes « cousins » – elle avait été marquée par la guerre de 2006 – suivie d'un geste clairement antisémite qui désignait mon nez : Israël, mot magique, mot tabou mille fois utilisé, explication de tous les maux dont les Libanais pouvaient souffrir, et auxquels, bien évidemment, la rumeur prêtait la responsabilité de l'explosion.

On a entendu une déflagration, comme le mur du son franchi par un avion de chasse, disait l'un. Il y a une réserve d'armes du Hezbollah, et le missile a fait exploser le nitrate juste à côté, savait de source gouvernementale tel autre, comme s'il était judicieux d'entreposer presque 3 000 tonnes de nitrate en pleine ville, durant six ans d'affilée, au vu et au su du gouvernement.

Chacun y allait de sa version. Le Liban, qui n'avait ni armée, ni puissance de feu nucléaire, ni aucune sécurité publique, le Liban, confetti détaché d'un mandat français dont certains réclamaient le retour, Corse mafieuse qui aurait dérivé tout à l'est, roulait dans la bouche de Nour comme une rue stratégique d'un Monopoly que les États-Unis, l'Europe, l'Iran, la Syrie, Israël, la Russie, se disputaient avec âpreté.

Nour parlait comme si elle avait un micro caché sous le bureau ovale de la Maison Blanche ou au Kremlin. « Tu ne sais pas ce que tu dis. Nous sommes à la croisée des mondes et des continents, c'est pour ça qu'ils veulent tous le contrôle du Liban. Mais nous sommes faibles et fragiles, comme un enfant. Qui l'emportera ? »

C'était sa thèse centrale : Le Liban était un adolescent lascif et involontairement cruel, pure et sauvage jeune félin, dont il fallait pardonner tous les caprices.

Je me taisais.

La nuit peignait Beyrouth d'un bleu cobalt griffé de rouge. Les lumières électriques et les générateurs s'éteignaient en ronronnant, faute de mazout. La ville comme une putain généreuse assourdissait nos disputes entre ses bras qui sentaient le musc et l'orgasme.

Nous marchions dans Achrafieh, toujours le même chemin hypnotique, où une façade ensevelie sous une cascade de bambous, endormie sous un fouillis d'arbres tropicaux, sans vie apparente, voisinait avec un magasin dont la devanture jouait sur les mots, « L'ongle rit » était ma préférée, ou « Nouvoté Tania », comme si un enfant dyslexique avait pris la responsabilité de nommer les commerces en mélangeant les lettres.

Nour s'émerveillait. « Tu comprends, vous, vous avez tout et vous vous plaignez, et nous, on n'a rien, on n'en est même pas au stade de l'embryon. »

Un commandant de la FINUL, durant la guerre, s'était vu remercié par le chef de village, qui lui aurait dit : « Nous sommes vos enfants, vous êtes nos parents. »

Elle plaidait l'immaturité, la dépendance affective, l'enfance éternelle d'un peuple, non pour elle-même, mais pour une nation entière, qui semblait rire à sa propre tragédie, et remercierait tous les dieux d'avoir encore une fois survécu.

Elle parlait bas. On aurait dit une batterie qui émettait des signaux faibles, à peine audibles. Un langage infrahumain. Des hoquets inarticulés plus que des phrases. C'est ainsi que je la préférais, à la fois une algue dans le courant, et une sauvageonne épuisée au visage de manga.

Humide de sueur, immobile comme une sculpture d'Asie mineure.

Nous avions vu ces visages impassibles des tombes anthropoïdes issues d'une nécropole, trente et un sarcophages géants au sous-sol du Musée national.

Nour était le trente-deuxième sarcophage : ses yeux regardaient en dedans.

C'était une pythie en short, dont les longues jambes me faisaient le même effet que dans mon bureau d'éditeur parisien, alors que je la recevais en 2013, qu'elle m'avait dit, les yeux baissés, comme contrite, « je ne parle jamais de politique ».

Plus tard quand nous étions proches : « Vous les Français, vous êtes des bavards, mais l'essentiel, l'intime, vous n'en savez rien. »

Sa beauté était une surface. Elle était encore plus belle en dessous : plus animale, féline, dangereuse, colérique, sans pitié, sauf avec les habitants d'Achrafieh immobiles sur leurs balcons, fumant les yeux dans le vague. Comme si j'avais recollé les morceaux épars de mon être, et bu comme un assoiffé, sur sa bouche, un élixir qui me ramenait à la vie, moi qui tournais en rond comme la chèvre de Monsieur Seguin. Toucher la peau sucrée de Nour, c'était passer de l'autre côté du miroir des sensations. Elle avait l'hypocrisie d'une sainte-nitouche d'Achrafieh.

On lui aurait donné le bon Dieu. Je m'étais laissé prendre, happer, transformer, pâte à modeler.

Elle alliait une carence de pensée cohérente, comme la métaphore de son pays, et une détermination de fedayin.

C'était du métal enrobé de soie. Elle n'aimait que les tailleurs italiens, arguant que la Parisienne « était une bonniche qui ne se lave pas ».

Elle pouvait être tantôt timide, tantôt brutale, me frappant d'un poing sec sur la poitrine, je lui criais alors qu'elle était une Syrienne. Je la surnommais Bachar.

Je ne peux dire ici à quel point je m'étonne de nos ressemblances, moi le Juif, elle l'Arabe, nés à des années de distance dans la même clinique du Belvédère à Boulogne, élevés l'un à Rome, l'autre à Paris, choyés par des familles omniprésentes, avec des grands-pères et pères qui faisaient le même métier, celui de colporter des pierres précieuses, des diamants, ce métier de ceux dont le destin serait de partir dans l'instant. Nos immaturités se corrigeaient l'une l'autre, pour créer un être différent, meilleur. Nos dualités s'annulaient.

Si j'étais plus âgé qu'elle, elle n'en était pas moins la plus avisée de nous deux. Nous venions de deux parties du monde si lointaines, mais nous étions étrangement si proches : une figue prise sur l'arbre de Rachaya, coupée en deux.

J'étais désorienté : elle m'avait donné l'Orient.

J'étais un fils de la Provence venu au Nord parisien : elle m'avait donné le Sud sans savoir que je revenais là d'où nous étions partis, il y a plus de deux mille ans, il y a plus de cinquante siècles, aurait dit Péguy.

« Les exilés de Jérusalem, répandus dans Séfarad, posséderont les villes du Midi », chante la Tradition.

Nour m'avait ressuscité d'entre les presque-morts, mais le prix à payer, le tribut affectif à fournir, c'était de partager le Liban. « C'est mon pays, tu dois l'aimer, il est inachevé, imparfait, pénible. Chez vous, tout est fini, il n'y a plus rien à faire, quel ennui. »

Je devais sans cesse lui rappeler qu'elle était née à Boulogne, et ignorait tant de choses de son soi-disant pays, elle n'en démordait pas. Elle haussait les épaules. J'étais sommé de m'éblouir à chaque Vierge nichée dans un enclos illuminé sur le bord de la route, « comme c'est mignon, ça ne te touche pas ? » D'applaudir à ce triomphe de l'individualisme, de l'absence d'impôts, de la corruption, du privilège clanique.

L'arak glacé que j'avais eu le tort de boire ce soir-là, la chaleur poisseuse, les relents de poubelles et d'égouts, les déchets organiques jaillis des tripes d'une ville éviscérée par l'explosion, les ombres des ruelles comme habitées d'invisibles zombies faméliques, la poussière ocre, me tournaient la tête.

Tout me suffoquait, comme un deuxième masque par-dessus le premier, chirurgical, que nous portions tous deux, et qui était la métaphore d'un acte médical à pratiquer d'urgence : un scalpel qu'il eût fallu voler à l'hôpital Rizk, l'établissement chrétien sauvé de la ruine par les musulmans, pour inciser la ville, en faire sortir tout le pus, la gangrène, la corruption, le « *fresh money* » que les changeurs au noir vous convertissaient en livres libanaises roulées en liasses. Une monnaie de singe, dévaluée jour après jour. Un scalpel pour un martyre annoncé.

Jusque-là, Beyrouth m'apparaissait d'une beauté convulsive, ensauvagée, défigurée mais titubante, pas encore à terre, pliée dans l'effort, un boxeur dans l'ultime round qui ne sait où porter les coups de la revanche.

Me jugerait-on trop sévère ? Bien sûr, j'aimais certaines choses. Une épicerie surgie des années 1950, un immeuble rose ou jaune citron dont les balcons art déco dessinaient une frise fleurie, une soudaine forêt de verts bambous ou un débordement de bougainvilliers odorants, les lauriers-roses, les palmiers desséchés et les rares pins qui restaient encore debout, une « société de bienfaisance grecque-catholique » entre deux buildings de luxe où l'on supposait chez l'architecte la volonté d'implanter une Floride alanguie. Une librairie grande comme un tiroir où le libraire sans clients somnolait. La gentillesse hors d'âge des « tantettes », ce concept libanais qui désigne toute femme chrétienne au-delà de 70 ans qui dit « merci » ou « bonjourrr » en roulant les *r*, que nous croisions dans la rue Sursock ou la rue Abdel Wahab el-Inglizi, veuves de leurs riches maris, escortées de leurs bonnes philippines ou malgaches traînant le dos courbé leurs courses dans des paniers siglés.

J'aimais le fantôme, le cliché-vrai, d'une société disparue, dissipée, cosmopolite, frivole, studieuse, francophile, quand l'ombre du déclin semblait monter avec le crépuscule islamique et l'influence iranienne, chaque soir, un peu plus.

J'aimais l'idée du Liban, une Judée qui n'aurait pas connu l'essor technologique de sa voisine-ennemie Tel-Aviv, ni la propreté maniaque de la Suisse à laquelle on la compare, en oubliant que la comparaison ne porte ni sur sa petite superficie, ni sa neutralité politique, mais son système bancaire aujourd'hui en faillite.

Ghassan Salamé, ancien ministre de la Culture, corédacteur des accords de Taëf (1989), me le chuchotera plus tard : « Beyrouth est la capitale mondiale de la mondanité. Le règne du pathos éphémère. Mais il n'y a que deux choses sérieuses. Le Hezbollah et le système bancaire. »

On dirait que des deux, le parti de Dieu a mieux résisté.

Son nom dans Beyrouth désert

J'aimais marcher sur les trottoirs défoncés où les boutiquiers fumaient, bavardaient, parlaient à n'en plus finir, rêvassaient le plus souvent, les yeux vagues, leurs croix chrétiennes dépassant du polo blanc, ou de la chemise Pierre Cardin.

J'aimais surtout n'être plus personne.

Dans une société, « où l'important n'est pas de savoir ce qu'on fait dans la vie, mais *qui* on est, où les hiérarchies sont plus fines qu'à la cour de Versailles », selon l'un de ses meilleurs connaisseurs, Albert Dichy, Juif libanais et spécialiste de Jean Genet, Juif et Genet, il faudrait analyser cette contradiction dans les termes. « On n'appartient pas seulement au lieu où l'on est né, mais aussi à la terre qui veille sur nos morts. »

Ses grands-parents reposent au cimetière juif de la rue de Damas. La tombe la plus ancienne chez les Dichy est celle de Moïse Dichy, décédé en 1889.

Héritiers originaires de Damas, héritiers de « cette myriade de villes, Le Caire, Alexandrie, Salonique,

Corfou, Istanbul, Alep, Haïfa », fantômes de l'Orient cosmopolite, ils demeurent juifs et libanais. Construit à l'emplacement de la synagogue détruite en l'an 502 par un tremblement de terre, un nouveau quartier juif s'installe progressivement à partir de 1858 autour de Wadi Abou Jamil, en contrebas du Grand Sérail, dans un lacis de ruelles et d'impasses. « Ce quartier Wadi était dans le secteur de "Zeytouny". L'ancien véritable nom de ce quartier était le quartier du golfe Saint-Georges », lis-je dans ce recensement insolite, bazar de noms et de dates, de tombes sans identité et de familles dissoutes dans l'acide de l'Orient, inventaire presque surréaliste dans son addition onomastique, de Nagi Gergi Zeïdan, *Les Juifs du Liban*.

Je me promène souvent à Zeytouna Bay, sous le mythique hôtel Saint-Georges où crépitèrent les armes et les bains de champagne, désormais barré d'une gigantesque banderole « *Stop Solidere* », dérisoire révolte contre le luxe kitsch des cafés, marina tropézienne, où les Émiratis attendent sur leurs yachts de ne jamais partir en mer, puisque naviguer dans les eaux libanaises est un sport dangereux, à distance des patrouilleurs.

Serait-il parti, Albert ?

Aurais-je pu l'emmener avec moi ce jour d'août 2021 ?

On m'ouvrit enfin les portes de la synagogue de Beyrouth. Elle nous attendait, bleue, haute, plus grande que je ne me l'imaginais, avec des piliers où serpentaient d'étranges signes arabisants. Jadis, elle s'ouvrait sur un lacis de ruelles étroites, pleines de monde, d'artisans, de crieurs de rue, de gamins qui allaient à l'école de l'Alliance israélite.

Vint la guerre civile. Les Juifs partirent, peu à peu, effrayés par une tuerie qui n'était pas la leur. On s'était battu là, avec la férocité la plus atroce. Le journaliste Terry Anderson, l'un des meilleurs amis de Robert Fisk, avait été enlevé à Wadi Abou Jamil, emprisonné six ans, libéré en Syrie.

C'était le centre-ville où les miliciens chiites campèrent, qui fut bombardé, rasé, illégalement confisqué, reconstruit par le sunnite Rafic Hariri, et qui aujourd'hui, ironie de l'histoire, abrite derrière les barbelés et les plots de béton, le palais hautement sécurisé de son fils Saad.

Le 4 mars 1869, Haroun Dichy acheta un terrain dans ce quartier qui devint « Zaroub Dichy », l'impasse Dichy, une « cour immense, avec des jardins plantés d'arbres fruitiers et des jeux pour enfants ». Le « zaroub » mène vers un « hosh », espace vide, pierreux et ensablé.

Écoutez les mots : vide, pierreux, ensablé. Du plein et du rien. Présence et absence.

Avec Nour, bouche bée, nous regardons un film d'Yves Turquier sur la communauté éparpillée des Juifs du Liban.

« Mais, ils ressemblent à mes oncles, mes tantes, qu'est-ce qu'ils font à Montréal, Tel Aviv, Milan, Paris, São Paulo, Brooklyn ? Pourquoi sont-ils donc partis ? » s'exclame Nour, comme si elle feignait de découvrir que depuis 1948, ces Levantins venus de Syrie principalement ou d'Irak, parfois originaires du Liban, qui nageaient sur les mêmes plages que ses grands-parents, estivaient à Aley, à Sofar, à Broumana, ont été lentement expulsés. « Le jour où l'école de l'Alliance a été mise sous protection de l'armée, ça a été fini », raconte une ancienne élève, qui chante encore l'hymne en famille.

Leurs racines millénaires ont été arrachées comme de la mauvaise herbe.

On les voit danser, poser en sourires éclatants, manger du « djellab », faire la route Beyrouth-Tripoli juste pour s'amuser, et soudain, la peur, les insultes, la crainte d'être un citoyen de seconde zone, chacun a la même nostalgie des bains de mer, du soleil, des jeux, « des vrais rosiers qui sentaient », du narguilé fumé au retour d'une journée de travail. Nous regardons ce film amateur, aux couleurs saturées, aux images d'archives colorées : chaque fois, nous pleurons, chacun pour une raison différente.

Nour pleure l'âge d'or défunt. Je pleure l'injustice de ce peuple minuscule coincé entre les chrétiens et les musulmans, qui se battent par-dessus leurs têtes. « La guerre des autres » ne concernait pas les Juifs. Ils y ont tout perdu, sauf la mémoire.

Mais qui pourra raconter, quand ils seront morts ?

Ils se souviennent des vociférations dans la rue : « La Palestine est notre pays, les Juifs sont nos chiens. »

Ils se souviennent : de tout.

Les photos de cette époque, en noir et blanc, nous les découvrons ensemble chez le professeur Talib Mahmoud Karah Ahmed, un homme merveilleux et souriant, l'arpenteur de Saïda, l'antique Sidon, l'ancienne capitale de la Phénicie, la ville de naissance de Rafic Hariri.

Le professeur ponctue toutes ses phrases d'un refrain fataliste : « *It makes no difference.* »

L'été 2021, nous regardons ces dizaines d'albums de photos, hôtels de luxe avec un lac artificiel où flottent des canards, lycéens en cravate, jeunes hommes moustachus et armés, dîners du Rotary local où des tablées de notables aux costumes cintrés mélangent les Juifs et les autres, les femmes à l'écart bavardant entre elles.

Que reste-t-il de Saïda, prise sous le feu des Israéliens, des chrétiens entre eux, où furent assassinés des centaines de civils ? Sincèrement : pas grand-chose.

Les réfugiés palestiniens – mais peut-on encore employer le mot de « réfugié » qui ferait éternellement croire à un droit au retour ? – sont presque aujourd'hui la majorité de cette ville sunnite.

« *It makes no difference* », sourit le professeur, qui salue hommes et enfants d'un « *habibi* » cordial, nous entraînant dans le souk médiéval, à la recherche de la synagogue disparue de Saïda. On se baisse sous un porche au-dessus duquel est accrochée une pancarte : « *Haret Al-Quods* ».

« Ils ne savent rien, ils sont plongés dans les ténèbres », sourit le professeur. On frappe à la porte, un enfant nous ouvre. Les murs montrent, sous une moisissure de cave, sous la patine de la destruction, un pigment bleu qui a dû être la couleur originelle de la synagogue.

Le bleu de la synagogue de Carpentras. Il est là, qui vibre.

Une famille palestinienne vit là aujourd'hui, résignée à la curiosité du professeur. Les voûtes nous rafraîchissent un instant, une télévision à écran géant est posée là où les tables de la Loi étaient enroulées. Deux peluches rouges encadrent l'emplacement encore dessiné par une jolie fresque. Le professeur nous montre du doigt un soupirail qui donne sur la ruelle : des étoiles de David y composent une frise dans la ville musulmane.

C'est en visitant, dans le souk aussi, les salles de classe de la défunte école de l'Alliance israélite universelle, où résonnent encore les voix des élèves, fantômes de la laïcité harmonieuse, que les larmes me montent soudain aux yeux.

Le passé m'étreint.

Murs lépreux défoncés, vieux canapés sans ressorts, une machine à coudre, et sur le sol, sèchent les filets de pêche d'une famille voisine. Qu'est devenue l'école rêvée par mon aïeul Crémieux ? L'idéal de la République et de son égalitarisme ? Un dépotoir, que nous ouvrent des enfants rieurs qui doivent tout en ignorer, mais qui en d'autres temps auraient pu être enseignés là : sauvés des ténèbres de leurs caduques existences.

Le judaïsme libanais, fort de huit mille âmes à son époque la plus glorieuse, se transforma en impasse sombre, sans avenir, malgré les souvenirs joyeux, les cris des enfants, les odeurs de nourriture, et le vestige de la synagogue restaurée Maghen Abraham. Je l'ai vue, enfin. L'homme à la clef était là. Je ne peux pas visiter l'école de l'Alliance israélite universelle, que l'on doit au désir d'implanter des écoles pour les enfants juifs mais qui accueillait tout le monde. Elle a été détruite.

On doit à mon compatriote comtadin la seule école juive de Beyrouth.

Serait-il parti, Albert ? Qui vit encore là-bas ? Qui prie encore à voix basse, dans la solitude et le secret, marrane de Beyrouth, rescapé immobile du nettoyage ethnique ?

En 2008, un article publié dans le quotidien francophone *L'Orient-Le Jour* relate la destruction le 31 juillet 2006 des trois immeubles qui jouxtaient la synagogue. C'était hier. Il n'y avait plus de guerre. Les Juifs partent, tous ceux du moins qui n'avaient pas encore déguerpi.

À Deir-el-Qamar, territoire druze jadis maronite, dans le palais de Beit-Eddine, il y a une pièce qui contient des étoiles de David. Des artisans juifs avaient travaillé à la gloire de l'émir Bachir Chehab.

Nour et moi nous allons à Deir-el-Qamar nous reposer du chaos beyrouthin, l'érudit patron de l'hôtel nous dit qu'il y avait là une synagogue, transformée en pizzéria.

Nour me regarde en biais, craignant que j'empoigne une pizza pour en faire une kippa sur ma tête.

« Ne dis pas qui tu es. »

Serait-il parti, Albert ?

Sans la guerre, sans l'enlèvement, puis l'exécution ciblée en 1986 de quelques notables juifs, peut-être serait-il resté. Pourquoi ne dirait-on pas que le fanatisme les a chassés ? Qu'il les a assassinés ?

Ces noms inconnus de moi, je voudrais les citer : Youssef Yehouda Benesti, Elie Srour et Henri Men, trois otages accusés d'être des agents du Mossad, exécutés le 30 décembre 1986 par l'Organisation des opprimés sur terre. Il y a neuf morts, kidnappés parmi tant d'autres. Les opprimés sur terre étaient des chiites pro-iraniens.

Ici, le passé ne passe pas. Il est évacué par les tractopelles du groupe Solidere, sous l'impulsion rénovatrice de Rafic Hariri, qui expropriait en échange d'actions de sa société, qui ne valent plus rien. Il ne valait mieux pas refuser. L'amnésie est fortement conseillée. Il faut que les communautés se pardonnent leurs assassinats réciproques, leurs arrangements mafieux, mais en fait, rien ne s'oublie, rien ne se pardonne, rien ne s'égare, mais tout est couvert d'une subtile pellicule de poussière identitaire et vengeresse.

Le Liban arrange les connivences, en vieille marieuse, mais il suffirait d'une étincelle.

Je croyais avoir épousé une bourgeoise bohème, artiste des collines « achrafiotes ».

J'ai épousé Colomba, enroulée du linge des rancunes d'un pays grand comme la Corse.

Albert Dichy, levantin dont les aïeux vécurent sous l'Empire ottoman, est affable. Il a les yeux ronds et rieurs, le regard curieux d'un enfant. Ce spécialiste de Genet, cet archiviste des manuscrits de l'auteur de *Quatre heures à Chatila*, est un fureteur des marges. Il ne travaille pas au centre, mais dans les ténèbres périphériques de l'indicible, au pli des textes. Il écoute entre les lignes. Il interprète les interprètes.

Le petit-fils de Joseph Dichy Bey, deux fois président de la communauté juive du Liban, porte encore sur lui, comme une tunique de mélancolie, celle d'avoir laissé derrière lui la rue Wadi Abou Jamil à l'ouest de Beyrouth, la synagogue Maghen Abraham, l'école de l'Alliance israélite où l'on enseignait en français, anglais, arabe et hébreu, les livres pieux que son grand-père remettait doucement en place, chuchotant une fugace prière.

Je l'imagine en écolier marcher sagement dans la rue de l'Alliance israélite universelle, passer devant l'Institut français d'archéologie du Proche-Orient que dirigeait Henri Seyrig, le père de Delphine Seyrig, laquelle fut éduquée – on dirait déjà un roman de Marguerite Duras – au Collège protestant français.

L'Institut français d'archéologie est en bordure du quartier juif. Ses colonnades orientales voisinent avec la bonne société venue d'Alep, de Mossoul, de Damas, ou du Caire. Je rêve devant une photo d'Henri Seyrig et Raoul Curiel sur la terrasse d'une maison d'été. Ils sont en costumes légers. L'arak est au frais.

Albert avait-il croisé Delphine Seyrig, plus âgée ? Lui avait-il souri ? Lui avait-elle caressé les cheveux, chanté une ritournelle en magicienne, comme dans *Peau d'âne* ? Avait-elle déjà cette voix qui m'ensorcelle ? Ce timbre grand bourgeois, cette retenue protestante, cette diction apprise chez les comédiens, elle dont la mère était née Hermine, dite Miette, de Saussure.

« Je pourrais me tromper. Ce que je veux paraître, je le parais. Belle, aussi. » Duras. L'année dernière à Beyrouth ? Elle fut Anne-Marie Stretter dans *Son nom de Venise dans Calcutta désert*, de Duras. Je crains que ce ne soit un triste

remake qu'on tourne, *Son nom de Beyrouth dans le quartier juif qui n'existe plus.*
On me dit qu'il faut regarder devant moi. *Khalass* le passé !
Mais devant moi, il n'y a que le cimetière de Rachaya.

J'ai eu un choc quand j'ai appris que la petite Delphine, dont la voix théâtrale chez Resnais et Buñuel serait plus tard un fantasme pour moi, avait vécu derrière de « grands vitrages coloriés d'Orient » (selon Salah Stétié), sous les tableaux des surréalistes que son père, ancien conseiller culturel à New York en 1943, connaissait intimement.
Albert insiste sur l'addition des identités et non leur soustraction, il insiste sur la compatibilité des deux identités. Juif et libanais.
Ici, mon nom n'indique rien. Il n'est personne. En passant sous le portique ultrasensible de la détection identitaire, chaque prénom renvoie à une communauté, un village, chaque nom à une origine, un faisceau d'indices, un classement dans l'échelle sociale.
« Il faut vite identifier la personne avec qui l'on parle, écrit Albert Dichy, sinon le dialogue n'est pas possible. »
Je me souviens que Nour, alors que nous roulions en taxi dans Byblos, m'avait indiqué, avec une moue de béatitude, la croix qui pendait au rétroviseur. Elle avait soudain confiance.

Le Liban est une école d'humilité. Tous ceux qui vinrent sans y être conviés l'ont regretté : les Israéliens, les

Américains, dont les soldats des Marines furent massacrés par un camion bourré d'explosifs, conduit par un martyr souriant (d'après le témoignage d'un Marine rescapé), les Français, et même les Palestiniens, réfugiés sans avenir.

Je voulais qu'on m'oublie. Je voulais respirer là où « il y a des interstices, de l'air, du brassage », toujours Albert Dichy. Je suis exaucé.

Je suis ici devenu : rien.

L'été 2021, malgré la pénurie d'essence, après avoir supplié un chauffeur de nous y emmener, petits cambrioleurs du passé, nous ouvrîmes les portes grillagées du cimetière juif de Saïda. J'avais rêvé de ce moment. C'était plutôt le bal des vampires qu'un jardin de mémoire.

La nécropole remontait à l'Antiquité, dormant sous les herbes jaunes, entre deux échangeurs d'autoroute, ignorée de tous. On comptait trois cent cinquante tombes encore intactes, mais combien en dessous ?

Creuser, toujours, plus profond, sous les mensonges.

Les tombes s'entrechoquaient comme des dents cariées, certaines affichaient de l'arabe, d'autres de l'hébreu, le plus souvent un métissage qui prouvait combien les Juifs avaient ici vécu. Le soleil de midi écrasait tout au lance-flammes, moins destructeur toutefois que les roquettes tirées sur le cimetière par les Palestiniens qui fêtèrent le départ des Israéliens, après l'invasion de 1982, l'acmé de la guerre.

Je m'attendais à voir surgir à tout moment des serpents de la paille incendiée, des serpents qui gardaient les morts, les destins fossilisés des habitants jadis heureux de l'antique Sidon. Nour n'était pas rassurée. Avait-elle le sentiment d'avoir violé une sépulture ?

Je m'impatientais, d'autant que nous n'avions pas pu obtenir les clefs, et qu'il avait fallu escalader les grilles. Que pouvaient bien protéger ces grilles ? Une oasis du rien. Un conservatoire de toutes ces vies brisées par la guerre, l'exil, l'abandon, ces corps aux noms chantants que nul ne réclamait.

Les clefs du passé. Qui les possédait ?

J'avais fait tout ce chemin depuis la Jérusalem de Carpentras jusque dans ce trou chaotique. Du passé glorieux, il n'y avait plus que de la poussière sur mes chaussures. « Partons vite, on pourrait nous surprendre, et puis à quoi ça sert, ils sont morts, ils ne reviendront plus maintenant », lança Nour, fataliste.

Poussière : « Pays d'ombres au plein de tes yeux, avec la mort plus droite qu'un amant » (Nadia Tuéni), un étranger mélangé malgré lui à la poussière et au sable millénaire, le père de mon fils, et non le fils de mon père. Je ne descendais plus. J'étais un géniteur.

Miss Che Guevara, ou l'épilogue

Ne pas avoir les codes, ne pas me mêler de politique, ni donner mon avis sur ce chaos, affecter l'indifférence, être juste ce marrane moderne, pas un Français « typique » comme jugeait ma femme, même si elle m'estimait moins « sale » et plus brun, un homme du Sud, français à l'extérieur, oriental à l'intérieur, que seul le passage à la douane de l'aéroport tenue par le Hezbollah terrifiait à chaque fois.

J'avais connu la crise des poubelles, version burlesque de la catastrophe qui venait.

Cet été 2015, une grève de ramassage des poubelles avait transformé Beyrouth en une décharge à ciel ouvert. Sous nos fenêtres de l'appartement rue Hadib Ishak, où nous habitions alors, montait une puanteur intolérable, une lèpre qui était le signe avant-coureur d'un régime gangrené, pourri de haut en bas, Ubu roi *made in Lebanon* : « Le poisson pourrit par la tête », j'adorais cette expression.

Nous roulions la nuit dans d'obscures traverses sans électricité, où les habitants à bout de nerfs brûlaient les détritus, les pneus, tout ce qui leur passait par la main.

Nour riait, comme si nous assistions à un spectacle de fin d'année à l'école. Elle s'attendrissait.

Il y avait en germe, c'était évident, l'apocalypse à venir, mais aussi le miracle de Beyrouth, chacun se moquait, feignait de ne voir ni sentir, extrapolait, vitupérait : Beyrouth était un film de Pagnol sur une musique mélancolique de Fairuz.

Le 4 août 2020, c'était autre chose, d'un degré supérieur, comparable au tremblement de terre en Haïti. Une explosion en plein port, dont les silos géants avaient protégé une partie, l'Ouest, mais pas l'Est, où vivaient la plupart, sinon la majorité, des chrétiens d'une ville communautarisée. Les plus croyants invoquaient un châtiment divin, puis dans la même phrase juraient que chez eux seule la statue de la Vierge ou de saint Charbel n'avait pas été réduite en éclats.

Quelques jours plus tard, avec Nour pour une fois hébétée, nous marchions en silence, un silence qui était notre bulle amoureuse dans le fracas de la ville, gyrophares et cris, moteurs excités, alarmes jamais éteintes qui retentissaient en miaulements, bruit crissant du verre qu'on ramasse, des tonnes de bris de verre, comme si la ville avait perdu ses cheveux et ses dents, un bruit identique sous chaque immeuble d'Achrafieh, de Gemmayzeh, de Mar Mikhael, de Bourj Hammoud, qui grinçait, bourdonnait, vous passait tel du crin sur les nerfs. J'étais encapsulé dans ce chaos.

S'imaginer, c'est une chose. Mais regarder, toucher, sentir, et sentir gonfler aussi la colère engourdie des vivants endeuillés, c'est autre chose, c'est terriblement concret : ça vous marque pour toujours.

C'était à la libanaise, une tragédie dont certains aspects soulignaient encore plus que ce pouvait être juste une halte dans le chaos. Qu'on allait s'en sortir. Qu'on était résilients. « Basta la résilience ! Khalass, ça suffit de nous brandir cette carte, celle du phénix mille fois ressuscité, on en a assez », Nour que j'avais connue discrète, apolitique, s'était muée en Miss Che Guevara qui réclamait des potences publiques sur la Corniche. Elle se rendait compte, avec toute la population, que c'était le malheur de trop.

Des escouades de jeunes gens, masque de tissu sur le visage – le Libanais craint le Covid plus que tout (Corona, dit-on là-bas, en roulant le *r*, comme on mastique un havane) –, balai en plastique à la main, se serraient tels des scouts qui auraient à nettoyer des kilomètres de gravats à la pelle. Ils avaient 20 ans, et guère d'illusions. Plus on se rapprochait de l'épicentre, plus je marchais vite, ne voulant sans doute pas *vraiment* voir la réalité, les bandages sur les mains ou les bras, le sang nettoyé à la hâte, les immeubles scalpés, l'hélice d'un ventilateur tournant dans le vide, des trouées qui laissaient à nu les intérieurs ravagés, un mobilier dérisoire qui témoignait d'une vie, un matelas, un jouet d'enfant, et sur un tas de verre roulé comme une moquette, une guitare voyageuse avec des stickers dessus. Les voitures écrasées comme des compressions de César m'ont impressionné. Pliées, roulées en boules, elles avaient l'air de jouets pulvérisés par un enfant irritable.

Dans la rue Sursock aux palais anciens, la plus chic à mes yeux, détruite, dévaluée comme dans un Monopoly à l'envers, où la rue cossue deviendrait soudain infréquentable, les jeunes balayeurs attendaient leur tour alors que les forces de l'ordre, inactives, fumaient à l'ombre.

Les bars de la rue d'Arménie resteraient fermés, pour ceux qui avaient survécu, la rue de la soif n'offrait plus rien à boire. On nous proposait justement des sandwichs et de l'eau, les ONG nous confondant avec les habitants. On aurait pu un instant croire à la solidarité, et non à l'individualisme. Nous marchions comme deux fantômes. Nous nous sentions presque coupables d'être juste là.

Des balcons s'effondraient au ralenti, gémissaient comme des parturientes. Les jeunes balayeurs s'écartaient d'un bond leste : on aurait dit la scène de danse des ramoneurs dans *Mary Poppins*. Une chorégraphie absurde, qui embuait mes yeux : ils avaient des balais en plastique là où il aurait fallu des tractopelles et des grues. L'immeuble de l'Électricité du Liban, l'un des plus honnis de la capitale, symbole de l'incurie de l'État qui vole d'un côté pour couper le courant de l'autre, avait l'air d'un plombage défait. Ne restait debout que son squelette, un friselis de béton, une Bastille décapitée, un jeu de Lego hirsute.

Un peu plus loin, toujours dans le quartier de Mar Mikhael, à peine à trois cents mètres du port, la tour Skyline, signée de l'architecte-démiurge Bernard Khoury, s'ouvrait comme une dentition dévastée, des cavités noirâtres fumaient encore alors que les appartements qui avaient été là, étaient parmi les plus coûteux de la capitale.

Le rêve que fit Rafic Hariri de transformer les quartiers d'après guerre en une sorte de Singapour dévoyée, l'une de ces reconstructions qui sédimentent Beyrouth depuis l'Antiquité, était un mirage. Cette utopie, fondée sur le pouvoir d'achat et la rente immobilière, a vécu. Les riches restent entre eux, les pauvres sont évacués ; de la mixité du centre-ville, il ne reste pas grand-chose.

De loin, Skyline était reconnaissable à sa tourelle noire fichée de deux antennes, comme des canons dressés contre le ciel, sur le toit du penthouse. Cela respirait la toute-puissance du navire amiral dans *Star Wars* : le souffle d'un géant l'avait pulvérisé, comme s'il s'était servi d'une carabine à air comprimé.

De près, le 4 août avait fondu le métal et l'aluminium, plié l'infrastructure, mutilé les hommes de ménage philippins qui gardaient les appartements. « On dirait le Los Angeles de *Blade Runner* », dis-je, dans cette stupeur qui nous immobilisait presque. Nour se souvenait d'avoir vu avec moi le film de Ridley Scott. La ville moite et pluvieuse, sale, grillagée d'écrans publicitaires, moderne et archaïque, où pédalaient les Asiatiques à chapeaux coniques. Je sentais une certaine ressemblance entre Nour et un « réplicant » robotique, jusque dans l'impossibilité des traits, la fourberie craintive. Nour avait-elle aussi une date de péremption ? Quand serait-ce ?

Allait-elle s'éteindre soudain, comme elle s'endormait entre mes bras, d'un coup, anesthésiée ?

Soudain, alors que nous remontions lentement de la zone portuaire la plus touchée, j'apercevais une femme élégante, coiffée d'une sorte de bombe d'équitation dans un cabriolet Jaguar. Une autre portait un tee-shirt siglé « *make me crazy* ». La folie libanaise, oui, meurtrière, joueuse, érotique, immature. La même qui avait tant fasciné Nour, quand on lui racontait la guerre des hôtels, les rafales entre guerriers qui prendraient, après leur bain de sang, un bain de champagne dans les baignoires de marbre éclatées d'obus.

À quelques kilomètres de là, les plus favorisés avaient migré vers les montagnes, et leurs compounds à l'américaine de Faqra et Faraya. C'était le week-end marial du 15 août. Les estivants ne sortiraient pas de leurs lotissements de luxe, tant il est vrai que l'être humain s'assemble et se ressemble.

Eux qui en voulaient tant aux États-Unis, coupables de soutien aveugle à Israël, ils en avaient adopté la langue, le mode surfeur de la côte Ouest, et ces 4 × 4 aux vitres fumées, obèses sur leurs roues de jeu vidéo, que je ne supportais plus. Même les lettres géantes de Faraya suspendues dans la montagne semblaient avoir été empruntées à Hollywood, collées à la hâte. Mélange de Saint-Moritz asséché et de Knokke-le-Zoute caillouteux, de vieilles fortunes et de toutes neuves venues des Émirats, de chalets rustiques des pères-fondateurs de l'endroit aux villas bétonnées et futuristes devant lesquelles pouffait un essaim de nounous philippines, ou fumait une brigade de chauffeurs désœuvrés.

Le club, cœur battant de Faqra, était presque vide. Ses deux piscines silencieuses. Les gamins gâtés ne chahutaient plus et ne sonnaient pas les bonnes en uniforme blanc pour un oui ou un non.

On eût dit que le Liban était dans l'après, un moment existentiel auquel je n'avais pas été habitué. Une pause dans la frénésie de plaisirs, de dépenses, de souffrances. Le Covid plus que la tragédie du 4 août ? Un peu des deux.

« Je suis fatiguée, nous sommes tous fatigués », a résumé Nour, dont l'apathie post-traumatique frôlait le championnat du monde de la lenteur. Même ses phrases ricochaient en plusieurs échos. Elle ne quittait plus ses lunettes noires seventies. Elle ne se nourrissait plus, écrasée par une pesanteur qu'à l'âge romantique, on eût appelée le fardeau de vivre. Le spleen de l'Orient.

Aucune révolution ne pouvant se bâtir sur la fatigue, je l'embrassais, lui soufflant dans la bouche qu'il valait mieux se battre, qu'avions-nous à perdre, qu'il valait mieux s'aimer et se battre, mais que pour fuir, il fallait encore plus de courage.

Dans ses grands yeux noirs lassés, j'ai vu comme le début d'un accord.

L'instant d'après, elle dormait.

TABLE

« Quand on rendra la terre aux gens
  de ma race » 11
« Que la montagne me recouvre de cailloux,
  de thym et de vent. » 19
« Salomon, vous êtes juif ? » 23
« Le syndrome d'anniversaire » 30
L'accident 34
La mémoire d'Hadrien 39
« Il y a dans toute plainte une dose subtile
  de vengeance » 44
« Tout ce qui est arrivé à nos pères est arrivé
  à nos fils » 49
« Malheur à nous les vivants
  Qui avons vu les malheurs de Sion » 53
Suis-je « un agneau au milieu
  de soixante-dix loups » ? 56
Le dhimmi de Saint-Florent 59
« Être ailleurs, le grand vice de cette race » 67
« Un adulte cousu d'enfant » 74

Le captif amoureux	77
« Are you talking to me ? »	103
Un âge nouveau de la curiosité	111
« L'un touche l'autre, et pas un souffle ne s'interpose entre eux »	118
« On n'a jamais rêvé un rêve plus noble que celui-là »	121
« Rien de plus dérisoire que le Juif installé »	129
« Tu ne peux pas demander à un Juif de pleurer sur des nations qui meurent dans l'histoire »	141
Le « Olim Judeus » de l'avenue de Camoëns	145
« Et comment vous appeliez-vous avant ? »	148
« Souviens-toi des jours d'antan »	154
« C'était un avant-goût du paradis »	158
Le 29 rue Drouot, Paris	167
« Je souhaiterais être le fils de quelque homme heureux qui dût vieillir sur ses domaines »	174
En avant vers le passé	179
« C'est une autre Judée »	182
« L'élite est descendue en exil »	189
« Quiconque détruit une seule vie détruit le monde entier »	196
La Jérusalem du Comtat	202
« Je dois retourner d'où je suis sorti »	207
Armand Lunel, ou la « secrète Jérusalem du midi de la France »	212
« Le four hélas ! est éteint et j'ai savouré les dernières »	221

La profanation du cimetière	226
Adolphe Crémieux, ou le Juif des rois	231
Comment je découvre mes cousins	237
Abou Hadri à Rachaya el-Wadi	245
Les Finzi-Contini de Baalbek	250
L'explosion du 4 août, ou la généalogie du désastre	256
L'avenue Khomeiny	260
« Le Soleil de justice a épousé la fille des ténèbres ; sur son visage il a répandu sa Beauté et elle revêtu la Lumière »	266
La règle du jeu	270
Dans le lit de l'étrangère	275
« Les Arabes vivent des vies éphémères »	282
« Du Levant au Couchant, tout est pour le mieux » (Tablette en alphabet cunéiforme, Musée national)	286
Son nom dans Beyrouth désert	296
Miss Che Guevara, ou l'épilogue	309

Cet ouvrage a été imprimé
par CPI Brodard & Taupin
pour le compte des éditions Grasset
à La Flèche (Sarthe)
en décembre 2021

Mise en pages PCA, 44400 Rezé

Grasset s'engage pour
l'environnement en réduisant
l'empreinte carbone de ses livres.
Celle de cet exemplaire est de :
800 g éq. CO_2
PAPIER À BASE DE   Rendez-vous sur
FIBRES CERTIFIÉES   www.grasset-durable.fr

N° d'édition : 22260 – N° d'impression : 3046233
Dépôt légal : janvier 2022
Imprimé en France